1Q84

옮긴이 **양윤옥**
일본문학 전문번역가. 옮긴 책으로 『여자 없는 남자들』 『중국행 슬로보트』 『일식』 『장송』 『센티멘털』 『소설 읽는 방법』 『가면의 고백』 『무지개여, 모독의 무지개여』 『납장미』 『철도원』 『칼에 지다』 『슬프고 무섭고 아련한』 『장미 도둑』 『나미야 잡화점의 기적』 『붉은 손가락』 『유성의 인연』 등이 있다. 『일식』으로 2005년 일본 고단샤가 수여하는 노마문예번역상을 수상했다.

1Q84 BOOK 1 (VOL.1)
by Haruki Murakami
Copyright ⓒ 2009 by Haruki Murakami
All rights reserved.
Originally published in Japan by SHINCHOSHA Publishing Co., Ltd., Tokyo.
Korean translation rights arranged with Haruki Murakami, Japan
through THE SAKAI AGENCY and SHINWON AGENCY CO.

Korean translation copyright ⓒ 2016 MUNHAKDONGNE Publishing Corp.

문학동네 세계문학

1Q84 BOOK1 상

문고판 1쇄 2016년 6월 1일
문고판 15쇄 2024년 6월 20일

지은이 무라카미 하루키 | 옮긴이 양윤옥

펴낸곳 (주)문학동네 | 펴낸이 김소영
출판등록 1993년 10월 22일 제2003-000045호
주소 10881 경기도 파주시 회동길 210
전자우편 editor@munhak.com | 대표전화 031) 955-8888 | 팩스 031) 955-8855
문의전화 031) 955-1927(마케팅) 031) 955-1917(편집)
문학동네카페 http://cafe.naver.com/mhdn
인스타그램 @munhakdongne | 트위터 @munhakdongne
북클럽문학동네 http://bookclubmunhak.com

ISBN 978-89-546-4048-0 04830
    978-89-546-4047-3 (세트)

www.munhak.com

MURAKAMI
HARUKI

1Q84

BOOK 1
4月-6月
㊤

무라카미 하루키 장편소설
양윤옥 옮김

문학동네

일러두기

1. 본문 중의 주석은 모두 옮긴이주입니다.
2. 본문에 나오는 방점과 고딕체는 모두 원서의 표시에 따른 것입니다.

여기는 구경거리의 세계
처음부터 끝까지 모두 다 꾸며낸 것
하지만 네가 나를 믿어준다면
모두 다 진짜가 될 거야

It's a Barnum and Bailey world,
Just as phony as it can be,
But it wouldn't be make-believe
If you believed in me.

_E. Y. Harburg & Harold Arlen, *It's Only a Paper Moon*

제1장 아오마메

Q

겉모습에 속지 않도록

택시 라디오에서는 FM방송의 클래식 음악이 흘러나오고 있었다. 곡은 야나체크의 〈신포니에타〉. 정체에 말려든 택시 안에서 듣기에 어울리는 음악이랄 수는 없었다. 운전기사도 딱히 음악에 귀를 기울이는 것 같지는 않았다. 중년의 운전기사는 마치 뱃머리에 서서 불길한 물때를 읽어내는 노련한 어부처럼 앞쪽에 끊임없이 늘어선 자동차 행렬을 입을 꾹 다물고 바라보고 있었다. 아오마메는 뒷좌석 깊숙이 몸을 묻고 가볍게 눈을 감은 채 음악을 들었다.

야나체크의 〈신포니에타〉 첫 부분을 듣고 이건 야나체크의 〈신포니에타〉라고 알아맞힐 사람이 세상에 과연 얼마나 될까. 아마 '아주 적다'와 '거의 없다'의 중간쯤이 아닐까. 하지만 아오마메는 왠지 그걸 맞힐 수 있었다.

야나체크는 1926년에 이 작은 교향곡을 작곡했다. 도입부의 테마는 원래 한 스포츠대회를 위한 팡파르로 만들어진 것이다. 아오마메는 1926년의 체코슬로바키아를 상상했다. 제1차 세계대전이 종결되고, 오래도록 이어진 합스부르크가의 지배에서 마침내 해방된 사람들은 카페에서 필젠 맥주를 마시고 쿨하고 리얼한 기관총을 제조하며, 중부유럽에 찾아온 잠깐의 평화를 맛보고 있었다. 프란츠 카프카는 그 이 년 전에 불우한 가운데 세상을 떠났다. 곧이어 히틀러가 어디선지 불쑥 나타나 그 아담하니 아름다운 나라를 눈 깜짝할 사이에 덥석 집어삼켰는데, 그런 지독한 일이 일어날 줄은 당시 어느 누구도 알지 못했다. 역사가 인간에게 보여주는 가장 중요한 명제는 '그 당시 앞일이 어떻게 될지는 어느 누구도 알지 못했습니다'라는 것인지도 모른다. 아오마메는 음악을 들으며 보헤미아 들판을 건너가는 평온한 바람을 상상하고 역사의 존재방식에 대해 두루 생각했다.

1926년은 다이쇼 천황이 세상을 떠나고 연호가 쇼와로 바뀐 해이다. 일본에서도 어둡고 지겨운 시대가 슬슬 시작되고 있었다. 모더니즘과 데모크라시의 짧은 간주곡이 끝나고 파시즘이 활개를 치게된다.

역사는 스포츠와 함께 아오마메가 즐기는 것 중 하나였다. 소설은 별로 읽지 않지만 역사와 관련된 책이라면 얼마든지 읽을 수 있었다. 역사에서 특히 그녀가 좋아하는 것은 모든 사실이 기본적으로 특정한 연도와 장소에 관련되어 있다는 점이다. 역사의 연도를 외우는 건 그녀에게는 별로 어려운 일이 아니다. 숫자를 달달 외우지 않아도 다양한 사건의 전후좌우 관계를 잘 파악하면 연도는 저절로 머릿속에 떠오른다. 중고등학교 때 아오마메는 역사시험만은 항상 반에서 최고 점수를 받았다. 역사의 연도를 외우기가 어렵다고 하는 사람들을 볼 때마다 아오마메는 의아했다. 어떻게 그런 간단한 것을 못할까.

아오마메(靑豆)는 그녀의 본명이다. 할아버지는 후쿠시마 현 출신인데, 그 산골 조그만 읍인지 면인지 하는 마을에는 아오마메라는 성을 가진 사람이 실제로 살고 있다고 했다. 하지만 그녀는 아직까지 그곳에 가본 적이 없다. 아오마메가 태어나기 전부터 아버지는 본가와 절연했다. 어머니 쪽도 마찬가지였다. 그래서 아오마메는 조부모를 한 번도 만난 적이 없다. 그녀는 거의 여행을 하지 않지만, 그래도 어쩌다 그럴 기회가 있으면 호텔에 비치된 전화번호부를 펼쳐 아오마메라는 성을 가진 사람이 있는지 찾아보는 게 습관이 되었다. 하지만 아오마메라는 이름을 가진 사람은 지금까지 그녀가 찾아간 어떤 도시나 읍에서도 단 한 사람도 눈에 띄지 않았다. 그때마다 그녀는 넓은 바다에 홀로 내던져진 고독한 표류자 같은 마음이 들었다.

이름을 밝히기가 늘 싫었다. 자신의 이름을 입에 올릴 때마다 사람들은 신기하다는 눈빛으로, 혹은 당황한 눈빛으로 그녀의 얼굴을 보았다. 아오마메 씨? 그렇습니다. 푸른 콩(靑豆)이라고 쓰는 아오마메입니다. 회사에 다닐 때는 명함을 갖고 다녀야 했기 때문에 그만큼 번거로운 일이 더 많았다. 명함을 건네면 상대는 그것을 잠시 응시한다. 마치 느닷없이 행운의 편지라도 받은 것처럼. 전화 통화중에 이름을 말하면 상대가 킥킥 웃는 일도 있었다. 구청이나 병원 대기실에서 이름이 불리면 사람들은 고개를 들고 그녀를 쳐다보았다. '아오마메'라는 묘한 이름을 가진 인간은 대체 어떤 얼굴일까 하고.

이따금 "에다마메(枝豆, 풋콩) 씨"라고 틀리게 부르는 사람도 있었다. "소라마메(空豆, 누에콩) 씨"라고 불린 적도 있다. 그럴 때마다 "아뇨, 에다마메(혹은 소라마메)가 아니라 아오마메예요. 뭐, 비슷하긴 하지만요"라고 정정해주었다. 그러면 상대는 쓴웃음을 지으며 사과한다. "거참, 정말 희귀한 이름이시네요"라고. 30년 인생에서 대체 몇 번이나 똑같은 말을 들었던가. 이름 때문에 얼마나 많은 사람들에게서 시시한 농담을 들어야 했던가. 이런 성으로 태어나지 않았더라면 내 인생은 지금과는 다른 모습이었을지도 모른다. 이를테면 사토라든가 다나카라든가 스즈키라든가, 그런 흔한 이름이었다면 나는 좀더 느긋한 인생을 살며 좀더 너그러운 시선으로 세상을 바라보았을지도 모른다. 어쩌면.

아오마메는 눈을 감고 음악에 귀를 기울였다. 관악기의 유니슨이 빚어내는 아름다운 음향이 머릿속에 스며들도록. 문득 한 가지 사실이 마음에 짚었다. 택시 라디오치고는 음질이 지나치게 좋다. 볼륨을 작게 낮추어 틀어두었는데도 음이 깊고 배음(倍音)이 깨끗하게 들린다. 그녀는 눈을 뜨고 몸을 내밀어 대시보드의 카스테레오를 보았다. 그것은 까맣고 반들반들 자랑스럽게 빛났다. 메이커 이름까지는 알아볼 수 없지만, 한눈에도 고급품이라는 건 알겠다. 다이얼이 많이 달렸고 판에 초록빛 숫자가 기품 있게 떠올라 있다. 아마도 하이엔드 제품일 것이다. 보통 법인택시가 이런 훌륭한 음향장치를 차에 설치할 리 없다.

아오마메는 새삼 차 안을 둘러보았다. 택시를 탄 뒤 내내 생각에 빠져 있던 터라 깨닫지 못했는데, 아무리 봐도 보통 택시가 아니었다. 내부 인테리어가 고급스럽고 시트 쿠션도 뛰어났다. 그리고 무엇보다 차 안이 조용하다. 차음(遮音)이 잘 되는지 바깥 소음이 거의 들어오지 않는다. 마치 방음장치를 한 스튜디오 안에 있는 것 같다. 아마 개인택시겠지. 개인택시 운전기사 중에는 차에 들이는 비용을 아끼지 않는 사람이 있다. 그녀는 눈동자만 움직여 택시등록증을 찾았지만 보이지 않았다. 하지만 무면허 불법택시 같진 않다. 정규 택시미터기가 달렸고 정확히 요금을 새기고 있다. 2150엔이라는 요금이 표시되어 있었다. 그런데도 운전기사의 이름이 적힌 등록증은 어디에도 없다.

"좋은 차네요. 무척 조용하고." 아오마메는 운전기사의 등에 대고 말을 건넸다. "이건 무슨 차예요?"

"도요타 크라운 로열살롱." 운전기사는 간결하게 대답했다.

"음악이 깨끗하게 들려요."

"조용한 차예요. 그래서 이 차를 골랐지요. 특히 차음에 관해서라면 도요타는 세계에서 손꼽히는 기술을 갖고 있으니까요."

아오마메는 고개를 끄덕이고 다시 시트에 몸을 묻었다. 운전기사의 말투에는 뭔가 은근히 걸리는 게 있었다. 늘 중요한 것 하나는 말하지 않고 남겨두는 듯한 말투다. 예를 들면(어디까지나 예로서) 도요타 자동차는 차음에 관해서라면 아무 불만이 없지만 그밖의 다른 뭔가에 관해서는 문제가 있다, 라는 듯한. 그리고 말을 마친 뒤에는 함축적인 작은 침묵 덩어리가 남았다. 차 안의 좁은 공간에 그것은 가공의 미니어처 구름처럼 덜렁 떠 있었다. 그 때문에 아오마메는 어쩐지 불안했다.

"정말 조용해요." 그녀는 그 작은 구름을 밀쳐내듯이 말했다. "게다가 스테레오 장비도 상당히 고급인 거 같고."

"구입할 때는 결단이 필요했지요." 퇴역 참모가 왕년의 작전을 회상하는 듯한 어조로 운전기사는 말했다. "하지만 이렇게 차 안에서 보내는 시간이 많으니까 되도록 좋은 소리를 듣고 싶었고, 또……"

아오마메는 다음 말을 기다렸다. 하지만 다음은 없었다. 그녀는 다시 눈을 감고 음악에 귀를 기울였다. 야나체크가 개인적으로 어떤 인물이었는지 아오마메는 알지 못했다. 어쨌든 그는 자신이 작곡한 음악을 1984년의 도쿄에서, 꽉 막힌 수도고속도로 위 도요타 크라운 로열살롱의 조용한 차 안에서 누군가 들으리라고는 아마 상상도 못했을 것이다.

그런데 나는 어떻게 이 음악이 야나체크의 〈신포니에타〉라는 걸 금세 알았을까. 아오마메는 아무래도 이상했다. 그리고 어떻게 나는 그것이 1926년에 작곡되었다는 것을 알고 있는 걸까. 그녀는 딱히 클래식 음악 애호가는 아니었다. 야나체크에 대한 개인적인 추억이 있는 것도 아니다. 그런데도 곡의 첫 소절을 들은 순간부터 그녀의 머리에 여러 가지 지식이 반사적으로 떠올랐다. 열린 창으로 한 떼의 새가 방 안에 휘익 날아든 것처럼. 또한 그 곡은 아오마메에게 뒤틀림 비슷한 기묘한 감각을 몰고 왔다. 아픔이나 불쾌함은 없었다. 단지 몸의 모든 성분을 자근자근 물리적으로 쥐어짜내는 듯한 느낌이 들었을 뿐이다. 아오마메는 영문을 알 수 없었다. 〈신포니에타〉라는 음악이 내게 이런 불가해한 감각을 몰고 온 것일까.

"야나체크." 아오마메는 반쯤 무의식중에 말했다. 말한 뒤에야 이런 말은 하지 말걸, 하고 생각했다.

"뭐라셨죠?"

"야나체크. 이 음악을 작곡한 사람."

"모르겠는데."

"체코의 작곡가." 아오마메는 대답했다.

"호오." 운전기사는 감탄했다.

"이 차, 개인택시예요?" 아오마메는 화제를 바꾸기 위해 물었다.

"그래요." 운전기사는 말했다. 그리고 잠시 틈을 두었다. "개인으로 하고 있죠. 이 차가 두 대째예요."

"좌석이 아주 편안해요."

"고마워요. 그런데요, 손님." 운전기사는 고개를 조금 돌리며 말했다. "혹시 급하십니까?"

"시부야에서 누구를 만나기로 했어요. 그래서 수도고속도로를 타자고 했는데."

"몇시 약속이죠?"

"네시 반." 아오마메는 말했다.

"지금이 세시 사십오분이군요. 이래서는 시간 안에 못 가겠는데."

"그렇게 정체가 심해요?"

"앞쪽에서 아무래도 큰 사고가 난 모양이에요. 이건 보통 정체가 아니에요. 아까부터 거의 움직이지를 않으니."

어째서 이 운전기사는 라디오로 교통정보를 듣지 않을까, 아오마메는 의아했다. 고속도로가 완전히 마비되는 정체상태에 빠져 꼼짝없이 발이 묶여 있다. 택시 운전기사라면 보통은 전용 주파수에 맞춰 정보를 얻으려 할 것이다.

"교통정보를 듣지 않아도 그런 걸 알 수 있어요?" 아오마메는 물었다.

"교통정보 같은 건 도움이 안 돼요." 운전기사는 어딘지 공허한 목소리로 말했다. "그런 건 반쯤은 거짓말이에요. 도로공단이 자기들 편리한 대로 정보를 내보내는 것뿐이죠. 지금 여기서 정말로 무슨 일이 일어나는지는 내 눈으로 보고 내 머리로 판단할 수밖에 없어요."

"그래서 아저씨의 판단으로는 이 정체는 간단히는 해결되지 않는다?"

"한참은 어렵겠어요." 운전기사는 가만히 고개를 끄덕이며 말했다. "그건 장담할 수 있어요. 일단 이렇게 꽉 막혀버리면 수도고속도로는 지옥이죠. 중요한 약속이에요?"

아오마메는 생각했다. "네, 굉장히. 고객과의 약속이니까요."

"그거 난처하군요. 안됐지만 시간을 못 맞추겠어요."

운전기사는 그렇게 말하고, 목이 뻐근한지 몇 차례 가볍게 고개를 돌렸다. 뒷목의 주름살이 태고의 생물처럼 움직였다. 그 움직임을 별생각 없이 보고 있는 사이에 문득 자신의 숄더백 밑바닥에 들어 있는 날카로운 물건이 생각났다. 손바닥에 엷게 땀이 번졌다.

"그럼 어떻게 하면 좋을까요?"

"뾰족한 수가 없어요. 수도고속도로에서는 다음 출구가 나올 때까지 도리가 없죠. 일반도로처럼 여기서 얼른 내려서 가까운 전철역으로 갈 수도 없고."

"다음 출구는 어디죠?"

"다음 출구가 이케지리인데, 거기는 해 떨어질 때쯤에나 도착하겠어요."

해 떨어질 때쯤이나? 아오마메는 자신이 해가 떨어질 때까지 이 택시 안에 갇혀 있는 모습을 상상했다. 야나체크의 음악은 아직 이어지고 있다. 약음기를 꽂은 현악기가 고조된 감정을 어루만지듯이 전면에 나선다. 조금 전의 뒤틀리는 듯한 감각은 이제 많이 가라앉았다. 그건 대체 뭐였을까.

아오마메는 기누타 근처에서 택시를 탔고, 요가(用賀)에서 수도고속도로 3호선으로 올라왔다. 처음 한동안은 차의 흐름이 순조로웠다. 하지만 산겐자야 조금 전부터 갑자기 막히기 시작하더니 이윽고 거의 꼼짝을 하지 않았다. 하행선은 순조롭다. 상행선만 비극적으로 막히고 있다. 오후 세시는 평소 같으면 3호선 상행이 정체할 시간대가 아니다. 그렇기 때문에 아오마메는 운전기사에게 수도고속도로를 타자고 했던 것이다.

"고속도로에서는 시간 요금은 가산되지 않아요." 운전기사는 룸미러를 보며 말했다. "그러니 요금은 걱정하지 않아도 됩니다. 하지만 손님, 약속시간에 늦으면 곤란하겠지요?"

"물론 곤란하지만, 손쓸 방법도 없잖아요?"

운전기사는 룸미러 속 아오마메의 얼굴을 흘끔 보았다. 그는 엷은 색 선글라스를 쓰고 있었다. 빛 때문에 아오마메 쪽에서는 그의 표정을 읽을 수 없었다.

"그게요, 방법이 전혀 없는 건 아니에요. 약간 무리한 비상수단이긴 하지만 여기서 전철을 타고 시부야까지 갈 수는 있어요."

"비상수단?"

"별로 드러내놓고 말할 만한 방법은 아닙니다만."

아오마메는 말없이 눈을 가늘게 뜬 채 다음 말을 기다렸다.

"저기 저 앞에 차를 대는 공간이 보이죠?" 운전기사는 앞쪽을 가리키며 말했다. "큼직한 에소 광고판 근처."

아오마메가 찬찬히 바라보니 2차선 도로 왼편에 고장차량을 세워두기 위한 공간이 보였다. 수도고속도로에는 갓길이 없기 때문에 군데군데 그런 긴급 대피 공간이 마련되어 있다. 고속도로 사무실에 연락할 수 있는 비상용 노란 전화박스도 있었다. 그 공간에 지금은 자동차가 한 대도 서 있지 않다. 맞은편 차선 너머 빌딩 옥상에 커다란 에소석유 광고판이 있었다. 싱긋 웃는 호랑이가 급유호스를 손에 들고 있다.

"실은 말이죠, 저기에 지상으로 통하는 계단이 있어요. 화재나 대지진이 일어났을 때, 운전자가 차를 버리고 내려갈 수 있게 만들어둔 거죠. 평소에는 도로보수 공사원 등이 사용합니다. 그 계단을 타고 내려가면 바로 근처에 도큐 선 역이 있어요. 거기서 전철을 타면 눈 깜짝할 사이에 시부야죠."

"수도고속도로에 비상계단이 있다니, 전혀 몰랐어요." 아오마메는 말했다.

"일반인들은 거의 몰라요."

"하지만 긴급사태도 아닌데 그 계단을 무단으로 이용하면 문제가 되지 않을까요?"

운전기사는 잠시 틈을 두었다. "글쎄요. 도로공단의 자세한 규칙이 어떤지는 나도 잘 모르죠. 하지만 남에게 폐를 끼치는 일도 아닌데, 적당히 봐주지 않겠어요? 애초에 저런 곳은 누가 일일이 감시하지도 않아요. 도로공단이란 데는 어디든 직원 수만 많지 실제로 일하는 사람은 적기로 유명하지요."

"어떤 계단이에요?"

"흠, 말하자면 화재용 비상계단하고 비슷해요. 있잖아요, 오래된 빌딩 뒤편에 흔히 붙어 있는 그런 거. 그닥 위험하지는 않아요. 높이는 빌딩 3층 높이쯤 되지만 보통 계단처럼 내려갈 수 있어요. 입구에 철책이 있긴 한데 별로 높지도 않고 마음만 먹으면 간단히 뛰어넘을 수 있죠."

"아저씨는 그 계단을 사용해본 적 있어요?"

대답은 없었다. 운전기사는 룸미러 안에서 담담히 미소를 지을 뿐이다. 다양하게 해석할 수 있는 웃음이었다.

"어디까지나 손님 마음이에요." 운전기사는 음악에 맞춰 손가락으로 핸들을 가볍게 톡톡 치며 말했다. "이 차에 앉아 소리 좋은 음악을 들으며 느긋하게 계셔도 나는 전혀 상관없어요. 아무리 용을 써봤자 어디로 빠져나갈 수도 없는 노릇이고, 서로 마음을 접고 가만히 있는 수밖에요. 하지만 긴급한 볼일이 있다면 그런 비상수단도 없지는 않다는 얘기예요."

아오마메는 살짝 얼굴을 찌푸리며 손목시계를 보고, 그러고는 고개를 들어 주위의 차들을 바라보았다. 오른편에는 희뿌연 먼지를 뒤집어쓴 검은색 미쓰비시 파제로가 있었다. 조수석에 앉은 젊은 남자는 창문을 열고 따분한 듯 담배를 피웠다. 머리가 길고 햇볕에 탄 얼굴에 검붉은색 윈드브레이커를 입었다. 뒤쪽 짐칸에는 닳도록 사용한 지저분한 서프보드 몇 개가 쌓여 있었다. 그 앞에는 회색 사브

900이 서 있었다. 선팅한 차창이 꼭꼭 닫혀서 어떤 사람이 타고 있는지 밖에서는 보이지 않았다. 매우 깔끔하게 왁스칠이 되어 있다. 가까이 다가가면 차체에 얼굴이 비칠 정도로.

아오마메가 탄 택시 앞에는 뒷범퍼가 우그러진 네리마 번호판의 빨간 스즈키 알토가 있었다. 젊은 엄마가 핸들을 잡고 있다. 어린아이는 심심한지 좌석 위에 올라서서 깡충거린다. 엄마가 짜증난 얼굴로 나무라고 있었다. 아이 엄마의 입 모양이 유리 니머로 읽혔다. 십 분 전과 완전히 똑같은 광경이다. 십 분 동안에 자동차는 채 십 미터도 나아가지 못했을 것이다.

아오마메는 한동안 생각에 집중했다. 여러 가지 요소를 우선순위에 따라 머릿속에서 정리했다. 결론이 나기까지 시간은 그리 오래 걸리지 않았다. 야나체크의 음악도 그에 맞추기라도 하듯이 최종 악장에 들어서고 있었다.

아오마메는 숄더백에서 작은 사이즈의 레이밴 선글라스를 꺼내 썼다. 그리고 지갑에서 천 엔 지폐 세 장을 꺼내 운전기사에게 건넸다.

"여기서 내릴게요. 약속에 늦을 수가 없어서요." 그녀는 말했다.

운전기사는 고개를 끄덕이고 돈을 받아들었다. "영수증은?"

"괜찮아요. 잔돈도 됐어요."

"고마워요." 운전기사는 말했다. "바람이 세게 부는 것 같으니 조심해요. 발이 미끄러지지 않도록."

"네, 조심하죠." 아오마메는 말했다.

"아, 그리고." 운전기사는 룸미러를 보며 말했다. "한 가지 알아둬야 할 게 있는데, 모든 일이 겉보기와는 다릅니다."

모든 일이 겉보기와는 다르다. 아오마메는 머릿속에서 그 말을 되
풀이했다. 그리고 가볍게 미간을 찌푸렸다. "그건 무슨 말씀이세요?"

운전기사는 단어를 신중하게 고르며 말했다. "그러니까 말하자면,
이제부터 평범하지 않은 일을 하려는 거예요. 그렇죠? 보통사람이라
면 대낮에 수도고속도로의 비상계단을 내려가는 일은 안 합니다. 특
히 여자들은요."

"그렇겠죠." 아오마메는 대답했다.

"그래서 그런 평범하지 않은 일을 하고 나면 일상 풍경이, 뭐랄까,
평소와는 조금 다르게 보일지도 모릅니다. 나도 그런 경험이 있어요.
하지만 겉모습에 속지 않도록 하세요. 현실은 언제나 단 하나뿐입
니다."

아오마메는 운전기사의 말에 대해 생각했다. 그러는 사이에 야나
체크의 곡이 끝나고 청중이 박수를 치기 시작했다. 콘서트 녹음을 방
송한 것이리라. 길고 열렬한 박수였다. 브라보, 라는 환호성도 간간
이 들렸다. 미소를 머금은 지휘자가 기립한 청중을 향해 몇 번이나
고개 숙여 답례하는 광경이 눈에 선히 떠올랐다. 그가 고개를 들고
손을 내밀어 콘서트마스터와 악수하고, 뒤로 돌아 양손을 들어 오케
스트라 단원들을 치하하고, 다시 앞으로 돌아서서 깊숙이 머리를 숙
인다. 녹음된 박수 소리를 오래 듣고 있으면 나중에는 박수 소리로
들리지 않는다. 끝없는 화성(火星)의 모래바람에 귀를 기울이고 있
는 듯한 느낌이 든다.

"현실은 언제든 단 하나밖에 없어요." 책의 중요한 한 구절에 밑
줄을 긋듯이 운전기사는 천천히 반복했다.

"물론이죠." 아오마메는 말했다. 맞는 말이다. 하나의 사물은 하나의 시간에 하나의 장소에만 존재한다. 아인슈타인이 증명했다. 현실이란 한없이 냉철하고 한없이 고독한 것이다.

아오마메는 카스테레오를 가리켰다. "정말 좋은 소리였어요."

운전기사는 고개를 끄덕였다. "작곡가 이름이 뭐라고 하셨던가?"

"야나체크."

"야나체크." 운전기사가 되풀이했다. 중요한 암호를 외우듯이. 그러고는 레버를 당겨 뒷문을 열어주었다. "조심해요. 약속 시간에 늦지 않으면 좋겠군요."

아오마메는 큼직한 가죽 숄더백을 손에 들고 차에서 내렸다. 차에서 내릴 때까지도 라디오의 박수 소리는 멈추지 않고 계속되었다. 그녀는 십 미터쯤 앞에 있는 긴급 대피 공간을 향해 고속도로 가장자리를 조심스럽게 걸었다. 반대 차선으로 대형 트럭이 지나갈 때마다 높은 하이힐 밑에서 노면이 흔들렸다. 그것은 흔들림이라기보다 출렁임에 가깝다. 거친 파도 위에 떠오른 항공모함의 갑판 위를 걷는 것 같다.

빨간 스즈키 알토에 탄 작은 여자애가 조수석 창으로 얼굴을 내밀고 입을 헤벌린 채 아오마메를 바라보았다. 그리고 뒤를 돌아보며 엄마에게 "저기 저기, 저 여자, 뭐 해? 어디 가?"라고 물었다. "나도 나가서 걸어갈래. 엄마, 나도 밖에 나갈래. 엄마, 엄마" 하고 큰 소리로 집요하게 졸랐다. 아이 엄마는 말없이 고개만 저었다. 그러고는 탓하는 듯한 시선을 아오마메에게 힐끔 던졌다. 하지만 그게 주변에서 들려온 유일한 목소리이자 눈에 띈 유일한 반응이었다. 다른 운전자들은 그저 담배를 피우고 가만히 미간을 좁히며 측벽과 차 사이를 망설임 없이 걸어가는 그녀의 모습을 눈부신 것을 바라보듯 눈으로 좇고 있었다. 그들은 일시적으로 판단을 유보하는 듯했다. 아무리 차가 꼼짝을 못한다 해도 수도고속도로 위를 걸어간다는 건 일상적인 일이라고 할 수 없다. 그것을 현실의 광경으로 지각하고 받아들이기까지는 얼마간 시간이 걸린다. 걸어가는 사람이 미니스커트에 하이힐 차림의 젊은 여성이고 보면 더욱더.

아오마메는 턱을 당기고 똑바로 앞을 바라보았다. 등을 꼿꼿이 세우고 사람들의 시선을 피부로 느끼며 분명한 걸음으로 걸었다. 찰스 주르당의 밤색 힐이 노면에 메마른 소리를 내고 코트 자락이 바람에 펄럭였다. 이미 4월에 접어들었지만 바람은 아직 차갑고, 사나워질 날씨의 예감을 품고 있었다. 그녀는 준코 시마다의 초록색 얇은 울 정장에 베이지색 스프링코트를 입고 검은 가죽 숄더백을 메고 있었다. 어깨 길이의 머리는 깔끔하게 커트되어 잘 손질되어 있다. 장신구는 전혀 하지 않았다. 키 168센티미터, 군살은 거의 한 줌도 없고 모든 근육은 공들여 단련되었지만 그건 코트에 가려서 아무도 보지 못한다.

정면에서 가만히 얼굴을 관찰하면 좌우 귀의 모양과 크기가 상당히 다르다는 걸 알아볼 수 있다. 왼쪽 귀가 오른쪽 귀보다 훨씬 크고 모양이 비뚤어졌다. 하지만 그걸 알아채는 사람은 거의 없다. 귀는 대개 머리칼 아래 감춰져 있기 때문이다. 한일자로 꾹 다문 입술은 매사에 쉽게 섞여들지 않는 성격을 보여준다. 작고 갸름한 코, 약간 도드라진 광대뼈와 넓은 이마와 길고 직선적인 눈썹도 그런 성향에 저마다 한 표씩을 던지고 있다. 하지만 전체적으로는 단정한 달걀형 얼굴이다. 저마다 취향이 다르다 할지라도, 일단 미인이라고 해도 무방할 것이다. 문제는 얼굴 표정이 거의 없다는 데 있다. 단단히 닫힌 입술은 웬만해서는 미소 한 번 짓지 않는다. 두 눈은 우수한 갑판 감시원처럼 빈틈없이 차갑다. 덕분에 그녀의 얼굴이 사람들에게 선명한 인상을 남기는 일은 거의 없다. 대체로 사람들의 주의나 관심을 끄는 것은 가만히 있을 때의 얼굴 생김새보다는 오히려 표정 변화의 자연스러움이나 우아함이다.

대부분의 사람들은 아오마메의 얼굴을 제대로 파악하지 못한다. 일단 눈을 떼면 그녀가 어떤 얼굴이었는지 떠올리지 못한다. 개성적인 얼굴이라고 할 수 있을 텐데도 세세한 부분의 특징이 왠지 머릿속에 남지 않는다. 그런 면에서 그녀는 교묘하게 몸을 숨기는 곤충을 닮았다. 색깔과 모습을 바꾸어 배경 속에 숨어드는 것, 최대한 눈에 띄지 않는 것, 간단히 기억되지 않는 것, 그것이 바로 아오마메가 추구하는 것이었다. 어렸을 때부터 그녀는 그렇게 자신을 보호해왔다.

그런데 무슨 일이 있어 얼굴을 찡그리면 아오마메의 그런 쿨한 얼굴 생김새는 극적일 만큼 변해버린다. 얼굴 근육이 제각각의 방향으로 힘껏 당겨지고 좌우 비대칭이 극단적일 만큼 강조된다. 여기저기 깊은 주름이 패고 눈이 순식간에 움푹 들어가고 코와 입이 폭력적으로 틀어지고 턱은 뒤틀리고 입술이 말려올라가 희고 큼직한 이가 그대로 드러난다. 마치 묶어둔 끈이 끊어져 가면이 툭 떨어진 것처럼 그녀는 눈 깜짝할 사이에 완전히 딴사람이 된다. 그 모습을 목격한 사람은 그 엄청난 변용에 간담이 서늘해진다. 그것은 거대한 익명성에서 숨을 헉 삼키게 하는 심연으로의 놀랄 만한 도약이었다. 그래서 그녀는 모르는 사람 앞에서는 절대로 얼굴을 찡그리지 않도록 항상 조심했다. 그녀가 얼굴을 일그러뜨리는 것은 자기 혼자일 때, 혹은 마음에 들지 않는 남자를 위협할 때뿐이다.

긴급 대피 공간에 다다른 아오마메는 멈춰 서서 주위를 둘러보며 비상계단을 찾았다. 계단은 금세 눈에 띄었다. 운전기사의 말대로 계단 입구에는 허리보다 조금 높은 철책이 있고 문에는 자물쇠가 채워졌다. 타이트한 미니스커트 차림으로 그 철책을 뛰어넘는다는 건 적잖이 번거로운 일이지만 남의 눈만 신경쓰지 않는다면 그리 어려운 일도 아니었다. 그녀는 망설임 없이 하이힐을 벗어 숄더백에 찔러넣었다. 맨발로 걸으면 스타킹은 엉망이 될 것이다. 하지만 그건 아무 가게에서나 새로 사면 된다.

사람들은 그녀가 하이힐을 벗고 코트를 벗는 모습을 말없이 지켜보았다. 바로 앞에 서 있던 검은 도요타 셀리카의 열린 창문으로 마이클 잭슨의 새된 목소리가 배경음악처럼 흘러나왔다. 〈빌리 진〉. 스트립쇼 무대에 오른 것 같네, 그녀는 생각했다. 좋아, 보고 싶으면 보라지. 정체에 말려들어 꼼짝도 못 하고 다들 어지간히 따분할 텐데. 하지만 여러분, 더이상은 안 벗어요. 오늘은 하이힐과 코트까지만. 안됐네요.

아오마메는 숄더백을 떨어뜨리지 않도록 가로질러 멨다. 조금 전까지 타고 있던 검은 도요타 크라운 로열살롱이 한참 저 멀리 보였다. 오후의 태양빛을 받아 앞유리가 유리잔처럼 눈부시게 빛났다. 운전기사의 얼굴까지는 보이지 않았다. 하지만 그는 이쪽을 보고 있을 터였다.

  겉모습에 속지 않도록 하세요. 현실이라는 건 언제나 단 하나뿐입니다.

  아오마메는 크게 숨을 들이쉬고 크게 내쉬었다. 그리고 〈빌리 진〉
의 멜로디를 귀로 더듬으며 철책을 타넘었다. 미니스커트가 허리께
까지 말려올라갔다. 알 게 뭐야, 그녀는 생각했다. 보고 싶으면 얼마
든지 보라지. 스커트 안의 뭘 보았건 나라는 인간을 꿰뚫어볼 순 없
다. 그리고 늘씬하고 아름다운 두 다리는 아오마메가 자신의 몸 중에
서 가장 자랑스럽게 여기는 부분이었다.

  철책 너머에 내려선 아오마메는 스커트 자락을 바로잡고 손의 먼
지를 털고는 다시 코트를 입고 숄더백을 어깨에 걸쳤다. 선글라스 다
리를 슬쩍 밀어올렸다. 비상계단은 눈앞에 있었다. 회색으로 도장한
철제 계단이다. 간소하고 실용적이며 철저히 기능성만을 추구한 계
단. 스타킹만 신은 발에 타이트한 미니스커트 차림의 여자가 오르내
리라고 만든 건 아니다. 준코 시마다의 정장도 수도고속도로 3호선
의 비상계단을 내려갈 것을 염두에 둔 디자인은 아니다. 대형 트럭이
반대 차선을 지나가며 계단을 부르르 흔들었다. 바람이 비명을 지르
며 철골 틈새를 뚫고 지나갔다. 하지만 계단은 어쨌든 그곳에 있다.
이제 남은 건 지상에 내려갈 일뿐이다.

  아오마메는 마지막으로 몸을 돌려, 강연을 마치고 연단에 선 채
청중의 질문을 기다리는 사람처럼 길 위에 빈틈없이 늘어선 자동차
를 왼쪽에서 오른쪽으로, 그리고 오른쪽에서 왼쪽으로 훑어보았다.
자동차 행렬은 아까 그 자리에서 요만큼도 앞으로 나아가지 못했다.
사람들은 그곳에 발이 묶인 채 하릴없이 그녀의 일거일동을 지켜보

왔다. 저 여자가 대체 뭘 하자는 건가, 하고 그들은 의아해하고 있다. 관심과 무관심이, 부러움과 경멸이 뒤섞인 시선이 철책 너머에 선 아오마메에게로 쏟아졌다. 그들의 감정은 어느 한 편으로 넘어가지 못한 채, 불안정한 저울처럼 흔들리고 있었다. 무거운 침묵이 주위에 드리워졌다. 손을 들어 질문하는 자도 없었다(질문을 받아도 물론 아오마메는 대답할 생각이 없지만). 사람들은 영원히 다가오지 않을 계기를 그저 침묵 속에서 기다리고 있었다. 아오마메는 턱을 스윽 당기고 아랫입술을 깨물고 진초록 선글라스 너머로 그들을 훑어보았다.

내가 누구인지, 지금 어디 가서 무엇을 하려고 하는지, 당신들은 분명 상상도 못할 거야. 아오마메는 입을 다문 채 그렇게 말을 건넸다. 당신들은 그곳에 발이 묶인 채 어디에도 갈 수 없어. 앞으로 나아가지도, 그렇다고 뒤로 물러서지도 못해. 하지만 나는 그렇지 않아. 내게는 처리하지 않으면 안 될 일이 있어. 해치워야 할 사명이 있어. 그러니 나는 먼저 떠나주겠어.

아오마메는 마지막으로, 사람들을 향해 마음껏 얼굴을 찌푸려주고 싶었다. 하지만 가까스로 그런 충동을 잠재웠다. 쓸데없는 짓을 하고 있을 여유는 없다. 일단 얼굴을 찌푸리면 원래의 표정을 회복하는 데 꽤 힘이 드는 것이다.

아오마메는 무언의 관중에게 등을 돌리고, 발바닥에 철제의 까칠한 냉기를 느끼며 비상계단을 신중한 걸음으로 내려가기 시작했다. 이제 막 4월에 들어선 쌀랑한 바람이 그녀의 머리칼을 흩뜨리고 비뚤어진 왼쪽 귀를 이따금 드러나게 했다.

제2장 덴고
Q
조금 특별한 아이디어

덴고(天吾)의 최초의 기억은 한 살 반 때의 것이다. 그의 어머니는 블라우스를 벗고 하얀 슬립의 어깨끈을 내리고 아버지가 아닌 남자에게 젖꼭지를 빨리고 있었다. 아기 침대에는 한 아기가 있고 그게 아마도 덴고였다. 그는 자신을 제삼자로 바라보고 있다. 어쩌면 그의 쌍둥이 형제였을까. 아니, 그렇지 않다. 그곳에 있는 아기는 분명 한 살 반의 덴고 자신이다. 그는 직감적으로 그것을 안다. 아기는 눈을 감고 작은 숨소리를 내며 자고 있다. 그것이 덴고에게는 인생 최초의 기억이다. 그 십 초 남짓한 정경이 의식의 벽에 선명하게 각인되어 있다. 그 앞도 없고 그 뒤도 없다. 거대한 홍수에 휩쓸린 도시의 첨탑처럼 그 기억은 홀로 덩그러니 탁한 수면 위로 머리를 내밀고 있다.

기회가 있을 때마다 덴고는 주위 사람들에게 묻곤 했다. 기억하는 인생 최초의 정경은 몇 살 때쯤의 것이냐고. 많은 사람들에게 그건 네 살이거나 다섯 살 때의 것이었다. 빨라야 세 살이었다. 그보다 더 빠른 경우는 한 번도 없었다. 어린아이가 자기 주위의 정경을 어느 정도 논리성을 갖춘 것으로 목격하고 인식할 수 있으려면 적어도 세 살은 되어야 하는 모양이다. 그 이전 단계에서는 모든 정경이 이해 불가능한 카오스로 눈에 비칠 뿐. 세계는 묽은 죽처럼 흐물거리고, 골격을 갖추지 못해 어디도 붙잡을 데가 없다. 그것은 뇌 속에 기억으로 형성되는 일 없이 그저 창밖을 스쳐 지나간다.

아버지가 아닌 남자가 어머니의 젖꼭지를 빨고 있는 상황이 어떤 의미를 가지는지, 물론 한 살 반의 젖먹이가 판단할 수 있을 리 없다. 그건 명백하다. 그래서 만일 덴고의 그 기억이 제대로 된 것이라면, 아마 그는 어떤 판단도 없이 눈에 들어온 정경을 그저 있는 그대로 망막에 새긴 것이리라. 카메라가 물체를 빛과 그림자의 혼합물로서 기계적으로 필름에 기록하는 것처럼. 그리고 의식이 성장함에 따라 보류된 채 고정된 그 영상이 조금씩 해석되고 거기에 의미가 부여되었을 것이다. 하지만 그런 일이 과연 실제로 일어날 수 있는 것일까. 젖먹이의 뇌가 그런 영상을 보존하는 게 가능한 것일까.

어쩌면 그건 그저 거짓된 기억인지도 모른다. 모든 것은 그의 의식이 훗날 어떤 목적이나 의도를 가지고 마음대로 지어낸 것이 아닐까. 기억의 날조…… 그 가능성에 대해서도 덴고는 충분히 고려했다. 그리고 분명 그럴 리는 없다는 결론에 도달했다. 지어낸 것이라고 하기에 그 기억은 너무도 선명하고 깊은 설득력을 갖고 있다. 그곳에 존재하는 빛이나 냄새, 가슴의 두근거림. 그것들의 실재감은 압도적이어서 도저히 가짜라고는 생각할 수 없다. 또한 그 정경이 실제로 존재했다고 가정하면 여러 가지 일들의 앞뒤가 맞아떨어졌다. 논리적으로도, 감정적으로도.

시간으로 치면 십 초 남짓한 그 선명한 영상은 아무런 징후도 없이 찾아온다. 전조도 없고 유예도 없다. 노크 소리도 없다. 전철을 타고 있을 때, 칠판에 수식을 쓰고 있을 때, 식사를 하고 있을 때, 누군가를 마주하고 이야기하고 있을 때(이를테면 지금처럼), 그것은 느닷없이 덴고를 찾아온다. 소리 없는 해일처럼 압도적으로 덮쳐온다. 알아차렸을 때는 이미 그것은 그의 눈앞을 가로막고 팔다리는 완전히 마비되어 있다. 시간의 흐름이 문득 멈춘다. 주위 공기가 희박해져서 제대로 숨을 쉴 수 없다. 주위 사람들과 사물이 모조리 자신과는 무관한 것으로 바뀐다. 그 액체의 벽은 그의 온몸을 서서히 삼켜버린다. 세계가 컴컴하게 닫혀가는 감각이 있기는 하지만 의식이 희미해지는 건 아니다. 레일의 포인트가 바뀔 뿐이다. 의식은 부분적으로는 오히려 예민해진다. 공포는 없다. 하지만 눈을 뜰 수가 없다. 눈꺼풀은 꽉 닫힌다. 주위의 소리도 멀어진다. 그리고 그 익숙한 영상이 몇 번이고 의식의 스크린에 떠오른다. 온몸 구석구석에서 땀이 솟는다. 셔츠의 겨드랑이가 축축해지는 것이 느껴진다. 온몸이 가늘게 떨리기 시작한다. 심장 박동이 빨라지고 소리가 커진다.

누군가와 동석하고 있을 때라면 덴고는 어지럼증이 도진 척한다. 그것은 사실 어지럼증과 비슷했다. 그저 시간이 지나면 모든 것은 평상으로 돌아온다. 그는 호주머니에서 손수건을 꺼내 입에 대고 가만히 있는다. 손을 들어 별일 아니다, 걱정할 거 없다고 상대에게 신호를 보낸다. 30초 정도로 끝나는 때도 있고 1분 이상 계속되는 때도 있다. 그동안 똑같은 영상이 비디오테이프로 비유하자면 구간 반복 상태로 자동 반복된다. 어머니가 슬립의 어깨끈을 내리고 단단해진 젖꼭지를 어떤 남자에게 빨린다. 그녀는 눈을 감고 깊은 숨을 내쉰다. 어머니의 그리운 냄새가 희미하게 감돈다. 아기에게 후각은 가장 첨단의 감각이다. 후각은 많은 것을 가르쳐준다. 때로는 모든 것을 알려준다. 소리는 들리지 않는다. 공기는 걸쭉한 액체상태다. 귀가 잡아낼 수 있는 것은 자신의 부드러운 심장 소리뿐.

이걸 봐, 그들은 말한다. 이것만 봐, 그들은 말한다. 너는 여기에 있고 너는 여기 외에는 갈 수 없어, 그들은 말한다. 그 메시지가 몇 번이고 몇 번이고 반복된다.

이번 '발작'은 길게 이어졌다. 덴고는 눈을 감고 늘 하던 대로 손수건을 입에 대고 단단히 물고 있었다. 그것이 얼마나 오래 계속되었는지는 모른다. 모든 것이 끝난 뒤, 몸이 나른해진 상태를 보고 짐작하는 수밖에. 몸은 지독히 소모되어 있었다. 이토록 지쳐버린 건 처음이다. 눈꺼풀을 들 수 있기까지 시간이 걸렸다. 의식은 한시라도 빠른 각성을 원하고 있지만 근육이나 내장의 시스템이 거기에 저항하고 있다. 계절을 착각하여 예정보다 빨리 눈을 떠버린 동면기의 동물처럼.

"이봐, 덴고." 누군가 아까부터 부르고 있다. 그 목소리는 긴 동굴의 한참 저 안쪽에서 멍하니 들려왔다. 덴고는 그것이 자신의 이름이라는 게 생각났다. "왜 그래, 또 그거야? 괜찮아?" 목소리는 말했다. 이번에는 좀더 가깝게 들린다.

덴고는 이윽고 눈을 뜨고 초점을 맞추고 테이블 끝을 움켜쥔 자신의 오른손을 바라보았다. 세계는 분해되는 일 없이 존재하고 자신은 아직 거기 그대로 있음을 확인했다. 마비는 조금 남아 있지만 그곳에 있는 것은 분명히 자신의 오른손이었다. 땀냄새도 났다. 동물원의 어떤 동물의 우리 앞에서 나는 듯한 기묘하도록 난폭한 냄새다. 하지만 그것은 의심의 여지 없이 그 자신의 냄새였다.

목이 말랐다. 텐고는 손을 내밀어 테이블 위의 유리잔을 쥐고 흘리지 않도록 조심하며 물을 반쯤 마셨다. 잠깐 쉬면서 호흡을 가다듬은 뒤에 나머지 반을 마셨다. 의식이 차츰차츰 제자리로 돌아오고 몸의 감각이 회복되어갔다. 빈 물잔을 내려놓고 입가를 손수건으로 닦았다.

"미안합니다. 이제 괜찮아요." 그는 말했다. 그리고 지금 마주하고 있는 상대가 고마쓰라는 것을 확인했다. 두 사람은 신주쿠 역 근처 커피숍에서 미팅중이었다. 주위의 말소리도 보통 말소리로 들려왔다. 옆자리 테이블에 앉은 두 사람이 무슨 일인가 하고 의아해하며 이쪽을 쳐다보고 있었다. 웨이트리스가 불안한 표정을 하고 가까이에 서 있었다. 자리에 토할까봐 걱정하고 있는지도 모른다. 텐고는 얼굴을 들어 그녀를 향해 미소를 짓고 고개를 끄덕였다. 문제없다, 걱정하지 않아도 된다는 뜻으로.

"그거, 무슨 발작은 아니지?" 고마쓰가 물었다.

"별거 아니에요. 그냥 어지럼증 같은 겁니다. 좀 심할 뿐이에요." 텐고는 말했다. 목소리는 아직 자신의 목소리처럼 들리지 않았다. 하지만 가까스로 그것에 가까운 것이 되어 있었다.

"자동차를 운전할 때 이런 일이 일어나기라도 하면 아주 큰일이겠는데." 고마쓰는 덴고의 눈을 들여다보며 말했다.

"운전은 안 합니다."

"그거 다행이군. 아는 사람 중에 삼나무 꽃가루 알레르기로 고생하는 사람이 있는데, 운전중에 재채기가 나서 전봇대에 차를 박아버렸어. 근데 자네는 재채기 정도로 끝나는 것도 아니고, 거참. 처음에는 정말 많이 놀랐어. 두번째 보니까 뭐, 조금 익숙해지네."

"미안합니다."

덴고는 커피 잔을 들고 한 모금 마셨다. 아무 맛도 나지 않았다. 그저 미지근한 액체가 목구멍을 넘어갈 뿐이었다.

"물 좀 더 달랄까?" 고마쓰가 물었다.

덴고는 고개를 저었다. "아뇨, 괜찮아요. 이제 가라앉았어요."

고마쓰는 상의 주머니에서 말보로를 꺼내 입에 물고 커피숍 성냥으로 불을 붙였다. 그러고는 손목시계에 흘끔 시선을 던졌다.

"그런데, 무슨 이야기를 했었죠?" 덴고는 물었다. 빨리 평상으로 돌아와야 한다.

"아, 그러니까, 우리가 무슨 얘기를 했더라." 고마쓰는 그렇게 말하고 눈을 허공으로 향한 채 잠시 생각했다. 혹은 생각하는 척했다. 어느 쪽인지 덴고는 알지 못한다. 고마쓰의 동작이나 말하는 방식에는 적잖이 연극적인 데가 있다. "그렇지. 후카에리라는 소녀에 대한 얘기를 하려고 했어. 그리고「공기 번데기」얘기."

덴고는 고개를 끄덕였다. 후카에리와「공기 번데기」이야기다. 거기에 대해 고마쓰에게 설명하려던 참에 '발작'이 찾아와 대화가 중단되었다. 덴고는 가방 속에서 복사한 원고 더미를 꺼내 테이블에 올려놓았다. 원고에 손을 얹고 그 감촉을 다시 한번 확인했다.

"전화로도 간단히 말씀드렸지만, 이「공기 번데기」의 가장 큰 장점은 어느 누구도 흉내내지 않았다는 점입니다. 신인의 작품으로는 드물게 누구처럼 되고 싶다 하는 구석이 없어요." 덴고는 신중하게 단어를 골라가며 말했다. "분명 문장은 덜 다듬어졌고 단어 선택도 유치한 면이 있습니다. 우선 제목부터 번데기와 누에고치를 혼동하고 있어요. 지적하기로 들면 부족한 부분은 그 외에도 얼마든지 열거할 수 있겠죠. 하지만 이 이야기에는 적어도 사람을 강하게 끌어들이는 데가 있어요. 전체적인 줄거리는 판타지적인데 세부 묘사는 유난히 리얼합니다. 그 균형이 아주 좋아요. 독창성이나 필연성이라는 표현이 적절할지 어떨지, 저는 잘 모르겠습니다. 이 작품은 그런 평가를 할 수준도 못 된다고 한다면 뭐, 그것도 맞는 얘기일 거예요. 하지만 여기저기 걸리면서도 어떻든 다 읽고 나면 그뒤에 쩡한 여운이 남아요. 그게 어쩐지 불편하고, 제대로 설명할 수 없는 기묘한 느낌이라고 해도 말이죠."

고마쓰는 아무 말도 하지 않고 덴고의 얼굴을 바라보았다. 좀더 많은 말을 그는 원하고 있었다.

덴고는 말을 이었다. "문장이 서툴다는 이유만으로 이 작품을 간단히 떨어뜨리지 않았으면 합니다. 최근 몇 년 동안 일하면서 산더미 같은 응모 원고를 읽어봤어요. 뭐, 읽었다기보다 대충 훑어봤다고 하는 게 맞겠지만, 비교적 잘 쓴 작품도 있고 도무지 어떻게 해볼 수 없는 것도—물론 그런 게 더 많았지만요—있었습니다. 하지만 어쨌든 그 많은 작품을 읽어오면서 나름의 맛 같은 걸 느낀 건 이「공기 번데기」가 처음이에요. 다 읽고 나서 다시 처음부터 읽어보고 싶다는 마음이 든 것도 이게 처음입니다."

"흐음." 고마쓰는 신음을 흘렸다. 그리고 별 흥미가 없다는 듯 담배 연기를 내뿜으며 입을 동그랗게 오므렸다. 하지만 덴고는 결코 짧지 않은 고마쓰와의 교제를 통해 겉으로 드러난 표정에 간단히 속지 않게 되었다. 이 사람은 왕왕 본심과는 관계없는, 혹은 전혀 반대되는 표정을 내보이는 일이 있다. 그래서 덴고는 상대가 입을 열기를 참을성 있게 기다렸다.

"나도 읽어봤어." 고마쓰는 잠시 뜸을 들인 뒤에 말했다. "자네에게서 전화 받고 곧바로 원고를 읽었어. 아, 그런데 지독히 서툴더라고. 조사(助詞) 사용도 엉망이고, 무슨 소리를 하려는 건지 잘 모르겠는 문장도 있어. 소설 쓰기 전에 문장 쓰는 법을 기초부터 다시 공부하는 게 좋을 거 같아."

"하지만 끝까지 읽어버렸다, 그렇죠?"

고마쓰는 미소를 지었다. 평소에는 열리는 일 없는 서랍의 깊숙한 곳에서 끄집어낸 듯한 웃음이었다. "그건 그래. 분명 자네 말이 맞아. 끝까지 읽었지. 나도 놀랐어. 신인상 응모작을 내가 끝까지 다 읽다니, 한 번도 없었던 일이지. 게다가 부분적으로 다시 읽어보기까지 했어. 이건 뭐, 행성직렬 현상만큼이나 희귀한 일이야. 그건 인정할게."

"그건 뭔가 있다는 거예요, 그렇죠?"

고마쓰는 재떨이에 담배를 내려놓고 오른손 가운뎃손가락으로 콧방울을 문질렀다. 하지만 덴고의 물음에는 대답하지 않았다.

덴고는 말했다. "이 아이는 아직 열일곱 살 고등학생입니다. 소설을 읽고 쓰는 훈련이 안 된 것뿐이에요. 이번 작품이 신인상을 수상하기는 물론 어렵겠지요. 하지만 최종 후보작에 올릴 만한 가치는 있어요. 고마쓰 씨의 재량으로 그건 할 수 있으시지요? 그렇게 해주시면 분명 다음을 기대할 수 있을 겁니다."

"흐음." 고마쓰는 다시 한번 신음을 흘리고 따분한 듯 하품을 했다. 그리고 컵의 물을 한모금 마셨다. "이봐 덴고, 생각 잘해야 돼. 이런 엉성한 원고를 최종심에 올려보라고. 심사위원 선생들이 놀라 자빠질 거야. 화를 낼지도 몰라. 우선 끝까지 읽지도 않. 심사위원은 네 사람 모두 다 현역 작가야. 다들 바빠 죽겠는 사람들이라고. 처음 몇 장 대충 훑어보고 휙 내던져버릴 거야. 이런 건 초등학생 작문이라면서 말이야. 갈고 닦으면 빛날 물건이 여기 있습니다, 하고 내가 손을 비벼가며 열변을 토해봤자 누가 귀를 기울여주겠어? 내 재량이라는 게 혹시 힘이 있다고 해도 그건 좀더 가능성 있는 것을 위해 남겨두고 싶네."

"그렇다면 아예 떨어뜨리겠다는 건가요?"

"아니, 그런 말은 안 했어." 고마쓰는 콧방울을 문지르며 말했다. "나는 이 작품에 대해 조금 특별한 아이디어를 갖고 있어."

"조금 특별한 아이디어." 덴고는 말했다. 거기에서 불길한 울림을 어렴풋이 느끼면서.

"자네는 다음 작품을 기대하자는 건데," 고마쓰는 말했다. "나도 물론 기대하고 싶지. 긴 시간을 들여 어린 작가를 소중히 키워내는 건 편집자로서 크나큰 기쁨이야. 맑은 밤하늘을 보면서 다른 사람보다 먼저 새 별을 찾아낸다는 건 가슴 뛰는 일이지. 다만 솔직히 말해서 이 아이에게 다음이 있다고 생각하기 어려워. 부족하지만 나도 이 업계에서 이십 년 동안 밥을 먹어온 사람이야. 그동안에 수많은 작가들이 떴다 사라지는 걸 지켜봤지. 그래서 다음이 있는 사람과 다음이 있다고 생각되지 않는 사람을 구별할 정도는 돼. 내가 보기엔, 이 아이에게 다음은 없어. 안됐지만 다음의 다음도 없어. 다음의 다음의 다음도 없어. 우선 이 문장은 시간을 들여 갈고 닦는다고 좋아질 만한 물건이 아냐. 아무리 기다려봤자 어떻게도 안 된다고. 그저 목만 빠질 뿐이지. 왜 그러냐 하면 말이지, 이 아이에게는 좋은 문장을 쓰겠다, 제대로 된 문장을 꼭 쓰고 싶다는 작정이 눈곱만큼도 없기 때문이야. 문장이라는 건 글재주를 타고나든지 아니면 죽기살기로 노력을 하든지, 둘 중 하나밖에 없어. 그런데 이 후카에리라는 아이는 그중 어느 쪽도 아냐. 봤잖아, 천부적인 재능도 없고, 그렇다고 노력할 작정도 없어 보여. 왜 그런지는 모르겠어. 문장이라는 것에 대한 흥미가 애당초 없어. 이야기를 하고 싶다는 의지는 분명 있어. 그것도 상당히 강한 의지가. 그건 인정해. 그게 날것 그대로 이렇게 자네를 확 끌어들이고, 나도 원고를 끝까지 읽어보게 했어. 생각하기에 따라서는 대단하지. 하지만 그럼에도 불구하고 소설가로서의 장래는 없어. 빈대 똥만큼도 없어. 자네를 실망시키는 말 같지만, 있는 그대로 내 의견을 말하자면 그거야."

덴고는 거기에 대해 생각해보았다. 고마쓰의 말에도 일리가 있었다. 어찌 되었든 고마쓰에게는 편집자로서의 감이란 게 있다.

"하지만 기회를 주는 것도 나쁘지 않을 텐데요." 덴고는 말했다.

"물에 풍덩 던져넣고 기어나오는지 빠져죽는지 보자, 이건가?"

"간단히 말하면요."

"지금까지 나는 무익한 살생을 어지간히도 해왔어. 남이 빠져죽는 꼴은 더이상 보고 싶지 않아."

"그럼 제 경우는 어떻습니까?"

"자네는 적어도 노력은 하고 있어." 고마쓰는 단어를 신중히 고르며 말했다. "내가 지켜본 바로는 자넨 대충이란 게 없어. 글 쓰는 작업에 대해 지극히 겸허하기도 해. 왜냐. 그건 글쓰기를 좋아하기 때문이야. 나는 그 점을 높이 평가하고 있네. 글쓰기를 좋아한다는 건 작가가 되려는 사람에게 무엇보다 소중한 자질이야."

"하지만 그것만으로는 부족하죠."

"물론. 그것만으로는 부족하지. '특별한 뭔가'가 있어야 해. 적어도 내가 미처 다 읽어낼 수 없는 뭔가가 들어 있지 않으면 안 돼. 나는 말이지, 특히 소설에 관해서는 내가 다 읽어낼 수 없는 것을 무엇보다 높이 평가해. 내가 죄다 알아버리는 그런 것에는 도대체 흥미가 없어. 당연하지. 지극히 단순한 일이야."

덴고는 잠시 침묵했다. 그리고 입을 열었다. "후카에리가 쓴 글에는 고마쓰 씨가 미처 읽어낼 수 없는 게 담겨 있습니까?"

"응, 있지. 물론. 이 아이는 뭔가 소중한 것을 갖고 있어. 어떤 것인지는 모르지만 분명하게 갖고 있어. 그건 확실해. 자네도 알고 나도 알아. 그건 바람 없는 오후의 모닥불 연기처럼 누구의 눈에라도 확실하게 보여. 하지만 말이지, 덴고. 이 아이가 품고 있는 것은 아마도 이 아이가 감당할 수 없는 것일 게야."

"물에 풍덩 내던져도 기어나올 가망이 없다?"

"그래." 고마쓰는 말했다.

"그래서 최종심에는 올리지 않는다?"

"바로 거기야." 고마쓰는 말했다. 그리고 입술을 비뚜름하게 하고서 테이블 위에서 양손을 맞댔다. "바로 거기서 나는 어휘를 신중하게 선택해야 하네."

덴고는 커피 잔을 들고 안에 남은 것을 잠시 바라보았다. 그리고 잔을 다시 내려놓았다. 고마쓰는 아직 아무 말도 하지 않는다. 덴고는 입을 열었다. "그러니까 고마쓰 씨가 말하는 조금 특별한 아이디어가 거기서 등장하는군요?"

고마쓰는 똑똑한 학생을 마주한 교사처럼 눈을 가늘게 뜨고 웃었다. 그리고 천천히 고개를 끄덕였다. "그렇지."

고마쓰라는 남자에게는 어딘가 가늠하기 힘든 데가 있다. 뭘 생각하는지 뭘 느끼는지, 표정이나 목소리에서 간단히 읽어낼 수가 없다. 그리고 본인도 그렇게 연막을 피우는 것을 적잖이 즐기는 것 같았다. 머리회전은 분명 빠르다. 타인의 생각 따위와는 관계없이 자신의 논리에 따라 생각하고 판단하는 타입이다. 또한 불필요하게 과시하는 짓거리는 하지 않지만, 엄청난 양의 책을 읽었고 다양한 방면에 걸쳐 면밀한 지식을 가지고 있다. 지식만이 아니라 직감적으로 사람을 간파하고 작품을 알아보는 눈도 갖고 있다. 거기에는 다분히 편견이 포함되어 있지만 그에게는 편견도 진실의 중요한 요소 중 하나였다.

원래 말을 많이 하는 사람이 아니라서 매사에 설명을 다는 걸 싫어하지만, 필요할 때는 재치 있게 논리적으로 자신의 견해를 펼칠 줄 알았다. 일단 하기로 마음먹으면 철저히 신랄해지기도 한다. 상대의 가장 약한 부분을 노려 한순간에 몇마디 말로 푹 찌를 줄도 알았다. 사람에 대해서도 작품에 대해서도 개인적인 취향이 강해서, 허용할 수 있는 상대보다는 허용할 수 없는 인간이나 작품이 훨씬 더 많다. 그리고 당연한 일이지만 상대방도 그에 대해 호감을 품기보다는 품지 않는 사람이 훨씬 더 많다. 그건 그 자신이 바라는 바이기도 했다. 덴고가 보기에 그는 오히려 고립을 좋아하고, 타인의 경원하는 눈초리를—혹은 분명하게 미움받는 것을—꽤 즐기기도 했다. 예리한 정신은 안락한 환경에서 태어나는 게 아니다. 라는 게 그의 신조였다.

고마쓰는 덴고보다 열여섯 살 연상으로, 마흔다섯 살이다. 문예지 편집자로 외길을 걸어왔고 이쪽 업계에서는 나름 수완가로 이름이 알려져 있지만, 그의 사생활에 대해 아는 사람은 없다. 일과 관련된 교제는 있어도 어느 누구와도 개인적인 이야기는 나누지 않기 때문이다. 그가 어디서 태어나 어디서 자랐고 지금 어디서 사는지, 덴고는 전혀 알지 못한다. 장시간 대화를 해도 그런 화제는 일절 나오지 않는다. 그토록 첫인상이 고약하고 사교랄 것도 거의 하지 않는 고마쓰가 늘 문단을 경멸하는 언동을 일삼으면서도 용케 원고는 잘 따낸다고 사람들은 고개를 갸웃거리는데, 본인은 별로 힘들 것도 없었다는 얼굴로 필요에 따라 유명작가의 원고를 척척 받아냈다. 그 덕분에 잡지의 모양새가 그럭저럭 갖춰지는 일도 몇 번인가 있었다. 그래서 남에게 호감은 주지 못해도 실력은 다들 인정해준다.

떠도는 소문으로는 고마쓰가 도쿄 대학 문학부에 다닐 때 60년 안보투쟁이 있었고, 그는 학생운동 조직의 간부급이었다고 한다. 데모에 참가한 도쿄대 여학생 간바 미치코가 경찰의 폭행으로 사망했을 때, 바로 그 옆에 있다가 그도 적잖이 부상을 입었다는 소문이 있었다. 그 소문이 사실인지 아닌지는 알 수 없다. 다만 그러고 보니, 하고 짐작이 가는 점은 있었다. 키가 크고 비쩍 마르고 입이 유난히 큼직하고 코는 또 유난히 작다. 팔다리가 길고 손끝은 니코틴에 찌들어 얼룩져 있다. 19세기 러시아 문학에 나오는 혁명가 퇴물 인텔리겐치아를 연상시키는 구석이 있다. 웃는 일은 별로 없지만 일단 웃으면 온 얼굴에 웃음이 가득하다. 하지만 그렇더라도 딱히 즐거운 것처럼 보이지는 않는다. 불길한 예언을 준비하며 쿡쿡쿡 웃고 있는 해묵은 마법사로밖에는 보이지 않는다. 깔끔하고 옷차림도 단정하지만, 복장 따위에는 신경쓰지 않는다는 것을 세상에 내보이려는 것인지 늘 그 옷이 그 옷 같은 차림이다. 트위드 재킷에 하얀 옥스퍼드 면셔츠나 연회색 폴로셔츠, 노타이에 회색 바지, 스웨이드 구두, 그걸 마치 유니폼처럼 입고 다닌다. 색깔과 천과 무늬 크기가 저마다 아주 조금씩 다른 스리버튼 트위드 재킷 여섯 벌쯤이 꼼꼼히 솔질된 채 그의 집 옷장에 걸려 있는 광경이 눈앞에 떠오른다. 구분을 하기 위해 번호표를 붙여뒀는지도 모른다.

가는 철사처럼 뻣뻣한 머리칼은 이마 윗부분이 슬슬 희끗희끗해지고 있다. 헝클어진 머리칼은 귀를 덮을 정도다. 신기하게도 그 머리 길이는, 일주일 전쯤 이발소에 갔어야 하는데, 라는 정도를 항상 유지하고 있다. 어떻게 그런 일이 가능한지, 덴고는 알 수가 없다. 이따금 겨울 밤하늘에서 별이 반짝이듯이 안광이 예리해진다. 무슨 겨를엔가 일단 입을 꾹 다물면 달의 뒷면에 박힌 바위처럼 한없이 침묵

한다. 그럴 때의 그는 표정도 거의 사라지고 체온조차 잃어버린 것처럼 보인다.

덴고가 고마쓰를 알게 된 건 5년쯤 전이다. 그는 고마쓰가 편집자로 일하는 문예지의 신인상에 응모하여 최종심에 올랐다. 그때 고마쓰가 전화를 걸어왔다. 한번 만나서 이야기하고 싶다고 했다. 두 사람은 신주쿠의 커피숍(지금 이곳)에서 만났다. 이번 작품으로 자네가 신인상에 당선되기는 어려울 거야, 라고 고마쓰는 말했다(실제로 낙선했다). 하지만 자신은 개인적으로 그 작품이 마음에 든다고 했다. "생색을 내자는 건 아니지만 내가 누구한테 이런 말을 하는 건 정말 드문 일이야"라고 그는 말했다(그때는 몰랐지만 실제로 그의 말대로였다). 그래서 다음 작품을 쓰면 읽어보고 싶다, 누구보다 먼저, 라고 고마쓰는 말했다. 그렇게 하겠습니다, 라고 덴고는 대답했다.

고마쓰는 또한 덴고가 어떤 사람인지 알고 싶어했다. 어떻게 자랐고 지금은 어떤 일을 하고 있는지. 덴고는 할 수 있는 한 되도록 솔직하게 얘기했다. 지바 현 이치카와 시에서 태어나 거기서 자랐다. 어머니는 덴고가 태어나고 얼마 뒤에 병을 얻어 죽었다. 적어도 아버지는 그렇게 말했다. 형제는 없다. 아버지는 그뒤 재혼하지 않고 혼자서 덴고를 키웠다. 아버지는 NHK 수금원으로 일했었지만, 지금은 알츠하이머 병에 걸려 보소반도 남단의 요양소에 가 있다. 덴고는 쓰쿠바 대학 '제1학군 자연학류 수학 주전공'이라는 기묘한 이름의 학과를 졸업하고, 요요기의 입시학원에서 수학강사로 일하면서 소설을 쓰고 있다. 대학을 졸업했을 때, 지방 현립 고등학교에 교사로 취직할 수도 있었지만, 근무시간이 비교적 자유로운 학원강사의 길을 선택했다. 고엔지의 작은 아파트에서 혼자 살고 있다.

소설가가 되기를 자신이 정말 원하는지, 그건 스스로도 잘 모르겠다. 소설가로서의 재능이 과연 있는지, 그것도 잘 모르겠다. 다만 자신은 날마다 소설을 쓰지 않고는 견딜 수 없다는 걸 알 뿐이다. 글을 쓰는 일은 그에게 숨쉬기와 같은 일이다. 고마쓰는 딱히 자신의 느낌을 말하지도 않으면서 그저 묵묵히 덴고의 말을 듣고 있었다.

왠지는 모르지만 고마쓰는 덴고가 마음에 든 모양이었다. 덴고는 몸집이 크고(중학교부터 대학까지 내내 유도부의 중심선수였다), 아침 일찍 일어나는 농부 같은 눈을 하고 있다. 머리도 짧게 자르고, 항상 햇볕에 그을린 듯 가무잡잡한 피부에 귀는 콜리플라워처럼 둥글게 꼬깃꼬깃해서 문학청년으로도 수학강사로도 보이지 않는다. 그런 점들도 고마쓰의 마음에 든 모양이었다. 덴고는 새 소설을 쓰면 고마쓰에게 들고 갔다. 고마쓰는 읽고 나서 느낌을 말해주었다. 덴고는 그의 충고에 따라 원고를 고쳐나갔다. 고쳐 쓴 것을 들고 가면 고마쓰는 다시 새로운 의견을 제시했다. 마치 높이뛰기 코치가 조금씩 바의 높이를 올려가듯이. "자네 경우에는 시간이 걸릴지도 몰라." 고마쓰는 말했다. "하지만 서두를 건 없어. 아예 마음을 딱 먹고 매일매일 쉼 없이 계속 써봐. 쓴 것은 되도록 버리지 말고 잘 챙겨둬. 나중에 도움이 될지도 모르니까." 그렇게 하겠다고 덴고는 말했다.

고마쓰는 덴고에게 자잘한 일거리도 챙겨주었다. 고마쓰의 출판사에서 내고 있는 여성지에 무기명 원고를 쓰는 일이었다. 독자투고란의 리라이팅부터 영화와 신간서적의 간단한 리뷰까지, 나중에는 별점으로 보는 운세란까지, 의뢰가 들어오면 어떤 일이든 해냈다. 덴고가 그냥 떠오르는 대로 써낸 별점운세는 잘 들어맞아서 꽤 인기를 얻었다. 그가 '새벽의 지진을 조심하세요'라고 쓰면 실제로 그날 새벽에 큰 지진이 일어났다. 그런 아르바이트는 임시 수입원으로 상당히 요긴했고 또한 글 쓰는 연습이 되기도 했다. 자신이 쓴 글이 어떤 형태로든 활자화되어 서점에 진열된다는 건 기쁜 일이었다.

덴고는 이윽고 문예지 신인상의 응모작을 1차로 걸러내는 일도 맡게 되었다. 자신이 신인상에 응모하는 처지에 한편으로는 다른 응모작을 걸러내는 일을 맡는다는 게 이상한 일이지만, 덴고는 자신의 미묘한 입장에 굳이 신경쓰지 않고 공정하게 응모작들을 읽었다. 그리고 산더미처럼 쌓인 완성도가 떨어지는 따분한 소설들을 읽으면서, 완성도가 떨어지는 따분한 소설이란 어떤 것인지 몸에 스미도록 배웠다. 그는 매번 백 편가량의 작품을 읽고 어떻든 의미 비슷한 것을 찾아볼 만한 작품을 열 편쯤 골라 고마쓰에게 가져갔다. 각각의 작품에는 감상을 쓴 메모를 덧붙였다. 최종심에 다섯 편이 올라가 네 명의 심사위원이 그중에서 신인상 수상작을 선정했다.

덴고 외에도 1차로 걸러내는 작업을 하는 아르바이트생이 있고, 고마쓰 외에도 여러 편집자가 분담하여 사전 심사를 담당했다. 공정을 기하자는 것이었지만, 굳이 그런 수고를 할 필요도 없었다. 조금이라도 볼 만한 구석이 있는 작품은 제아무리 응모 편수가 많아도 기껏 두 편이나 세 편 정도고, 그건 누가 읽어도 절대 놓칠 리가 없기 때문이다. 덴고의 작품이 최종심에 올랐던 건 세 번이었다. 당연히 덴고 자신이 자기 작품을 선정한 일은 없었다. 다른 두 명의 1차 선별 담당이, 그리고 편집부 데스크인 고마쓰가 올려줬다. 그 작품들은 결국 신인상을 타지는 못했지만, 덴고는 실망하지 않았다. 첫째로는 '시간을 들일수록 좋다'라는 고마쓰의 말이 머리에 박혀 있었기 때문이고, 또 덴고 스스로도 딱히 지금 당장 소설가가 되고 싶은 것도 아니었다.

수업 일정을 적당히 조정하면 일주일에 나흘은 집에서 자신의 일을 할 수 있었다. 칠 년째 같은 입시학원에서 강사로 일했는데, 학생들 사이에서는 평판이 꽤 좋았다. 가르치는 방법이 요점을 잘 짚어서 따분하지 않고, 어떤 질문이든 즉석에서 대답할 수 있었기 때문이다. 덴고 스스로 퍽 놀랐던 일이지만, 그에게는 화술의 재능이 있었다. 설명도 잘했고 목소리도 깔끔하고 농담으로 교실을 온통 웃음바다로 만들 수도 있었다. 강사 직업을 갖기 전까지, 자기는 말이 서투르다고 내내 생각해왔다. 지금도 누군가와 얼굴을 마주하고 이야기할 때면 긴장해서 적절한 어휘가 떠오르지 않곤 한다. 몇 명 안 되는 모임에서는 거의 대부분 듣는 편에 속했다. 하지만 교단에서 불특정 다수의 학생들을 마주하면 머리가 스르륵 맑아지면서 마음 편히 말할 수 있었다. 인간이란 참 알 수 없는 것이다, 라고 덴고는 새삼 생각했다.

월급에 불만은 없었다. 높은 수입이라고는 할 수 없어도 입시학원은 능력에 맞는 보수를 주었다. 학생들에 의한 강사 평가가 정기적으로 이루어지고, 평가가 높게 나오면 그만큼 대우는 올라갔다. 우수한 강사를 다른 학원에 빼앗길까 우려하기 때문이다(실제로 헤드헌터에게서 몇 차례 이직 제안을 받았다). 학교에서라면 있을 수 없는 일이다. 월급은 연공서열로 정해지고, 사생활은 상사에 의해 관리되고, 능력이나 인기 따위는 아무 의미도 없다. 그는 입시학원의 일을 즐기고 있기도 했다. 대부분의 학생은 대학입시라는 명확한 목적의식을 갖고 학원에 와서 열심히 강의를 들었다. 강사는 교실에서 가르치는 것 이외에는 아무것도 하지 않아도 되었다. 덴고에게는 고마운 일이었다. 학생의 비행이나 교칙 위반 같은 귀찮은 문제로 머리를 썩일 필요가 없었다. 그저 교단에 서서 수학 문제 풀이를 가르치면 된다. 그리고 숫자라는 도구를 사용한 순수한 관념의 행사는 덴고가 천성적으로 잘하는 일이었다.

집에 있을 때는 아침 일찍 일어나 대개는 저녁 무렵까지 소설을 썼다. 몽블랑 만년필과 파란 잉크, 4백자 원고지. 그것만 있으면 덴고는 흡족했다. 일주일에 한 번, 유부녀 걸프렌드가 그의 아파트에 찾아와 오후를 함께 보냈다. 열 살 연상의 유부녀와의 섹스는 어디로도 발전할 가능성이 없는 만큼 속편하고 내용은 충실했다. 땅거미가 질 무렵 긴 산책을 하고 해가 저물면 음악을 들으며 혼자 책을 읽었다. 텔레비전은 보지 않는다. NHK 수금원이 찾아오면, 죄송하지만 텔레비전은 없습니다, 하고 공손히 말했다. 정말로 없습니다. 안에 들어와 조사해보셔도 돼요. 하지만 그들은 안에까지는 들어오지 않았다. NHK 수금원은 집 안에 들어가는 것이 금지되어 있다.

"내가 생각하는 건 말이지, 좀더 거창한 거야." 고마쓰가 말했다.

"거창한 거요?"

"그래. 신인상 같은 작은 거 말고, 기왕이면 좀더 큰 걸 노리는 거야."

덴고는 입을 다물었다. 고마쓰가 의도하는 바는 모르겠지만, 거기에서 뭔가 불온한 것이 감지되었다.

"아쿠타가와 상이야." 고마쓰는 잠시 틈을 둔 뒤에 말했다.

"아쿠타가와 상." 덴고는 상대의 말을 젖은 모래 위에 막대기로 크게 한자로 써보듯이 반복했다.

"아쿠타가와 상. 그 정도는 세상물정 모르는 덴고도 알고 있겠지. 신문에 크게 실리고 텔레비전 뉴스에도 나오니까 말이야."

"저기요, 고마쓰 씨. 잘 못 알아듣겠는데요, 지금 혹시 우리가 후카에리 이야기를 하고 있는 건가요?"

"그래. 우리는 후카에리와 「공기 번데기」 이야기를 하고 있어. 그거 말고 우리의 화제에 오른 안건은 없잖아?"

덴고는 입술을 깨물며 그 이면에 있을 맥락을 읽어내려고 했다. "하지만 이 작품은 신인상을 받기도 어렵다고 아까 그러셨잖아요. 이대로는 아무것도 안 될 거라고요."

"그랬지, 이대로는 아무것도 안 돼. 그건 명백한 사실이야."

덴고에게는 생각할 시간이 필요했다. "그렇다면 그건 즉, 응모작에 손을 대겠다는 겁니까?"

"음, 그거 말고는 방법이 없지. 유망한 응모작을 편집자의 조언에 따라 고쳐 쓰게 하는 일은 흔히 있어. 드문 일이 아니지. 다만 이번에는 작가 자신이 아니라 다른 누군가가 고쳐 쓰는 거지만."

"다른 누군가?" 그렇게 묻기는 했으나 그 대답을 덴고는 묻기 전부터 알고 있었다. 그저 확인을 위해 물어봤을 뿐이다.

"바로 자네가 고쳐 쓰는 거야." 고마쓰는 말했다.

덴고는 적당한 말을 찾아보았다. 하지만 적당한 말은 찾아지지 않았다. 그는 한숨을 내쉬고 말했다. "하지만요, 고마쓰 씨, 이 작품은 약간 손을 대는 정도로는 안 돼요. 처음부터 끝까지 근본적으로 다시 쓰지 않고서는 해결이 안 될 겁니다."

"물론 처음부터 끝까지 다 바꿔 써야지. 이야기의 골격은 그대로 두고 말이야. 문체의 느낌도 되도록 살리고. 하지만 문장은 거의 모조리 바꿔야 해. 말하자면 환골탈태지. 리라이팅은 전적으로 자네가 맡아. 전체 프로듀스는 내가 맡을게."

"그게 말처럼 쉬울까요." 덴고는 혼잣말처럼 말했다.

"잘 들어봐." 고마쓰는 커피 스푼을 손에 들고 지휘자가 지휘봉으로 독주자를 지정하듯이 그것을 덴고에게 향했다. "이 후카에리라는 아이는 뭔가 특별한 것을 갖고 있어. 그건 「공기 번데기」를 읽어보면 알아. 이 상상력은 평범한 게 아니야. 하지만 유감스럽게도 문장력은 시원찮아. 아주 조잡하기 짝이 없어. 허나 자네는 문장을 잘 써. 소질도 있고 감각도 있어. 덩치는 크지만 문장은 지적이고 섬세해. 필력도 확실하고. 그런데 후카에리와는 반대로, 무엇을 써야 할지 아직 제대로 갈피를 못 잡고 있어. 그래서 때때로 이야기에 심지가 보이를 않아. 자네가 원래 써내야 할 이야기는 분명 자네 안에 있을 거야. 그런데 그것이 깊은 구멍 속으로 도망쳐 틀어박혀버린 겁 많은 작은 동물처럼 좀체 밖으로 나오질 않아. 동굴 깊숙이 숨어 있다는 건 알아. 하지만 밖으로 나오질 않는 데야 잡을 도리가 없지. 내가 시간을 들이는 게 좋겠다고 말한 건 그런 의미야."

덴고는 비닐의자 위에서 엉거주춤 자세를 바꾸었다. 아무 말도 하지 않았다.

"간단한 얘기야." 고마쓰는 커피 스푼을 살살 흔들며 말을 이었다. "이 두 사람을 합체해서 하나의 새로운 작가를 만들어내면 돼. 후카에리가 가진 거칠기 짝이 없는 이야기에 덴고의 제대로 된 문장을 합친다. 아주 이상적인 조합이야. 자네에게는 그만한 능력이 있어. 그러니 나도 지금까지 자네에게 개인적으로 힘을 쏟아왔지. 그렇잖아? 그다음 일은 나한테 맡겨. 힘을 합치면 신인상 따위는 아무것도 아냐. 아쿠타가와 상도 충분히 노릴 수 있어. 나 역시 이 바닥에서 여태 세월만 죽여온 건 아냐. 그런 쪽의 일이라면 속속들이 꿰고 있다구."

덴고는 멀거니 입을 벌린 채 잠시 고마쓰의 얼굴을 보았다. 고마쓰는 커피 스푼을 받침접시에 내려놓았다. 부자연스럽게 소리가 크게 났다.

"가령 아쿠타가와 상을 탄다고 해도, 그다음에는 어떻게 되죠?" 덴고는 마음을 가다듬고 물었다.

"아쿠타가와 상을 타면 평판이 높아져. 세상 대부분의 인간들은 소설의 가치 같은 거 거의 몰라. 하지만 세상 흐름에서 뒤떨어지고 싶지는 않지. 그래서 상을 타고 화제가 된 책은 일단 사서 읽어봐. 작가가 여고생이라면 더욱더 그렇지. 책이 팔리면 상당한 돈이 돼. 돈을 벌면 셋이서 적당히 나누자구. 그건 내가 무리 없이 잘 처리할 거야."

"돈의 분배 같은 건 지금으로서는 아무래도 상관없어요." 덴고는 물기 없는 목소리로 말했다. "하지만 이건 편집자로서의 직업윤리에 저촉되지 않습니까. 그런 짓을 했다는 게 세상에 알려지면 상당한 문제가 될 텐데요. 더이상 회사에도 있을 수 없을 거고."

"그렇게 쉽게는 들키지 않아. 나는 마음만 먹으면 아주 용의주도하게 일을 처리할 수 있어. 그리고 설령 들켰다고 해봤자 회사 따위는 기꺼이 그만두지. 어차피 윗사람에게 미운 털이 박혀서 내내 찬밥신세였어. 일자리쯤이야 금세 또 구할 수 있어. 내가 말이지, 무슨 돈을 바라고 이런 일을 하려는 게 아니야. 내가 바라는 건 문단을 조롱해주자는 거야. 어둠침침한 동굴 속에 오글오글 모여서 서로 칭찬하고 상처를 핥아주고 서로의 발목을 붙들고 늘어지면서 한편으로는 문학의 사명이 어쩌고저쩌고 잘난 소리를 주절거리는 한심한 자들을 마음껏 비웃어주고 싶어. 시스템의 뒤통수를 치고 들어가 철저히 조롱해줄 거라고. 유쾌할 거 같지 않아?"

덴고는 그런 게 딱히 유쾌하다고는 생각할 수 없었다. 애당초 그는 문단이라는 것을 경험한 적도 없다. 그리고 고마쓰처럼 유능한 인물이 그런 치기 어린 이유로 위험한 선을 넘으려는 것을 알고는 덴고는 한순간 말을 잃었다.

"고마쓰 씨의 말은 저한테는 일종의 사기처럼 들리는데요."

"합작은 그리 드문 일이 아냐." 고마쓰는 얼굴을 찌푸리며 말했다. "잡지 연재만화 같은 건 반 정도가 합작이야. 스태프들이 아이디어를 내서 스토리를 짜고, 그걸 만화가가 간단한 선으로 그려주면 어시스턴트가 세세한 부분을 보강하고 채색에 들어가. 공장에서 자명종 시계를 만들어내는 거하고 똑같아. 소설 업계에도 그 비슷한 사례가 있어. 이를테면 로맨스 소설이 그렇지. 그건 대부분 출판사 데스크의 노하우에 맞춰 고용된 작가가 그럴싸한 이야기를 만들어내. 한마디로 분업 시스템이야. 그렇게 하지 않고서는 양산을 해낼 수 없거든. 다만 고상하신 본격문학 업계에서는 그런 방식이 공공연히 통용되는 게 아니야. 그래서 우리는 후카에리라는 여학생 하나만을 작가로 내세우는 실질적인 전략을 취하자는 거지. 혹시 들킨다면 그야 잠깐 스캔들이 될지도 모르지. 하지만 법률에 저촉되는 일도 아니야. 이런 건 이미 시대의 추세라구. 게다가 우리는 발자크나 무라사키 시키부 같은 작가의 얘기를 하고 있는 게 아니야. 특별할 것 없는 여고생이 쓴 엉성한 작품을 손봐서 좀 제대로 된 작품으로 만들어보자는 것뿐이지. 그게 뭐가 문제야? 그렇게 완성된 작품이 훌륭하고, 많은 독자들이 그걸 즐겨준다면 그걸로 좋은 거 아냐?"

덴고는 고마쓰의 말에 대해 생각했다. 그리고 단어를 신중하게 고르며 대답했다. "문제가 두 가지 있어요. 따져보면 더 많은 문제가 있겠지만 우선은 두 가지만 얘기하겠습니다. 하나는, 후카에리라는 여학생이 자신의 작품이 남의 손에 고쳐지는 것을 허락하겠느냐는 겁니다. 그녀가 노, 라고 해버리면 얘기는 물론 한 걸음도 나아갈 수 없어요. 또 한 가지, 그녀가 허락한다고 해도 제가 그 작품을 실제로 잘 고쳐 쓸 수 있느냐는 거예요. 공동작업이라는 건 굉장히 미묘한 것인데, 고마쓰 씨가 생각하는 것처럼 그렇게 일이 쉽게 풀리지는 않을 것 같아요."

"덴고라면 할 수 있어." 고마쓰는 그런 의견을 미리 예상했던 것처럼 틈을 두지 않고 말했다. "틀림없이 할 수 있어. 처음 「공기 번데기」를 읽었을 때, 내 머리에 가장 먼저 떠오른 게 그거였어. 이건 덴고가 반드시 고쳐 써야 할 소설이다, 라고. 다시 말하면, 이건 덴고가 고쳐 쓰기에 그야말로 꼭 맞는 소설이야. 덴고가 고쳐 써주기를 기다리고 있는 소설이라구. 그렇게 생각하지 않아?"

덴고는 그저 고개를 저었다. 말이 나오지 않았다.

"뭐, 서두를 건 없어." 고마쓰는 나직한 목소리로 말했다. "아주 중요한 일이야. 이삼 일 찬찬히 생각해보는 게 좋아. 「공기 번데기」를 다시 한번 읽어봐. 그리고 내 제안을 잘 생각해보라구. 그렇지, 이것도 자네에게 줘야겠군."

고마쓰는 상의 주머니에서 갈색 봉투를 꺼내 덴고에게 건넸다. 봉투 안에는 일반 사이즈의 컬러 사진 두 장이 들어 있었다. 여학생의 사진이었다. 한 장은 가슴까지 찍은 상반신 포트레이트, 또 한 장은 전신을 찍은 스냅 사진이다. 같은 날 찍은 것인 듯했다. 그녀는 어느 계단 앞에 서 있었다. 넓은 돌계단이다. 고전적으로 아름다운 얼굴, 수직으로 그은 듯한 긴 생머리. 하얀 블라우스. 자그마하고 말랐다. 입술은 웃으려고 노력하지만 눈은 거기에 저항하고 있었다. 진지해 보이는 눈이다. 뭔가를 갈구하는 눈. 덴고는 그 두 장의 사진을 잠시 번갈아 들여다보았다. 왠지는 모르겠지만 그 사진을 보고 있으니 그 나이 때쯤의 자신이 생각났다. 그리고 가슴이 조금 아팠다. 그건 오래도록 맛보지 못한 특별한 종류의 아픔이었다. 그녀의 모습에는 그런 아픔을 일깨우는 것이 있는 듯했다.

고마쓰가 말했다. "후카에리야. 상당한 미인이지. 그것도 청초한 타입. 열일곱 살. 더 말할 게 없어. 본명은 후카다 에리코. 하지만 본명은 밝히지 않을 거야. '후카에리'로 가야지. 아쿠타가와 상이라도 탄다면 괜찮은 화젯거리가 될 거 같지 않아? 매스컴은 저녁나절의 박쥐 떼처럼 머리 위를 획획 날아다닐 거야. 책은 만드는 족족 팔릴 거고."

고마쓰는 어디서 이 사진을 입수했을까. 덴고는 의아한 마음이 들었다. 응모 원고에 사진을 첨부했을 리는 없다. 하지만 덴고는 그 점에 대해서는 묻지 않기로 했다. 대답을—어떤 대답인지 짐작도 가지 않지만—알고 싶지 않은 마음도 있었다.

"그 사진은 자네가 갖고 있어. 아마 도움이 될 거야." 고마쓰는 말했다. 덴고는 사진을 봉투에 넣어「공기 번데기」복사원고 위에 올려놓았다.

"고마쓰 씨, 저는 업계 사정은 거의 모릅니다. 하지만 상식적으로 생각해도 이건 몹시 위험한 계획이에요. 세상을 향해 일단 거짓말을 해버리면 영원히 거짓말을 해야 돼요. 앞뒤로 말을 계속 맞춰가야겠지요. 심리적으로도 기술적으로도 그건 간단한 일이 아니에요. 누가 어디선가 하나라도 삐끗하면 전원에게 치명타가 될 수도 있어요. 그렇게 생각하지 않아요?"

고마쓰는 새 담배를 꺼내 불을 붙였다. "그래, 맞는 말이야. 자네가 하는 말은 건전하고 올바른 말이지. 분명 리스크가 큰 계획이야. 지금 시점에서는 불확실한 요소가 넘칠 만큼 많은 것도 사실이야. 무슨 일이 일어날지 예측할 수가 없어. 실패해서 각자 재미없는 꼴을 당할지도 모르지. 그건 잘 알아. 하지만 말이야, 덴고, 그런 모든 것을 고려하면서도 내 본능은 '앞으로 나아가라'고 말하고 있어. 왜냐하면 이런 기회는 웬만해서는 만나뵙기가 어렵거든. 지금까지 단 한번도 없었어. 아마 앞으로도 없을 거야. 도박에 비유하는 건 적절치 않겠지만, 패가 갖춰져 있어. 칩도 잔뜩 있어. 여러 조건이 딱 맞아떨어져. 이 기회를 놓치면 두고두고 후회하게 될 거야."

덴고는 말없이 상대의 얼굴에 떠오른 그야말로 불길한 미소를 바라보았다.

"그리고 무엇보다 중요한 건 우리가 「공기 번데기」를 보다 뛰어난 작품으로 다시 만들려고 한다는 점이야. 그건 좀더 잘 써도 좋을 만한 소설이야. 그 소설에는 뭔가 엄청나게 소중한 것이 있어. 누군가 잘 집어내주지 않으면 안 될 뭔가가. 자네 역시 내심으로는 그렇게 생각하고 있어. 그렇지? 그걸 위해 우리는 힘을 합칠 거야. 프로젝트를 세우고 각자의 능력을 최대한 끌어낼 거라고. 동기로서는 어디에 내놔도 부끄럽지 않아."

"하지만 고마쓰 씨, 어떤 이론을 내밀든 어떤 명분을 대든 이건 아무리 봐도 사기예요. 동기는 어디에 내놔도 부끄럽지 않을지 모르지만, 실제로는 어디에도 내놓고 얘기할 수 없지요. 뒤에서 몰래 움직이지 않으면 안 되는 일이에요. 사기라는 단어가 적절치 않다면, 이건 배신행위입니다. 법률에는 저촉되지 않더라도 윤리라는 문제가 있어요. 편집자가 자기 회사 문예지의 신인상 응모작을 날조한다는 거, 주식으로 치면 내부거래 같은 거랑 뭐가 다르겠습니까?"

"문학과 주식을 비교할 수는 없어. 그 두 가지는 전혀 달라."

"이를테면 어떤 점이 다른데요?"

"이를테면, 글쎄, 자네는 한 가지 중대한 사실을 놓치고 있어." 고마쓰는 말했다. 그의 입은 지금까지 본 적이 없을 만큼 큼직하게, 즐겁게 벌어져 있었다. "아니, 그보다는 그 사실에서 고의로 눈을 돌리고 있어. 그건 말이지, 자네 자신이 이미 이 일을 하고 싶어한다는 거야. 자네 마음은 이미 「공기 번데기」의 리라이팅을 향해 달리고 있어. 자넨 그걸 잘 알아. 리스크고 모럴이고 알 게 뭐냐고. 덴고, 자네는 지금 「공기 번데기」를 자네 손으로 고쳐 쓰고 싶어 견딜 수가 없을 거야. 후카에리 대신 자네가 그 뭔가를 끌어내고 싶어 견딜 수가 없을 거라고. 이봐. 그게 바로 문학과 주식의 차이야. 문학의 세계에선 좋든 싫든 돈을 초월한 동기가 일을 굴러가게 하는 거야. 집에 가서 자신의 마음을 찬찬히 들여다봐. 거울 앞에 서서 자신의 얼굴을 찬찬히 바라보라구. 얼굴에 똑똑히 그렇게 적혀 있어."

주위의 공기가 돌연 희박해지는 것 같았다. 덴고는 잠깐 주위를 둘러보았다. 다시 그 영상이 찾아오려는 건가. 하지만 그런 기미는 없었다. 이 희박한 공기는 어딘가 다른 영역에서 찾아온 것이었다. 그는 주머니에서 손수건을 꺼내 이마의 땀을 훔쳤다. 고마쓰가 말하는 건 언제나 옳다. 왠지.

제3장 아오마메
Q
변경된 몇 가지 사실

아오마메는 스타킹만 신은 발로 좁은 비상계단을 내려갔다. 노출된 계단의 뼈대 사이를 바람이 소리를 내며 지나갔다. 타이트한 미니스커트지만 그래도 이따금 밑에서 강한 바람이 들이쳐 요트의 돛처럼 부풀고 몸이 쳐들려 불안정했다. 그녀는 손잡이 대신 계단 파이프를 맨손으로 단단히 잡고 뒤로 돌아선 자세로 한 단 한 단 내려갔다. 가끔 멈춰 서서 얼굴에 흘러내린 앞머리를 올리고 가로질러 멘 숄더백의 위치를 조정했다.

눈 아래로는 246번 국도가 달리고 있었다. 엔진 소리와 클랙슨, 자동차 방범 알람의 비명, 우익의 가두선전 차량이 쏟아내는 옛날 군가, 어디선가 콘크리트를 깨부수는 슬레지해머 소리, 온갖 도시의 소음이 그녀를 에워쌌다. 소음은 사방 360도, 아래위 모든 방향에서 밀려와 바람을 타고 춤추었다. 그걸 듣고 있으려니(별로 듣고 싶지 않지만 귀를 막을 여유도 없다) 뱃멀미처럼 점점 속이 울렁거리려고 했다.

계단을 한참 내려왔을 때, 고속도로 중앙으로 다시 돌아갈 수 있는 평평한 통로가 보였다. 그리고 다시 똑바로 아래를 향해 내려가게 되어 있었다.

노출된 비상계단에서 길 하나 건너편에 5층짜리 작은 맨션이 서 있었다. 갈색 타일의 비교적 새 건물이다. 베란다가 이쪽을 보고 나 있는데, 거의 모든 창문이 꼭꼭 닫힌 채 커튼과 블라인드가 내려져 있다. 대체 어떻게 생겨먹은 건축가가 수도고속도로와 코를 맞댄 위치에 베란다를 냈을까? 저런 곳에 시트를 내다 말리는 사람도 없을 테고, 저런 데서 저녁나절의 교통정체를 바라보며 진토닉 잔을 기울이는 사람도 없을 터였다. 그래도 몇몇 집의 베란다에는 약속이나 한 듯이 나일론 빨랫줄이 걸려 있었다. 어떤 집에는 의자와 고무나무 화분까지 놓여 있다. 축 늘어지고 색 바랜 고무나무였다. 잎사귀는 너덜너덜하고 갈색으로 시들었다. 아오마메는 그 고무나무를 동정하지 않을 수 없었다. 만일 다시 태어난대도 저런 것만은 되고 싶지 않아.

비상계단은 평소에는 거의 쓰지 않는지 군데군데 거미줄이 있었다. 조그만 검은 거미가 그곳에 달라붙어 조그만 사냥감이 걸려들기를 참을성 있게 기다리고 있었다. 하지만 거미로서는 애당초 참을성이라는 의식도 없을 것이다. 거미는 집을 짓는 것 외에 특별히 할 수 있는 것도 없고, 그저 거기 가만히 붙어 있는 것 말고는 다른 방식의 삶을 선택할 수 있는 것도 아니다. 한자리에 붙어 계속 사냥감을 기다린다. 그러다가 수명이 다하면 허옇게 말라죽는다. 모든 것은 유전자에 일찌감치 설정되어 있는 일이다. 거기엔 망설임도 없고 절망도 없고 후회도 없다. 형이상학적인 의문도, 도덕적 갈등도 없다. 아마도. 하지만 나는 다르다. 나는 목적에 따라 움직이지 않으면 안 되고, 그래서 지금 이렇게 스타킹을 엉망으로 만들며 별 볼 것도 없는 산겐자야 근처에서 수도고속도로 3호선의 영문 모를 비상계단을 홀로 내려간다. 좀스러운 거미의 둥지를 털어내며, 어처구니없는 베란다의 너절한 고무나무를 바라보며.

나는 이동한다. 그러므로 나는 존재한다.

아오마메는 계단을 내려가면서 오쓰카 다마키를 생각했다. 생각할 마음도 없었는데 한 번 머리에 떠오르자 생각을 멈출 수가 없다. 다마키는 고등학교 때 가장 친한 친구였고 소프트볼 동아리 회원이었다. 두 사람은 팀메이트로 여러 곳에 함께 갔고 여러 가지 일을 함께 했다. 한번은 레즈비언 같은 짓을 한 적도 있다. 여름방학에 둘이서 여행을 떠났을 때, 한침대에서 자게 되었다. 세미더블 베드의 방밖에 잡을 수 없었던 것이다. 그 침대에서 두 사람은 서로의 몸 곳곳을 만졌다. 레즈비언이었던 건 아니다. 그저 소녀 특유의 호기심이 발동해서 그 비슷한 짓을 대담하게 시도해본 것뿐이다. 그때 두 사람에게는 아직 남자친구가 없었고 성적인 경험도 전혀 없었다. 그날 밤의 일은 지금 돌아보면 인생에서 '예외적이기는 하지만 흥미로운' 에피소드로 기억에 남아 있을 뿐이다. 그런데 노출된 철계단을 내려가면서 다마키와 몸을 맞댔을 때를 생각하자 아오마메의 몸 깊은 곳에 조금씩 열이 고이는 것 같았다. 다마키의 갸름한 젖꼭지며 성긴 음모며 봉긋한 엉덩이, 클리토리스의 생김새를 아오마메는 지금도 이상하리만치 선명하게 기억하고 있었다.

그런 생생한 기억을 더듬는 사이, 아오마메의 머릿속에는 마치 배경음악처럼 야나체크의 〈신포니에타〉, 관악기의 축제와도 같은 합주가 낭랑하게 울려퍼졌다. 그녀의 손은 오쓰카 다마키의 몸의 굴곡을 살그머니 쓰다듬었다. 다마키는 처음에는 간지러워했지만 잠시 뒤에는 킥킥 웃던 웃음을 멈췄다. 숨소리가 바뀌었다. 그 곡은 원래 어느 스포츠대회를 위한 팡파르로 작곡된 것이다. 그 음악에 맞춰 바람이 보헤미아의 초록빛 들판을 부드럽게 건너간다. 다마키의 젖꼭지가 돌연 딱딱해진 것을 느꼈다. 그녀 자신의 젖꼭지도 딱딱해졌다. 그리고 팀파니는 복잡한 음형을 그려나갔다.

아오마메는 걸음을 멈추고 몇 차례 작게 머리를 저었다. 이런 곳에서 그런 생각을 하다니, 계단을 내려가는 데 정신을 집중해야 해. 하지만 생각을 멈출 수가 없었다. 그때의 정경이 그녀의 뇌리에 차례차례 떠올랐다. 몹시 선명하게. 여름 밤, 좁은 침대, 희미한 땀냄새. 입에 올렸던 말들. 말이 되어 나오지 않은 마음. 잊혀져버린 약속. 실현되지 못한 희망. 갈 곳을 잃은 동경. 바람이 불어왔다. 바람은 그녀의 머리칼을 치켜들었다가 다시 그녀의 뺨에 내리쳤다. 그 아픔 때문에 그녀는 눈물을 글썽였다. 그리고 뒤이어 불어온 바람이 그 눈물을 말려주었다.

그게 언제적 일이더라, 아오마메는 생각했다. 하지만 시간은 기억속에서 얽히고설켜 헝클어진 실타래 같았다. 반듯한 축이 사라지고 전후좌우가 흐트러졌다. 서랍들이 잘못 끼워져 있다. 생각나야 할 일이 왠지 생각나지 않는다. 지금은 1984년 4월. 내가 태어난 건, 그래, 1954년이다. 거기까지는 생각난다. 하지만 그렇듯 각인된 시간이 그녀의 의식 속에서 급속히 그 실체를 잃어갔다. 연도가 인쇄된 하얀 카드가 강한 바람 속에 사방팔방으로 뿔뿔이 흩어져 날리는 광경이 눈앞에 선히 떠오른다. 그녀는 달려가 그것을 한 장이라도 더 주워 모으려 한다. 하지만 바람이 너무 강하다. 상실되어가는 카드의 숫자도 너무나 많다. 1954, 1984, 1645, 1881, 2006, 771, 2041…… 그런 연도가 차례차례 날려간다. 계통이 사라지고 지식이 소멸하고 사고의 계단이 발밑에서부터 무너져내린다.

아오마메와 다마키는 같은 침대 안에 있다. 두 사람은 열일곱 살이고, 주어진 자유를 만끽하고 있다. 그녀들에게는 난생처음 친구끼리만 떠난 여행이다. 그것이 두 사람을 흥분시킨다. 그녀들은 온천탕에 들어가고 냉장고의 캔맥주를 반씩 나눠 마시고 그러고는 불을 끄고 침대에 기어든다. 처음 얼마 동안 두 사람은 그냥 장난만 친다. 재미 삼아 서로의 몸을 집적거린다. 하지만 어느 순간 다마키가 손을 내밀어 잠옷 대신 입은 얇은 티셔츠 위로 도드라진 아오마메의 젖꼭지를 살짝 꼬집는다. 아오마메의 몸속에 전류 같은 것이 내달린다. 두 사람은 이윽고 셔츠를 벗고 속옷을 벗고 벌거숭이가 된다. 여름밤이다. 여행지가 어디였더라. 생각나지 않는다. 어디든 상관없다. 그녀들은 누가 먼저랄 것도 없이 서로의 몸을 찬찬히 점검한다. 바라보고 만져보고 쓰다듬고 입 맞추고 혀로 핥는다. 반쯤은 장난처럼, 그리고 반쯤은 진지하게. 다마키는 자그마하고 통통한 편이다. 젖가슴도 크다. 아오마메는 키가 크고 마른 편이다. 근육질이고 젖가슴은 그리 크지 않다. 다마키는 항상, 다이어트를 해야 하는데, 라고 말한다. 하지만 지금도 충분히 예쁜데, 라고 아오마메는 생각한다.

다마키의 피부는 부드럽고 결이 곱다. 타원형으로 아름답게 부풀어오른 젖꼭지는 올리브 열매를 연상시킨다. 음모는 성글고 가늘어 섬세한 버드나무 같다. 아오마메의 음모는 뻣뻣하고 드세다. 두 사람은 그 차이에 서로 웃는다. 두 사람은 서로의 몸 여기저기를 더듬어보며 어떤 부분이 가장 민감한지를 알려준다. 일치하는 곳도 있고 일치하지 않는 곳도 있다. 그리고 두 사람은 손가락을 내밀어 서로의 클리토리스를 만진다. 둘 다 자위 경험은 있다. 많다. 내 거 만질 때랑 느낌이 많이 다르네, 라고 서로 생각한다. 바람이 보헤미아의 초록 들판을 건너간다.

아오마메는 다시 멈춰 서고 다시 고개를 젓는다. 깊은 한숨을 내쉬고, 움켜쥔 계단 파이프를 더욱 단단히 움켜쥔다. 이런 생각은 그만 멈춰야 해. 계단을 내려가는 데 정신을 집중해야 해. 벌써 반 이상은 내려왔을 거야, 아오마메는 생각한다. 그나저나 왜 이렇게 소음이 지독한 걸까. 왜 이렇게 바람이 세찬 거야. 마치 나를 나무라고 벌하는 것처럼.

어쨌든 이 계단을 내려가 지상에 도착했을 때, 만일 그곳에 누군가가 있어서 말을 건네며 무슨 일이냐고, 누구냐고 묻는다면 대체 뭐라고 대답해야 할까. "고속도로가 정체되어 비상계단을 이용했어요. 급한 볼일이 있거든요." 그렇게 말하면 될까. 혹시 일이 귀찮아질지도 모른다. 아오마메는 어떤 종류의 귀찮은 일에도 휘말리고 싶지 않았다. 적어도 오늘만큼은.

고맙게도 지상에는 그녀를 보고 나무라는 사람은 없었다. 땅에 내려선 아오마메는 우선 가방에서 하이힐을 꺼내 신었다. 계단 아래는 246번 도로 상행과 하행 틈새에 낀 고가도로 밑 공터인데 자재 적재 장으로 쓰이고 있었다. 주위를 금속판벽으로 둘러쳤고 흙바닥에는 쇠기둥 몇 개가 뒹굴고 있었다. 무슨 공사 끝에 남은 것인지 녹이 슨 채 내버려져 있다. 플라스틱 지붕을 올린 모퉁이가 있고 그 아래 부대 세 개가 쌓여 있었다. 무엇이 들어 있는지는 모르지만 비에 젖지 않도록 비닐로 덮어놓았다. 그것도 무슨 공사 끝에 남은 것인 듯했다. 일일이 실어내기가 번거로워 그대로 버려둔 모양이다. 지붕 아래 에는 깃눌린 큼직한 종이박스도 있었다. 몇 개의 페트병과 만화잡지 몇 권이 바닥에 버려져 있다. 그밖에는 아무것도 없다. 비닐봉투만 바람에 한없이 날리고 있을 뿐이다.

철조망 문이 달린 출입구가 있었지만 체인을 몇 겹이나 둘둘 감은 큼직한 자물쇠가 채워져 있었다. 높은 문인데다 꼭대기에는 가시철 망까지 둘러쳤다. 도저히 넘을 수 있을 것 같지 않았다. 혹여 겨우 올 라가 넘는다 해도 옷이 너덜너덜해질 것이다. 확인 차 문을 밀고 당 겨봤지만 꿈쩍도 하지 않았다. 고양이 한 마리 드나들 틈도 없다. 황 당하군, 왜 이렇게 문단속을 단단히 해둔 거야. 도둑맞을 만한 물건 도 없는데. 그녀는 얼굴을 찌푸렸다. 짜증을 내며 바닥에 침도 뱉었 다. 제기랄, 고생고생하며 고속도로에서 내려왔는데 자재 적재장에 갇히다니. 손목시계에 눈길을 던졌다. 시간은 아직 여유가 있었다. 하지만 언제까지고 이런 곳에서 어물거리고 있을 수는 없다. 물론 이 제 새삼 고속도로로 되돌아갈 수도 없다.

스타킹은 양쪽 다 발꿈치 부분이 찢어졌다. 보는 사람이 아무도 없는 것을 확인한 뒤 하이힐을 벗고 스커트를 걷어올리고 스타킹을 둘둘 말아 양쪽 다리에서 벗겨내고 다시 구두를 신었다. 구멍 난 스타킹은 가방에 넣었다. 그것으로 기분이 조금 가라앉았다. 아오마메는 주의 깊게 살피며 자재 적재장을 둘러보았다. 초등학교 교실 정도의 넓이다. 금세 다 돌 수 있다. 출입구는 역시 하나밖에 없다. 자물쇠를 채운 철조망 문뿐이다. 주위를 둘러싼 금속판벽의 재질은 얇았지만, 모두 다 볼트로 단단히 고정되어 있다. 공구가 없이는 볼트를 풀 도리가 없다. 완전 두 손 들었다.

그녀는 플라스틱 지붕 아래의 종이박스를 살펴보았다. 그리고 그것이 침상 같은 모양새를 하고 있다는 것을 깨달았다. 닳아빠진 담요도 몇 장 둘둘 말려 있었다. 그다지 오래된 게 아니다. 아마도 노숙자가 여기서 잠을 자는 것이리라. 그래서 잡지와 마실 물이 든 페트병이 주변에 어질러져 있는 것이다. 틀림없다. 아오마메는 머리를 굴렸다. 누군가 이곳에서 잠을 잔다면 어딘가에 드나드는 구멍이 있을 터다. 그런 이들은 남의 눈에 띄지 않게 비바람을 피할 장소를 찾아내는 기술이 뛰어나다. 그리고 자기들만의 비밀통로를 숲속 동물이 드나드는 특별한 길처럼 남몰래 확보하고 있다.

아오마메는 금속판벽을 하나하나 꼼꼼히 점검했다. 손으로 밀어 흔들림이 없는지 확인했다. 짐작했던 대로 어쩌다 볼트가 풀렸는지 금속판이 흔들거리는 곳이 한 군데 발견되었다. 그녀는 그것을 여러 방향으로 흔들어보았다. 각도를 조금 바꾸어 슬쩍 안쪽으로 당기자 한 사람이 빠져나갈 정도의 공간이 생겼다. 부랑자는 아마도 날이 저물면 이곳을 통해 안으로 들어와 지붕 아래서 마음 놓고 잠을 자는 것이리라. 이 안에 들어와 있는 것을 들키거나 하면 일이 귀찮아질 테니까 환한 낮 동안에는 밖에서 먹을 것을 구하거나 빈병을 모아 푼돈을 만들면서 지내는 게 틀림없다. 아오마메는 그 이름 없는 밤의 거주자에게 감사했다. 대도시의 뒤편을 익명으로 은밀히 움직여야 한다는 점에서는 아오마메도 그들과 친구다.

아오마메는 몸을 굽혀 그 좁은 틈새를 빠져나왔다. 값비싼 정장이 행여 뾰족한 곳에 걸려 찢어지지 않도록 세심한 주의를 기울였다. 마음에 드는 정장일 뿐 아니라 그녀가 가진 유일한 정장이었다. 평소에는 정장 같은 건 입지 않는다. 하이힐을 신는 일도 없다. 하지만 이 일을 위해서는 때로는 정식으로 옷차림을 갖춰야 한다. 소중한 정장을 망칠 수는 없다.

다행히 벽 바깥에도 인적은 없었다. 아오마메는 옷차림을 다시 한번 점검하고 표정을 가다듬은 뒤 신호등이 있는 곳까지 걸었다. 246번 도로를 건너 눈에 띈 편의점에 들어가 새 스타킹을 샀다. 여점원에게 부탁해 안쪽 공간을 빌려 스타킹을 신었다. 그것으로 기분은 상당히 좋아졌다. 위 근처에 조금 남아 있던 뱃멀미 비슷한 불쾌감도 깨끗이 사라지고 없었다. 그녀는 점원에게 고맙다고 인사하고 가게를 나섰다.

아마도 수도고속도로가 사고로 정체되고 있다는 정보 탓인지 그것과 나란히 달리는 246번 도로의 교통은 평소보다 더 혼잡했다. 아오마메는 택시를 포기하고 가까운 전철역에서 도큐 신타마가와 선을 타기로 했다. 그러는 게 확실하다. 이제 더이상 택시로 정체에 휘말리는 건 싫다.

산겐자야 역으로 향하는 도중에 한 경찰과 마주쳤다. 젊고 키가
큰 경찰이었다. 그는 빠른 걸음으로 어딘가를 향해 걸어가는 참이었
다. 그녀는 일순 긴장했지만 경찰은 급한 일이 있는지 똑바로 앞만
쳐다볼 뿐, 아오마메에게는 눈길조차 주지 않았다. 지나치기 직전에
그녀는 경찰의 복장이 평소와 다르다는 것을 깨달았다. 눈에 익은 경
찰 제복이 아니다. 같은 계열의 짙은 남색 상의지만 모양새가 미묘하
게 달랐다. 좀더 캐주얼한 디자인이다. 이전처럼 몸에 착 붙지 않는
다. 재질도 훨씬 부드러운 것으로 바뀌었다. 칼라가 작고 남색도 약
간 연하다. 그리고 권총의 모델이 다르다. 그가 허리에 차고 있는 것
은 대형 오토매틱이었다. 일본 경찰이 보통 지급받는 권총은 리볼버
다. 총기범죄가 지극히 드문 일본에서 경찰이 총격전에 휘말릴 기회
는 거의 없기 때문에 구식 6연발 리볼버로도 별로 부족할 게 없다.
리볼버가 구조도 단순하고 저렴한 가격에 고장도 적고 손질도 간단
하다. 하지만 이 경찰은 왠지 세미오토매틱으로 발사할 수 있는 최신
형 권총을 휴대하고 있었다. 9밀리 탄환 16발 정도를 장전할 수 있는
총이다. 글록 아니면 베레타다. 대체 무슨 일이 일어난 걸까. 경찰 제
복과 권총의 규격이 그녀가 알지 못하는 사이에 변경된 걸까. 아니,
그럴 리는 없다. 아오마메는 신문기사라면 꼼꼼히 체크한다. 그런 변
화가 있었다면 크게 보도되었을 터다. 또한 그녀는 경찰들의 모습에
항상 주의를 기울였다. 오늘 아침까지, 바로 몇 시간 전까지도, 경찰
들은 평소의 딱딱한 제복에 평소의 투박한 리볼버를 몸에 차고 있었
다. 그녀는 그걸 분명하게 기억하고 있다. 기묘한 일이다.
　하지만 아오마메는 그 일을 깊이 생각하고 있을 여유가 없었다.

내겐 처리하지 않으면 안 될 일이 있다.

아오마메는 시부야 역의 코인로커에 코트를 넣고 정장만 입은 모습으로 그 호텔을 향해 언덕길을 빠른 걸음으로 올라갔다. 중급 시티 호텔이다. 특별히 호화로운 호텔은 아니지만 설비는 제대로 갖춰져 있고 청결하다. 수상쩍은 손님도 오지 않는다. 1층에는 레스토랑이 있고 편의점도 들어와 있다. 역과 가까워서 위치도 좋다.

그녀는 호텔에 들어가서 곧바로 화장실로 갔다. 고맙게도 화장실에는 아무도 없었다. 우선 변기에 앉아 소변을 봤다. 아주 오래도록. 아오마메는 눈을 감고 딱히 뭔가 생각하는 것도 없이 먼 물결 소리에 귀를 기울이듯 소변 소리를 들었다. 그러고는 세면대를 마주하고 비누로 꼼꼼하게 손을 씻고 브러시로 머리를 빗고 코를 풀었다. 칫솔을 꺼내 치약 없이 재빨리 이를 닦았다. 시간이 별로 없어서 치실은 생략했다. 그런 것까지 할 건 없다. 데이트를 하러 가는 게 아니니까. 거울을 보며 엷게 립스틱을 발랐다. 눈썹도 다듬었다. 정장 상의를 벗고 브래지어의 와이어 위치를 조정하고 흰 블라우스의 주름을 펴고 겨드랑이의 땀냄새를 맡았다. 냄새는 나지 않는다. 그다음에 눈을 감고 늘 하듯이 기도문을 읊었다. 기도문 자체에는 아무런 의미도 없다. 의미 같은 거 아무려나 상관없다. 기도를 했다는 게 중요한 것이다.

기도가 끝나자 눈을 뜨고 거울 속 자신의 모습을 보았다. 괜찮아. 어디서 어떻게 보건 빈틈없는, 그야말로 유능한 비즈니스우먼이다. 등은 반듯하게 꼿꼿하고 입가도 야무지다. 큼직하고 투박한 숄더백만 약간 어울리지 않는다. 아마 얇은 서류가방을 들었으면 좋았을 것이다. 하지만 그래서 더 실무적으로 보인다. 신중을 기하기 위해 숄더백 안의 물건을 다시 한번 살펴보았다. 문제는 없다. 모든 물건이 있어야 할 자리에 있다. 무엇이든 손으로 더듬어 꺼낼 수 있다.

그다음은 정해진 일을 실행하는 것뿐이다. 흔들림 없는 신념과 무자비함으로 똑똑히 임하지 않으면 안 된다. 아오마메는 블라우스의 맨 위 단추를 풀어 몸을 숙였을 때 가슴골이 잘 보이게 했다. 조금만 더 가슴이 컸더라면 효과적이었을 텐데, 하고 그녀는 아쉬워한다.

어느 누구의 제지도 받지 않고 엘리베이터로 4층에 올라가고 복도를 걸어 곧바로 426호실 문을 찾아냈다. 숄더백 안에 준비해둔 서류판을 꺼내 가슴에 안고 방문을 노크한다. 가볍고 간결한 노크다. 잠시 기다린다. 그리고 다시 한번 노크한다. 아주 조금만 더 세게, 좀 더 딱딱하게. 안에서 부스럭거리는 소리가 들리고 문이 조금 열렸다. 남자가 얼굴을 내민다. 나이는 40세 전후. 마린블루의 와이셔츠에 회색 플라노 슬랙스 차림이다. 비즈니스맨이 우선은 양복 상의부터 벗고 넥타이를 풀어낸 듯한 분위기다. 그야말로 언짢은 듯이 핏발 선 눈을 하고 있다. 수면 부족 탓이리라. 비즈니스 정장을 입은 아오마메의 모습을 보고는 의외라는 표정을 잠깐 보였다. 아마도 실내 냉장고를 보충해주러 온 메이드쯤을 예상했던 것이리라.

"쉬시는 데 죄송합니다. 이 호텔 매니저 이토라고 합니다. 에어컨 설비에 문제가 발생해서 점검하러 나왔습니다. 오 분쯤 실례해도 될까요?" 아오마메는 부드럽게 미소 지으며 상냥한 어조로 말했다.

남자는 불쾌하다는 듯이 눈을 가늘게 떴다. "급하게 중요한 일을 하는 중이야. 한 시간쯤이면 방을 비울 테니까 그때까지 기다려줄 수 없나? 지금 이 방 에어컨에는 별 문제가 없는 거 같은데."

"죄송합니다만 누전과 관련된 긴급한 안전문제라서 가능하면 빨리 점검했으면 합니다. 이렇게 방마다 돌고 있습니다. 잠깐만 협조해주시면 오 분 안에 끝내겠습니다."

"거참, 별수 없군." 남자는 그렇게 말하고 혀를 찼다. "방해받지 않고 일하려고 일부러 방을 빌렸는데 말이야."

그는 책상 위의 서류를 가리켰다. 컴퓨터에서 출력한 상세한 도표가 쌓여 있다. 오늘밤의 회의를 위해 필요한 자료를 준비하는 것이리라. 계산기가 있고 메모용지에는 숫자들이 줄줄이 적혀 있다.

이 남자가 석유관련 기업에 근무한다는 것을 아오마메는 알고 있다. 중동 각국의 설비투자에 관한 스페셜리스트다. 정보에 따르면 그쪽 영역에서는 유능하다는 평을 듣는다고 한다. 행동거지로도 그건 알 수 있다. 부유한 환경에서 자랐고 높은 수입을 올리며 최신형 재규어를 몰고 다닌다. 뭐든 다 들어주는 부모 밑에서 소년시절을 보냈고 외국에 유학해서 영어와 프랑스어에 능통하고 매사에 자신만만하다. 그리고 어떤 일이건 타인에게 요구받는 걸 절대 못 참는 타입이다. 비판도 못 참는다. 특히 그것이 여성의 비판일 경우에는. 그런 한편 자신이 남에게 뭔가 요구할 때는 거침없다. 아내를 골프채로 때려 갈비뼈를 몇 대나 부러뜨릴 때도 그다지 아픔을 느끼지 않는다. 세상은 자신을 중심으로 돌아간다고 생각한다. 자기가 없으면 지구가 제대로 돌아가지 않을 거라고 생각한다. 누군가 자신의 행동을 방해하거나 부정하면 화를 낸다. 그것도 격렬하게. 머릿속의 자동온도 조절 장치가 날아가버릴 만큼.

"죄송합니다." 아오마메는 영업용의 환한 미소를 띠며 말했다. 그리고 허락을 기정사실로 만들어버리듯 몸을 반쯤 안으로 들이밀고 문을 등으로 밀며 서류판을 펼치고 볼펜으로 뭔가 적어넣었다. "손님은, 음, 미야마 선생님이시지요?" 그녀는 물었다. 사진으로 몇 번 봤기 때문에 얼굴은 알고 있지만, 혹시 딴사람이 아닌지 확인한다고 해서 손해날 건 없다. 자칫 착각했다가는 결코 돌이킬 수 없는 일이니까.

"그래, 미야마야." 거만한 어조로 남자가 말했다. 그러고는 포기했다는 듯 한숨을 내쉬었다. 알았어, 뭐든 마음대로 해, 라는 듯이. 그리고 볼펜을 손에 들고 책상 앞에 앉아 읽고 있던 서류를 다시 집어들었다. 세팅을 마친 더블베드 위에는 양복 상의와 줄무늬 넥타이가 아무렇게나 내던져져 있다. 두 가지 모두 한눈에도 고가품으로 보인다. 아오마메는 숄더백을 멘 채 곧장 옷장으로 향했다. 에어컨 스위치 패널이 그곳에 있다는 건 미리 알아두었다. 옷장 안에는 부드러운 소재의 트렌치코트와 진한 회색 캐시미어 머플러가 걸려 있었다. 짐은 가죽 서류가방 하나뿐이다. 여벌의 옷도 세면용품 파우치도 없다. 여기서 숙박할 생각은 없는 것이리라. 책상 위에는 룸서비스로 받은 커피포트가 있다. 30초쯤 패널을 점검하는 척한 뒤에 그녀는 미야마에게 말을 건넸다.

"미야마 씨, 협조해주셔서 감사합니다. 이 방 설비에는 아무 문제 없습니다."

"그러니까 이 방 에어컨은 아무 문제 없다고 처음부터 내가 말했잖아." 미야마는 돌아보지도 않고 오만한 목소리로 말했다.

"저어, 미야마 씨." 아오마메는 머뭇머뭇 말했다. "실례지만 목 뒤에 뭐가 묻은 거 같아요."

"목 뒤에?" 미야마는 손을 자신의 뒷목에 갖다 댔다. 그러고는 잠깐 문질러보더니 손바닥을 미심쩍게 살펴보았다. "아무것도 없는데."

"잠깐 실례합니다." 아오마메는 말하고 책상 쪽으로 다가갔다. "가까이에서 봐도 될까요?"

"그야 괜찮은데." 미야마는 영문을 모르겠다는 얼굴로 말했다. "뭐가 묻었다는 거지?"

"페인트 같은 거예요. 밝은 초록색입니다."

"페인트?"

"잘 모르겠어요. 색감은 아무리 봐도 페인트인 거 같은데요. 실례지만 만져봐도 될까요? 지워질지도 모르는데요."

"응"이라고 말하고 미야마는 몸을 숙여 목덜미를 아오마메에게로 향했다. 머리를 자른 직후인지 목덜미에는 머리칼이 없었다. 아오마메는 숨을 들이쉬고 호흡을 멈춘 후 정신을 집중하여 그 부위를 재빨리 짚었다. 그리고 표시를 하듯이 손톱 끝으로 그곳을 가볍게 눌렀다. 눈을 감고 그 감촉이 틀림없는지 확인했다. 그래, 여기가 맞아. 제대로 하자면 좀더 신중하게 시간을 들여 확인하고 싶지만 그렇게까지 할 여유는 없다. 주어진 조건 속에서 최선을 다할 뿐.

"죄송합니다만 잠깐 그 자세로 가만히 계세요. 가방에서 펜라이트를 꺼내겠습니다. 이 방 조명으로는 잘 안 보여서요."

"왜 페인트 같은 게 그런 데 묻었지." 미야마는 말했다.

"모르겠습니다. 지금 바로 살펴볼게요."

아오마메는 남자의 목덜미 한 점에 손가락을 살짝 댄 채 숄더백에서 플라스틱 하드케이스를 꺼내 뚜껑을 열고 얇은 천에 둘둘 말린 것을 꺼냈다. 한 손으로 능숙하게 그 천을 풀었다. 안에서 나온 것은 작은 아이스픽 같은 것이었다. 길이는 10센티미터 남짓. 자루 부분은 작고 단단한 나무재질이다. 하지만 그것은 아이스픽이 아니었다. 그저 아이스픽 비슷한 모양을 하고 있을 뿐, 얼음을 깨기 위한 물건이 아니다. 그녀가 직접 그것을 고안하고 제작했다. 끝부분은 마치 바늘처럼 날카롭고 뾰족하다. 그 날카로운 끝부분은 부러지지 않도록 작은 코르크 조각에 깊이 꽂혀있다. 특별히 가공하여 솜처럼 부드럽게 만든 코르크다. 그녀는 손톱 끝으로 주의 깊게 그 코르크를 벗겨 호주머니에 넣었다. 그리고 마개가 벗겨진 바늘 끝을 미야마의 목덜미 그 부위에 갖다 댔다. 자, 침착하게. 여기가 가장 중요한 대목이니까. 아오마메는 스스로에게 말했다. 10분의 1밀리미터의 오차도 허락되지 않는다. 만일 조금이라도 어긋나면 모든 노력이 물거품이 되고 만다. 무엇보다 집중력이 요구된다.

"아직 멀었나? 언제까지 이러고 있을 거야." 남자가 답답한 듯이 말했다.

"미안합니다. 금방 끝나요." 아오마메는 말했다.

걱정 마, 눈 깜짝할 사이에 끝내줄 테니, 그녀는 마음속으로 남자에게 말했다. 이제 조금만 기다려. 그러면 그다음은 더이상 아무것도 고민하지 않아도 돼. 석유정제 시스템에 대해서도, 중유시장 동향에 대해서도, 투자그룹에 대한 4분기 보고에 대해서도, 바레인 행 항공편 예약에 대해서도, 공무원에게 슬쩍 찔러줄 뇌물도, 애인에게 줄

선물 따위도, 이제 무엇 하나 고민하지 않아도 돼. 그런 걸 늘 전전긍긍 고민하느라 꽤 힘들었지? 그러니 미안하지만 조금만 기다려줘. 내가 이렇게 집중해서 진지하게 작업하고 있으니까 방해하지 말라구. 제발.

일단 위치를 잡고 마음을 정하자 그녀는 오른쪽 손바닥을 허공에 처들고 숨을 멈춘 뒤 아주 잠깐 틈을 두고 손을 아래로 톡 떨구었다. 목제 자루를 향해. 그리 세게는 아니다. 힘이 지나치게 들어가면 바늘이 피부 속에서 부러져버린다. 바늘 끝을 거기에 남겨둘 수는 없다. 가볍게, 달래듯이, 알맞은 각도와 알맞은 강도로, 손바닥을 아래로 떨군다. 중력을 거스르지 않는 정도로 그저 톡. 그러면 가느다란 바늘 끝이 그 부위에 한없이 자연스럽게 빨려들듯이 박힌다. 깊숙이, 매끄럽게, 치명적으로. 중요한 것은 각도와 힘을 넣는 방법이다. 아니, 오히려 힘을 빼는 방법이다. 그 점만 유의하면 그다음은 두부에 바늘을 찌르는 것처럼 간단하다. 바늘 끝은 살을 뚫고 뇌의 하부에 있는 특정한 부위를 찌르고 촛불을 후욱 불어 끄듯이 심장의 고동을 멈추게 한다. 모든 것이 단 한 순간에 끝난다. 어처구니없을 만큼. 그것은 아오마메만이 할 수 있는 일이다. 그 미묘한 포인트를 손으로 더듬어 찾아내는 일은 다른 누구도 할 수 없다. 하지만 그녀는 할 수 있다. 그녀는 손끝에 그런 특별한 직감을 갖고 있다.

남자가 헉 숨을 삼키는 소리가 들렸다. 온몸의 근육이 움찔 수축했다. 그 감촉을 확인한 뒤에 그녀는 재빠르게 바늘을 뺐다. 그리고 틈을 두지 않고, 호주머니에 준비해온 거즈로 상처를 눌렀다. 출혈을 막기 위해서다. 아주 가느다란 바늘 끝이고 그것이 찌르고 있었던 것은 겨우 몇 초에 불과하다. 출혈이 있다고 해도 극히 소량이다. 그래도 충분히 주의해야 한다. 혈흔을 남겨서는 안 된다. 한 방울의 피가 치명타가 된다. 신중함이 아오마메의 재산이다.

시간이 흐르면서, 일단 긴장했던 미야마의 몸에서 서서히 힘이 빠져나갔다. 농구공에서 공기가 새어나가듯이. 그녀는 남자의 목덜미의 한 지점을 검지로 누른 채, 그의 몸을 가만히 밀어 책상에 엎드리게 했다. 얼굴은 옆을 바라본 채, 서류를 베개 삼아 책상에 엎드린 자세로. 그의 눈은 깜짝 놀란 표정으로 떠져 있었다. 생의 마지막 순간, 뭔가 엄청나게 신기한 것을 목격한 것처럼. 거기에 두려움은 없다. 고통도 없다. 그저 순수한 놀람이 있을 뿐. 자신의 몸에 뭔가 범상치 않은 일이 일어났다. 하지만 무슨 일이 일어났는지 이해하지 못한다. 그것이 아픔인지 가려움인지 쾌감인지 혹은 어떤 계시인지, 그것조차 알지 못한다. 세계에는 다양한 죽음의 방식이 있지만 아마도 이토록 편한 죽음은 없을 것이다.

너에게는 지나치게 편한 죽음이야. 아오마메는 그렇게 생각하며 얼굴을 찌푸렸다. 너무 지나치게 간단해. 나는 5번 아이언을 사용해서 너의 갈비뼈를 두세 대 부러뜨리고 충분히 고통을 준 뒤에 자비로운 죽음을 주었어야 했겠지. 너는 그런 비참한 죽음이 어울리는 쥐새끼 같은 놈이니까. 그게 실제로 네가 네 아내에게 저지른 짓이니까. 하지만 유감스럽게도 내게는 그렇게까지 할 수 있는 선택의 자유가 없어. 이 자를 신속하게 아무도 모르게, 하지만 확실하게 저쪽 세계로 보내버리는 게 내게 주어진 사명이다. 그리고 나는 지금 그 사명을 완수했다. 이 남자는 조금 전까지 분명 살아 있었다. 하지만 지금

제3장 아오마메   73

은 죽어 있다. 본인도 미처 깨닫지 못한 채로 삶과 죽음을 가르는 문턱을 넘어서버렸다.

아오마메는 정확히 5분 동안 거즈를 상처에 대고 있었다. 손가락 자국이 남지 않을 정도의 강도로, 참을성 있게. 그동안 그녀는 손목시계의 초침에서 눈을 떼지 않았다. 길고 긴 5분이다. 영원히 계속될 것처럼 느껴지는 5분. 바로 지금 누군가 문을 열고 방에 들어온다면, 그리고 그녀가 가느다란 흉기를 한 손에 들고 남자의 목덜미를 손가락으로 누르고 있는 장면을 목격한다면, 그것으로 모두 끝장이다. 변명의 여지가 없다. 호텔보이가 커피포트를 가지러 올 수도 있다. 지금이라도 문을 노크할지도 모른다. 하지만 생략할 수 없는 중요한 5분이다. 그녀는 신경을 안정시키기 위해 조용히 깊게 호흡한다. 허둥대서는 안 된다. 냉정함을 잃으면 안 된다. 평소의 쿨한 아오마메가 아니면 안 된다.

심장의 고동이 들린다. 그 고동에 맞춰 야나체크의 〈신포니에타〉 도입부의 팡파르가 그녀의 머릿속에서 울려퍼진다. 부드러운 바람이 보헤미아의 초록빛 들판을 소리 없이 건너간다. 그녀는 자신이 둘로 분열되어 있는 것을 안다. 그녀의 반은 매우 쿨하게 죽은 자의 목덜미를 누르고 있다. 하지만 그녀의 나머지 반은 지독히 겁에 질려 있다. 모든 것을 내던지고 당장 이 방에서 도망치고 싶어한다. 나는 이곳에 있으면서, 동시에 이곳에 없다. 나는 동시에 두 개의 장소에 있다. 아인슈타인의 정리에는 반하지만 어쩔 수 없다. 그것이 살인자의 선(禪)이다.

이윽고 5분이 경과한다. 하지만 아오마메는 철저를 기하기 위해 다시 1분을 더하기로 한다. 1분 더 기다리자. 급한 일일수록 세심하게 주의를 기울이는 게 좋다. 언제 끝날까 싶은 그 무거운 1분을 그녀는 지그시 견뎠다. 그리고 천천히 손가락을 떼고 펜라이트로 상처를 살펴보았다. 모기에 물린 만큼의 흔적도 남아 있지 않다.

뇌 하부의 그 특별한 포인트를 지극히 가느다란 바늘로 찔러 불러온 것은 자연사와 흡사한 죽음이다. 일반 의사의 눈에는 어떻게 보아도 단순한 심장발작으로만 보일 것이다. 책상 앞에 앉아 일하던 중 갑작스레 심근경색의 습격을 받아 그대로 숨을 거두었다. 과로와 스트레스가 원인이다. 미심쩍은 점은 발견되지 않는다. 해부를 할 이유도 찾을 수 없다.

이 인물은 능력 있는 사람이지만 다소 지나치게 일을 했어. 높은 수입을 올렸지만 죽어버렸으니 그걸 쓸 수도 없네. 아르마니 정장에 재규어를 몰고 다녀도 결국 개미와 다를 바 없지 뭐야. 일하고 또 일하다가 의미도 없이 죽었어. 그가 이 세계에 존재했다는 사실도 이윽고 잊혀져가겠지. 아직 한창 나이에 가없게도, 라고 사람들은 말할지도 모른다. 말하지 않을지도 모른다.

아오마메는 호주머니에서 코르크를 꺼내 바늘 끝에 꽂았다. 그 섬세한 도구를 다시 얇은 천에 감싸 하드케이스에 넣고 숄더백 밑바닥에 챙겨넣었다. 욕실에서 핸드타월을 가져와 방에 남은 지문을 모조리 깨끗하게 닦아냈다. 그녀의 지문이 찍힌 곳은 에어컨 패널과 문 손잡이뿐이다. 그 외의 곳에는 손을 대지 않았다. 그리고 타월을 제자리에 돌려놓는다. 커피포트와 컵을 룸서비스용 쟁반에 담아 복도로 내놓는다. 그렇게 하면 포트를 가지러 온 보이가 문을 노크할 일도 없고, 사체 발견은 그만큼 늦춰진다. 청소 메이드가 이 방에서 사체를 발견하는 건 잘하면 내일 체크아웃 시간을 지난 다음이 될 것이다.

그가 오늘 저녁 회의에 참석하지 않으면 사람들은 아마도 이 방에 전화를 할 것이다. 하지만 수화기를 들 인간은 없다. 사람들은 이상하게 생각하고 매니저에게 문을 열어보라고 할지도 모른다. 혹은 굳이 그렇게까지 해서 문을 열게 하지는 않을지도 모른다. 그건 일이 되어가는 대로 맡기면 된다.

아오마메는 세면대 거울 앞에 서서 복장에 흐트러짐이 없는지 확인했다. 블라우스 맨 위 단추를 채웠다. 가슴골을 슬쩍 내보일 필요는 없었다. 그 한심한 쥐새끼가 나를 제대로 쳐다보지도 않았으니까. 사람을 대체 뭘로 보는 거야. 그녀는 얼굴을 적당히 찌푸린다. 그러고는 머리를 매만지고, 손가락으로 가볍게 마사지하여 얼굴 근육을 풀고, 거울을 향해 상냥한 웃음을 짓는다. 얼마 전에 스케일링한 하얀 이를 내보인다. 자, 이제 나는 죽은 자의 방을 나가 일상의 현실세계로 돌아가는 거야. 분위기를 바꿔야 해. 나는 이제 더이상 쿨한 살인자가 아니야. 샤프한 정장을 차려입은 상냥하고 유능한 비즈니스우먼이야.

아오마메는 문을 조금 열고 주위를 살펴 복도에 아무도 없는 것을 확인하고 스르륵 방을 빠져나왔다. 엘리베이터는 타지 않고 계단을 걸어내려왔다. 로비를 지날 때도 아무도 그녀에게 주의를 기울이지 않았다. 등을 꼿꼿이 세우고 앞을 응시하며 빠른 걸음으로 걸었다.

하지만 누군가의 주의를 끌 만큼 빠르게는 아니다. 그녀는 프로다. 그것도 거의 완벽에 가까운 프로. 가슴이 조금만 더 컸더라면 더할 나위 없이 완벽한 프로가 될 수 있었을 텐데, 아오마메는 유감스럽게 생각한다. 얼굴을 다시 한번 가볍게 찌푸린다. 하지만 별수 없다. 내게 주어진 조건으로 살아가는 수밖에.

제4장 덴고

Q

당신이 그걸 원한다면

  덴고는 전화벨 소리에 잠이 깼다. 시계의 야광바늘은 한시를 조금
넘어섰다. 말할 것도 없이 주위는 캄캄하다. 그게 고마쓰에게서 온
전화라는 건 처음부터 알았다. 밤 한시 넘어서 전화할 만한 지인은
고마쓰 말고는 없다. 그리고 그토록 끈질기게, 상대가 전화를 받을
때까지 포기하지 않고 계속 벨을 울릴 사람도 그 사람 말고는 없다.
고마쓰에게는 시간관념이라는 게 없다. 자기가 뭔가 생각나면 그 즉
시 전화한다. 시간이고 뭐고 신경쓰지 않는다. 그게 한밤중이건, 새
벽이건, 신혼 첫날밤이건, 죽음의 침상이건, 상대가 자기 전화 때문
에 방해를 받을지도 모른다는 산문적(散文的)인 사고는 아무래도 그
의 달걀형 머리통에는 떠오르지 않는 모양이다.
  아니, 누구에게나 그런 짓을 하는 건 아닐 것이다. 고마쓰도 일단
은 조직에 속해 일하고 월급을 받는 인간이다. 이 사람 저 사람 가릴
것 없이 그런 비상식적인 짓거리를 해댈 리는 없다. 상대가 덴고이기

때문에 그럴 수 있는 것이다. 고마쓰에게는 덴고가 많건 적건 자신의 연장선상에 있는 존재다. 수족이나 다름없다. 거기에는 자타의 구별이 없다. 그래서 자신이 깨어 있으면 상대도 깨어 있을 거라고 생각해버린다. 덴고는 별일 없으면 밤 열시에 자고 아침 여섯시에 일어난다. 대체로 규칙적인 생활을 하고 있다. 잠도 깊이 자는 편이다. 하지만 무슨 일로 일단 잠이 깨면 그다음은 제대로 잠들지 못한다. 그런 점은 신경이 예민하다. 그건 고마쓰에게 수도 없이 말했었다. 한밤중에는 제발 부탁이니 전화하지 말아달라고 분명하게 당부했다. 수확 전의 논밭에 메뚜기 떼는 제발 보내지 말아달라고 신께 기도하는 농부처럼. "알았어. 이제 밤중에는 전화 안 할게"라고 고마쓰는 말한다. 하지만 그런 약속은 그의 의식에 충분히 뿌리를 내리지 않기 때문에 한 차례 비가 내리면 깨끗이 어딘가로 휩쓸려가버린다.

덴고는 침대에서 일어나 뭔가에 부딪히면서 주방의 전화까지 가까스로 더듬어 갔다. 그동안에도 벨소리는 가차없이 울렸다.

"후카에리하고 얘기를 좀 했어." 고마쓰는 말했다. 늘 그랬듯이 인사 비슷한 말은 없다. 서론도 없다. "자고 있었어?"라는 것도 없고 "밤늦게 미안하네"도 없다. 참 대단하다. 매번 깜박 감탄하고 만다.

덴고는 암흑 속에서 얼굴을 찌푸린 채 입을 다물고 있었다. 한밤중에 이렇게 느닷없이 깨우면 한참 동안 머리가 돌아가지 않는다.

"이봐, 듣고 있어?"

"듣고 있어요."

"전화로지만 일단 얘기는 했어. 하긴 거의 내가 일방적으로 얘기하고 그쪽은 듣기만 했으니까 일반적인 상식에서 보자면 도저히 대화라고 할 수 없는 모양새였지. 아무튼 무시무시하게 말수가 적은 애야. 말하는 투도 좀 색다른 데가 있어. 직접 들어보면 알 거야. 어쨌든 내 계획이라는 걸 대충은 설명했어. 제삼자의 손을 빌려 「공기 번데기」를 새로 고쳐서 좀더 완성된 형태로 신인상을 노려보는 게 어떻겠느냐, 뭐 그런 얘기. 전화라서 나도 대략적인 말밖에 못했어. 구체적인 건 만나서 얘기하기로 하고, 우선 그런 쪽으로 흥미가 있느냐 없느냐만 물어봤어. 약간 에둘러서. 너무 솔직히 말하면 내용이 내용이니만큼 나도 입장이 난처해질 수 있으니까."

"그래서요?"

"대답 없음."

"대답이 없어요?"

고마쓰는 거기서 효과적으로 뜸을 들였다. 담배를 입에 물고 성냥으로 불을 붙인다. 전화를 통해 들려오는 소리만으로도 그 광경이 생생하게 눈앞에 떠올랐다. 그는 라이터를 쓰지 않는다.

"후카에리는 말이지, 우선 자네를 만나보고 싶다는데?" 고마쓰는 연기를 토해내며 말했다. "이 제안에 관심이 있다고도 없다고도 말을 안 해. 해도 된다고도 그런 건 하기 싫다고도 말 안 해. 우선 자네를 만나고, 얼굴을 마주하고 말을 해보는 게 가장 중요한 모양이야. 만난 뒤에 어떻게 할지 대답하겠대. 어때, 책임이 막중하다는 생각이 들지?"

"그래서요?"

"내일 저녁에 시간 있어?"

학원 수업은 아침 일찍 시작해서 오후 네시에 끝난다. 다행인지 불행인지 그뒤에는 아무 예정도 없다. "시간은 있어요"라고 덴고는 말했다.

"저녁 여섯시에 신주쿠 나카무라야로 가봐. 내 이름으로 안쪽에 조용한 테이블을 예약해둘게. 우리 회사로 청구될 거니까 뭐든 좋을 대로 먹고 마셔도 돼. 그리고 둘이서 찬찬히 얘기를 좀 해보라고."

"그럼 고마쓰 씨는 안 오려고요?"

"덴고 씨와 둘이서만 이야기하고 싶다. 이게 후카에리 양이 내건 조건이야. 현재로서는 나는 만날 필요도 없나봐."

덴고는 입을 다물고 있었다.

"일이 그렇게 됐어." 고마쓰는 밝은 목소리로 말했다. "잘해줘, 덴고. 자네는 덩치는 크지만 사람들에게 제법 호감을 줘. 게다가 어쨌거나 학원 선생을 하고 있으니 조숙한 여고생하고 얘기도 많이 해봤을 거 아냐. 나보다는 적임자야. 상냥하게, 잘 얘기해서 신뢰감을 주면 돼. 좋은 소식 기다릴게."

"잠깐만요. 그래도 이건 애초에 고마쓰 씨가 꺼낸 얘기 아닙니까. 저도 아직 거기에 대답을 못 했어요. 지난번에도 말씀드렸지만 상당히 위험한 계획이기도 하고, 저는 그렇게 간단하게 풀릴 일이 아니라고 봅니다. 사회적인 문제가 될 수도 있어요. 받아들일지 어떨지, 저도 아직 결정하지 않았는데 알지도 못하는 여학생을 설득할 수 있을 리가 없잖아요."

고마쓰는 잠시 전화통에 대고 침묵하고 있었다. 그러고는 말했다. "이봐 덴고, 이 일은 이미 분명하게 움직이기 시작했어. 이제 와서 전철을 세우고 내릴 수는 없다고. 나는 마음을 정했어. 자네 역시 반

이상은 마음을 정했을 거야. 나하고 자네는 말하자면 일련탁생*이란 말이야."

덴고는 고개를 저었다. 일련탁생? 이런, 대체 언제부터 그런 거창한 사이가 되어버렸지?

"하지만 지난번에 고마쓰 씨가 찬찬히 시간을 두고 생각해보라고 하셨잖습니까."

"그로부터 닷새가 지났어. 그래서 찬찬히 생각해보니 어땠어?"

덴고는 대답이 궁했다. "결론은 아직 안 나왔어요." 그는 솔직히 말했다.

"그럼, 일단 후카에리라는 아이를 만나서 얘기해보면 되겠네. 판단은 그다음에 하면 돼."

덴고는 손끝으로 관자놀이를 꾹 눌렀다. 머리가 아직 제대로 돌아가지 않는다. "알았어요. 아무튼 후카에리라는 여학생은 만나볼게요. 내일 여섯시에 신주쿠 나카무라야에서. 대강의 사정도 제가 설명하지요. 하지만 그 이상은 아무것도 약속 못해요. 설명은 할 수 있어도 설득하는 건 저는 도저히 못하니까 그렇게 아세요."

"물론이지, 그거면 충분해."

"그래서, 그 여학생은 저를 얼마나 알고 있죠?"

"대략적인 설명은 해뒀어. 나이는 스물아홉인가 서른인가 대충 그 정도고 독신이다. 요요기의 학원에서 수학강사를 하고 있다. 덩치는

---

* 一蓮托生 : 모두 함께 극락왕생이라는 지향을 품고 생이 다할 때까지 그것을 지켜나가 죽은 뒤에 함께 극락세계에 태어난다는 불교 용어. 마지막까지 행동과 운명을 같이한다는 뜻으로 사용된다.

크지만 나쁜 사람은 아니다. 어린 여자애를 잡아먹거나 하지는 않는다. 생활은 조신하고 아주 착해 보이는 눈을 갖고 있다. 그리고 너의 작품을 아주 마음에 들어한다. 대충 그런 정도."

덴고는 한숨을 내쉬었다. 뭔가 생각하려고 하면 현실이 바로 옆에 다가왔다 멀어졌다 했다.

"저기, 고마쓰 씨, 이제 침대로 돌아가도 되겠습니까? 슬슬 한시 반이 되어가고, 저도 밤이 새기 전에 조금이라도 더 자두고 싶은데. 내일은 수업이 아침부터 세 타임이나 있거든요."

"좋아, 어서 자." 고마쓰는 말했다. "좋은 꿈 꾸라고." 그리고 그대로 깨끗이 전화를 끊었다.

덴고는 손에 든 수화기를 잠시 바라보다가 내려놓았다. 잘 수만 있다면 당장이라도 자고 싶었다. 좋은 꿈을 꿀 수 있다면 꾸고 싶었다. 하지만 이런 시간에 억지로 사람을 깨우고, 골치 아픈 일을 떠맡은 터라 쉽게 잠이 안 오리라는 건 뻔한 일이다. 술을 마시고 잠을 청할 수도 있다. 하지만 술을 마시고 싶은 기분도 아니었다. 결국 물만 한 잔 마시고 침대로 돌아가 불을 켜고 책을 읽기 시작했다. 잠이 올 때까지 읽을 생각이었지만, 잠이 든 건 날이 밝기 직전이었다.

학원에서 세 타임의 수업을 마치고, 전철을 타고 신주쿠로 향했다. 기노쿠니야 서점에서 책을 몇 권 산 뒤 나카무라야로 갔다. 입구에서 고마쓰의 이름을 대자 안쪽의 조용한 테이블로 안내해주었다. 후카에리는 아직 와 있지 않았다. 일행이 올 때까지 기다리겠다고 덴고는 웨이터에게 말했다. 기다리는 동안 뭐 좀 마시겠느냐고 웨이터가 물어서 아무것도 필요 없다고 말했다. 웨이터는 물과 메뉴판을 놓고 물러갔다. 덴고는 방금 사 온 책을 펼치고 읽기 시작했다. 주술에 대한 책이다. 일본 사회에서 주술이 어떠한 기능을 담당해왔는지 논하고 있다. 주술은 고대의 커뮤니티에서 중요한 역할을 펼쳐왔다. 사회 시스템의 미비점이나 모순을 메우고 보완하는 것이 주술의 역할이었다. 꽤 즐거워 보이는 시대다.

여섯시 십오분이 되어도 후카에리는 나타나지 않았다. 덴고는 딱히 신경 쓰지 않고 그대로 책을 읽었다. 상대가 늦는 것에 딱히 놀라지도 않았다. 도대체가 처음부터 말도 안 되는 이야기라서 말도 안 되는 식으로 일이 전개된다 해도 누구에게도 불평은 할 수 없다. 그녀가 마음이 바뀌어 아예 나타나지 않는다고 해도 그리 이상할 것 없다, 라기보다 아예 나타나지 않는 게 오히려 고마울 정도다. 그러는 게 이야기가 간단해서 좋다. 한 시간쯤 기다렸습니다만 후카에리라는 여학생은 오지 않았습니다, 라고 고마쓰에게 보고하면 되니까. 그다음 일이 어떻게 되건 알 바 아니다. 혼자서 식사하고 그대로 집에 돌아가면 된다. 그것으로 고마쓰에 대한 의리는 지킨 셈이다.

후카에리는 여섯시 이십이분에 나타났다. 그녀는 웨이터의 안내를 받으며 테이블로 다가와 맞은편 자리에 앉았다. 자그마한 두 손을 테이블 위에 얹고 코트도 벗지 않은 채 지그시 덴고의 얼굴을 바라보았다. "늦어서 미안해요"도 없고 "기다리셨어요?"도 없다. "처음 뵙겠습니다" "안녕하세요?"조차 없다. 입을 딱 다물고 덴고의 얼굴을 정면으로 쳐다볼 뿐이다. 난생처음 보는 풍경을 멀리서 바라보듯이. 대단하다, 고 덴고는 생각했다.

후카에리는 작은 몸집에 전체적으로 생김새가 조그맣고 사진에서 본 것보다 더 아름다운 얼굴이었다. 그녀의 얼굴에서 무엇보다 이목을 끄는 것은 그 눈이었다. 인상적인, 깊숙한 데가 있는 눈이다. 그 윤기 있는 새카만 두 눈으로 빤히 쳐다보니 덴고는 침착할 수가 없었다. 그녀는 거의 눈을 깜박이지도 않았다. 숨조차 쉬지 않는 것처럼 보였다. 머리칼은 누군가가 자를 대고 한 올 한 올 그은 것처럼 수직으로 곧게 떨어지고, 눈썹 선이 그 머리 모양과 잘 어울렸다. 그리고 아름다운 십대 소녀 대부분이 그렇듯이 표정에는 생활의 냄새가 결여되어 있었다. 또한 거기에서는 어딘지 모를 불균형도 느껴졌다. 눈동자의 깊이가 왼쪽과 오른쪽이 약간 다르기 때문인지도 모른다. 그것이 보는 이에게 왠지 모를 불안함을 느끼게 한다. 무슨 생각을 하는지 짐작할 수 없는 데가 있다. 그런 의미에서 그녀는 잡지 모델이나 아이돌 가수 같은 부류의 미소녀는 아니었다. 하지만 그만큼 그녀에게는 사람을 도발하고 빨아들이는 것이 있었다.

덴고는 책을 덮어 테이블 가장자리에 놓고 등을 꼿꼿이 세워 자세를 바로잡고 물을 마셨다. 분명 고마쓰가 말한 그대로다. 이런 소녀가 문학상을 탄다면 매스컴이 가만두지 않을 것이다. 상당한 소동이 일어날 게 틀림없다. 그런 짓을 하고서도 정말 무사할 수 있을까.

웨이터가 다가와 그녀 앞에 물잔과 메뉴판을 놓았다. 그래도 후카에리는 움직이지 않았다. 메뉴판에 손을 대려고도 하지 않고 그저 덴고의 얼굴을 보고 있었다. 덴고는 어쩔 수 없이 "안녕?" 하고 말했다. 그녀와 마주하고 있으려니 자신의 몸집이 더욱 크게 느껴졌다.

후카에리는 인사에 답하지도 않고 그대로 덴고의 얼굴을 빤히 보고 있었다. "당신 알아요." 이윽고 후카에리는 조그만 소리로 그렇게 말했다.

"나를 알아?" 덴고가 물었다.

"수학을 가르치고 있어요."

덴고는 고개를 끄덕였다. "그래, 맞아."

"두 번 들은 적이 있어요."

"내 수업을?"

"그래요."

그녀의 말하는 방식에는 몇 가지 특징이 있었다. 수식을 덜어낸 문장, 거의 굴곡이 없는 억양, 한정된(적어도 그런 인상을 상대에게 준다) 어휘. 고마쓰가 말했던 것처럼 분명 색다른 데가 있다.

"그러면 우리 학원 학생이라는 건가?" 덴고는 질문했다.

후카에리는 고개를 저었다. "들으러 간 것뿐."

"수강증이 없으면 교실에 못 들어올 텐데."

후카에리는 그저 슬쩍 어깨만 움츠렸다. 다 큰 어른이 무슨 바보 같은 소리를 하느냐, 는 듯이.

"강의는 어땠어?" 덴고는 물었다. 역시 의미 없는 질문이다.

후카에리는 시선을 돌리지 않고 물을 한 모금 마셨다. 대답은 없었다. 하긴 두 번 왔다면 처음 왔을 때의 느낌이 그리 나쁘지 않았던 모양이라고 덴고는 추측했다. 흥미가 없었다면 한 차례로 그만두었을 것이다.

"고3이지?" 덴고는 물었다.

"그런 셈."

"대학입시는?"

그녀는 고개를 저었다.

그것이 "입시 이야기 따위는 하고 싶지 않다"라는 것인지 "입시 공부는 안 한다"라는 것인지, 덴고는 판단할 수 없었다. 무시무시하게 말수 적은 아이라고 고마쓰가 전화로 말했던 게 생각났다.

웨이터가 다가와 주문을 받았다. 후카에리는 아직 코트를 입은 채였다. 그녀는 샐러드와 빵을 주문했다. "그러면 돼요." 그녀는 말하고 메뉴판을 웨이터에게 돌려주었다. 그리고 문득 생각난 듯이 "화이트와인"이라고 덧붙였다.

젊은 웨이터는 그녀의 나이에 대해 한마디 하고 싶은 눈치였지만, 빤히 바라보는 후카에리의 시선을 받고 얼굴을 붉히며 그대로 말을 삼켜버렸다. 대단하다. 덴고는 새삼 생각했다. 덴고는 시푸드 링귀네를 주문했다. 그리고 후카에리의 주문에 맞춰 그도 화이트와인 한 잔을 달라고 했다.

"선생님이고 소설을 써요." 후카에리는 말했다. 아무래도 덴고를 향해 질문을 한 모양이었다. 물음표를 붙이지 않고 질문하는 게 그녀의 어법의 특징 중 하나인 듯했다.

"현재로서는." 덴고는 말했다.

"두 가지 다, 그렇게는 안 보여요."

"그럴지도 모르겠다." 덴고는 말했다. 미소를 지으려고 했지만 제대로 웃어지지 않았다. "교사 자격증도 있고 학원강사도 하고 있지만 정식 선생이라고는 할 수 없고, 소설은 쓰고 있지만 정식으로 발표된 일이 없으니까 아직 소설가도 아니지."

"아무것도 아니에요."

덴고는 고개를 끄덕였다. "맞아. 현재로서는 나는 아무것도 아니야."

"수학을 좋아해요."

덴고는 그녀의 말끝에 물음표를 붙이고 그런 다음에 질문에 대답했다. "좋아해. 옛날부터 좋아했고 지금도 좋아."

"어떤 점이."

"수학의 어떤 점이 좋으냐고?" 덴고는 말을 보충했다. "글쎄. 수학을 마주하면 마음이 무척 차분해져. 모든 것이 제자리에 자리를 잡은 것처럼."

"적분 이야기는 재미있었어요."

"학원에서의 내 수업 얘기?"

후카에리는 고개를 끄덕였다.

"너는 수학을 좋아해?"

후카에리는 짧게 고개를 저었다. 수학은 좋아하지 않는다.

"하지만 적분 이야기는 재미있었구나?" 덴고는 물었다.

후카에리는 다시 살짝 어깨를 움츠렸다. "소중한 것을 말하듯이 적분 이야기를 했어요."

"그랬나?" 덴고는 말했다. 누군가에게 그런 말을 들은 건 처음이다.

"소중한 사람의 이야기를 하는 거 같았어요." 소녀는 말했다.

"수열 강의를 할 때는 좀더 정열적이 될지도 모르는데." 덴고는 말했다. "고등학교 수학 중에서는 개인적으로 수열을 좋아하거든."

"수열을 좋아해요." 후카에리는 다시 물음표 없이 물었다.

"내게는 바흐의 평균율 같은 거야. 싫증나는 일이 없어. 항상 새로운 발견이 있지."

"평균율 알아요."

"바흐 좋아해?"

후카에리는 고개를 끄덕였다. "선생님이 항상 들어요."

"선생님?" 덴고는 말했다. "너희 학교 선생님?"

후카에리는 대답하지 않았다. 그 점에 대해 이야기하기는 아직 너무 이르다, 라는 표정을 떠올린 채 덴고를 보고 있었다.

그리고 그녀는 생각난 듯이 코트를 벗었다. 애벌레가 허물을 벗을 때처럼 꼬물꼬물 몸을 움직여 빠져나오더니 개지도 않고 옆의 의자에 올려놓았다. 코트 아래는 연초록의 얇은 라운드넥 스웨터에 흰 면바지 차림이었다. 액세서리는 하지 않았다. 화장도 하지 않았다. 그래도 그녀는 눈에 띄었다. 가느다란 몸매지만 그 균형으로 보면 가슴 크기는 싫어도 남의 눈길을 끌었다. 모양도 대단히 아름답다. 덴고는 그쪽으로 시선이 가지 않도록 주의해야 했다. 하지만 그렇게 생각하면서도 문득 가슴에 시선이 갔다. 커다란 소용돌이의 중심에 깜박 눈이 가버리는 것처럼.

화이트와인이 나왔다. 후카에리는 그것을 한 모금 마셨다. 그리고 골똘히 생각하듯이 와인 잔을 바라본 뒤에 테이블에 내려놓았다. 덴고는 성의를 표하는 정도만 마셨다. 이제부터 중요한 이야기를 해야 한다.

후카에리는 쭉 곧은 검은 생머리에 손을 얹더니 잠시 손가락으로 머리칼을 빗어내렸다. 멋진 동작이었다. 멋진 손가락이었다. 가느다란 손가락 하나하나가 제각각 의지와 노선을 갖고 있는 것처럼 보였다. 거기에서는 뭔가 주술적인 것까지 느껴졌다.

"수학의 어떤 점이 좋은가." 덴고는 그녀의 손가락과 가슴에서 주의를 돌리기 위해 소리 내어 스스로에게 질문을 던졌다.

"수학이란 물의 흐름 같은 거야." 덴고는 말했다. "물론 까다로운 이론도 아주 많지만 기본적인 이치는 대단히 심플해. 물이 높은 곳에서 낮은 곳을 향해 최단거리로 흐르는 것과 같이 수학의 흐름도 한 가지밖에 없어. 가만히 들여다보면 그 이치가 저절로 보여. 나는 그냥 가만히 들여다보기만 하면 돼. 아무것도 안 해도 괜찮아. 의식을 집중해서 응시하고 있으면 자기 쪽에서 모두 분명하게 밝혀줘. 그렇게 친절하게 나를 대해주는 건 이 넓은 세상에 수학밖에 없어."

후카에리는 그 말에 대해 잠시 생각하고 있었다.

"왜 소설을 써요." 그녀는 억양이 없는 어조로 물었다.

덴고는 그녀의 그 질문을 보다 긴 문장으로 변환했다. "수학이 그렇게 재미있다면 굳이 고생해가며 소설을 쓸 필요는 없지 않느냐, 계속 수학만 하면 되지 않느냐. 하고 싶은 말이 그런 거지?"

후카에리는 고개를 끄덕였다.

"글쎄. 실제 인생은 수학과는 달라. 거기서는 모든 일이 반드시 최단거리를 택해 흐른다고는 할 수 없어. 나에게 수학은 뭐랄까, 너무 지나치게 자연스러워. 그건 내게는 아름다운 풍경 같은 거야. 그냥 그곳에 있는 것이야. 뭔가로 치환할 필요조차 없어. 그래서 수학 속에 있으면 내가 점점 투명해지는 듯한 기분이 들 때가 있어. 이따금 그게 무서워져."

후카에리는 시선을 돌리지 않고 덴고의 눈을 똑바로 보고 있었다.

유리창에 얼굴을 대고 빈집 안을 들여다보는 것처럼.

덴고는 말했다. "소설을 쓸 때, 나는 언어를 사용하여 내 주위의 풍경을 내게 보다 자연스러운 것으로 치환해나가. 즉 재구성을 해. 그렇게 하는 것으로 나라는 인간이 이 세계에 틀림없이 존재하고 있다는 것을 확인해. 그건 수학의 세계에 있을 때와는 상당히 다른 작업이야."

"존재한다는 것을 확인한다." 후카에리는 말했다.

"아직 제대로 잘한다고는 할 수 없지만." 덴고는 말했다.

후카에리는 덴고의 설명을 납득한 것처럼 보이지는 않았지만 더이상 아무 말도 하지 않았다. 와인 잔을 입가로 가져갔을 뿐이다. 그리고 마치 스트로로 빨듯이 와인을 조금, 소리도 없이 마셨다.

"내가 보기에는 너 역시 결과적으로는 그와 똑같은 일을 하고 있어. 네가 바라본 풍경을 너의 언어로 바꾸어 재구성하지. 그렇게 너라는 인간의 존재위치를 확인하고 있어." 덴고는 말했다.

후카에리는 와인 잔을 든 손을 멈추고 잠시 생각했다. 하지만 역시 의견은 말하지 않았다.

"그리고 그 과정을 하나의 형식으로 남겼어. 작품으로." 덴고는 말했다. "만일 그 작품이 많은 사람들의 동의와 공감을 불러일으킨다면 그건 객관적 가치를 가진 문학작품이 돼."

후카에리는 단호히 고개를 저었다. "형식에는 관심이 없어요."

"형식에는 관심이 없다?" 덴고는 반복했다.

"형식은 의미 없어요."

"그럼 어째서 그 이야기를 글로 써서 신인상에 응모했지?"

후카에리는 와인 잔을 테이블에 내려놓았다. "나는 안 했어요."

덴고는 마음을 가라앉히기 위해 컵을 들어 물을 한 모금 마셨다. "그러니까 너는 신인상에 응모하지 않았다는 말이야?"

후카에리는 고개를 끄덕였다. "나는 보내지 않았어요."

"그럼 대체 누가 네 글을 출판사에 보내 신인상에 응모한 거지?"

후카에리는 살짝 어깨를 움츠렸다. 그리고 15초쯤 침묵했다. 그런 다음에 말했다. "아무도."

"아무도?" 덴고는 되풀이했다. 그리고 동그랗게 오므린 입으로 천천히 숨을 내쉬었다. 이것 참, 세상사 그리 쉽지 않다. 생각했던 대로다.

덴고는 지금까지 학원에서 가르친 여학생과 몇 차례 사적으로 사귄 일이 있었다. 그렇지만 그건 그녀들이 학원을 떠나 대학에 들어간 뒤의 일이다. 그녀들 쪽에서 연락이 와서 만나자고 했고, 만나서 이야기를 하거나 어딘가에 함께 놀러갔다. 그녀들이 덴고의 대체 어떤 면에 끌렸는지, 덴고는 알지 못한다. 하지만 어떻든 그는 독신이고 상대는 이미 그의 학생이 아니었다. 데이트를 청해오면 거절할 이유가 없었다.

데이트의 연장으로서 육체관계를 가진 일도 두 번쯤 있었다. 하지만 그녀들과의 교제는 그리 길게 이어지지 않고 어느샌가 자연스럽게 흐지부지되곤 했다. 대학에 갓 입학한 건강한 여자들과 함께 있으면 덴고는 왠지 차분해질 수 없었다. 이상하게 마음이 편치 않았다. 한창 까불까불하는 새끼고양이를 상대하는 것 같아서 처음에는 신선하고 재미있지만 나중에는 점점 피곤해졌다. 그리고 그 여자들 쪽에서도 이 수학강사가 교단에서 수학에 대해 열렬히 이야기할 때와 그러지 않을 때는 전혀 다른 인격이 된다는 사실을 발견하고 적잖이 실망하는 모양이었다. 그 심정은 덴고도 이해가 되었다.

그가 차분해질 수 있는 건 연상의 여자를 상대할 때였다. 무슨 일이든 자신이 리드할 필요가 없다고 생각하면 어깨의 무거운 짐을 내려놓은 듯한 기분이 들었다. 그리고 많은 연상의 여자들이 그에게 호감을 품어주었다. 그래서 일 년쯤 전에 열 살 연상의 유부녀와 관계를 맺게 된 뒤로는 어린 여자애들과의 데이트는 완전히 끊었다. 일주일에 한 번, 아파트 자기 방에서 그 연상의 걸프렌드를 만나는 것으로, 살아 있는 몸을 가진 여성에 대한 욕망(혹은 필요성) 같은 건 대략 해소되었다. 그다음은 혼자 방에 틀어박혀 소설을 쓰거나 책을 읽거나 음악을 듣거나 이따금 가까운 실내수영장에 수영을 하러 가기도 했다. 학원에서 동료 강사들과 잠깐씩 대화를 나누는 것 외에는 거의 아무하고도 이야기를 하지 않았다. 그리고 그런 생활이 딱히 불만스러웠던 적도 없다. 아니, 오히려 그건 그에게는 이상적인 생활에 가까웠다.

하지만 후카에리라는 열일곱 살 소녀를 눈앞에 마주하고 있으려니 덴고는 격렬한 마음의 떨림 같은 것을 느꼈다. 그것은 처음 그녀의 사진을 보았을 때 느꼈던 것과 같은 것이었지만, 실제로 눈앞에 마주하자 그 떨림은 한층 더 강해졌다. 사랑이라든가 성적인 욕망이라든가 그런 게 아니다. 뭔가가 작은 빈틈으로 들어와 그의 내면에 있는 공백을 채우려고 하는 것 같다. 그런 기분이 들었다. 그것은 후카에리가 만들어낸 공백이 아니다. 덴고의 내면에 원래부터 있었던 것이다. 그녀가 거기에 특수한 빛을 들이대 새삼 비춰낸 것이다.

"너는 소설 쓰는 거에 관심도 없고, 작품을 신인상에 응모하지도 않았다." 덴고는 확인하듯이 말했다.

후카에리는 덴고의 얼굴에서 시선을 돌리는 일 없이 고개를 끄덕였다. 그러고는 겨울 찬바람에서 자신의 몸을 지킬 때처럼 가만히 어깨를 움츠렸다.

"소설가가 될 마음도 없다." 덴고는 자신도 물음표를 빼고 질문하는 것을 깨닫고 놀랐다. 분명 이런 식의 어법은 전염성이 강한 것인 모양이다.

"소설가가 될 마음이 없어요." 후카에리는 말했다.

그때 식사가 나왔다. 후카에리에게는 큼직한 그릇에 든 샐러드와 롤빵. 덴고에게는 시푸드 링귀네. 후카에리는 신문기사 제목을 훑어보는 듯한 눈초리로 양상추 잎을 포크로 몇 번 뒤적였다.

"하지만 어떻든 누군가 네가 쓴 「공기 번데기」를 신인상 응모작으로 출판사에 보냈어. 그리고 내가 응모작을 선별하기 위해 그 작품을 읽었어."

"「공기 번데기」." 후카에리는 말했다. 그리고 눈이 가느스름해졌다.

"「공기 번데기」, 네가 쓴 소설의 제목이야." 덴고는 말했다.

후카에리는 아무 말 없이 그대로 실눈을 뜨고 있었다.

"그거, 네가 붙인 제목 아니야?" 덴고는 불안해져서 물었다.

후카에리는 가만히 고개를 저었다.

덴고의 머릿속은 다시금 적잖이 혼란스러웠지만, 일단 제목 문제에 대해서는 더이상 따지지 않기로 했다. 우선은 이야기를 앞으로 진행시키지 않으면 안 된다.

"그건 아무래도 좋아. 아무튼 나쁘지 않은 제목이야. 분위기 있고 눈길을 끌어. 이게 뭘까 하고 생각하게 해. 누가 붙였건 제목에 대해서는 불만이 없어. 번데기와 누에고치가 어떻게 다른지는 나도 잘 모르지만 뭐, 그리 큰 문제는 아니야. 내가 말하고 싶은 건 그 작품을 읽고 내가 강하게 끌렸다는 거야. 그래서 나는 고마쓰 씨에게 그 작품을 가져갔어. 그도 「공기 번데기」를 마음에 들어했어. 다만 본격적으로 신인상을 목표로 삼을 거라면 문장에 손을 대지 않으면 안 된다는 게 그의 의견이야. 이야기의 강렬함에 비해 문장이 좀 약하거든. 그리고 고마쓰 씨는 고쳐 쓰는 작업을 네가 아니라 나에게 시키려 하고 있어. 나는 거기에 대해 아직 마음을 정하지 않았어. 한다 안 한다는 대답도 아직 안 했어. 그게 옳은 일인지 어떤지 잘 알 수 없어서야."

덴고는 거기서 말을 끊고 후카에리의 반응을 기다렸다. 반응은 없었다.

"내가 지금 알고 싶은 건 내가 너 대신 「공기 번데기」를 고쳐 쓰는 것에 대해 너는 어떻게 생각하느냐는 거야. 내가 아무리 결심을 한다 해도 너의 동의와 협조가 없으면 할 수 없는 일이니까."

후카에리는 방울토마토 하나를 손가락으로 집어먹었다. 덴고는 홍합을 포크로 찍어서 먹었다.

"해도 돼요." 후카에리는 간단히 말했다. 그리고 토마토를 또 하나 집었다. "마음대로 고쳐도 돼요."

"좀더 시간을 두고 충분히 생각해보는 게 좋지 않을까? 상당히 중요한 일이니까." 덴고는 말했다.

후카에리는 고개를 저었다. 그럴 필요 없다는 듯이.

"내가 네 작품을 고쳐 쓴다면," 덴고는 설명했다. "이야기를 바꾸지 않도록 주의해서 문장을 보강할게. 아마 많이 바뀌게 될 거야. 하지만 작가는 어디까지나 너야. 이 작품은 어디까지나 후카에리라는 열일곱 살 소녀가 쓴 소설이지. 그건 움직일 수 없는 사실이야. 만일 그 작품이 신인상을 탄다면 네가 수상할 거야. 너 혼자 상을 받는 거지. 책으로 만들면 너 혼자 그 저자가 돼. 우리는 팀을 짜는 셈이야. 너하고 나, 그리고 그 고마쓰라는 편집자하고 셋. 하지만 밖으로 이름이 나가는 건 너 한 사람뿐이야. 다른 두 사람은 뒤로 물러서서 조용히 있을 거야. 연극의 소품 담당자처럼. 무슨 말인지 알겠니?"

후카에리는 셀러리를 포크로 입에 옮기며 작게 고개를 끄덕였다.

"알아요."

"「공기 번데기」라는 작품은 분명히 네 거야. 네 안에서 나온 거지. 그걸 내가 내 것으로 할 수는 없어. 나는 어디까지나 기술적인 측면에서 너를 도와줄 뿐이야. 그리고 내가 그 이야기에 손을 댔다는 사실을 너는 반드시 비밀로 해야만 해. 즉 우리는 공모해서 온 세상에 거짓말을 하는 게 돼. 그건 아무리 생각해도 간단한 일이 아니야. 계속 마음에 비밀을 안고 간다는 건."

"그런 거라면." 후카에리는 말했다.

덴고는 홍합 껍데기를 접시 한쪽에 밀어놓고 링귀네를 뜨려다가 마음을 돌려 관뒀다. 후카에리는 오이를 집어 한 번도 본 적 없는 것을 맛보는 것처럼 주의 깊게 씹었다.

덴고는 포크를 손에 든 채 말했다. "다시 한번 묻겠는데, 네가 쓴 이야기를 내가 고쳐 쓰는 것에 대해 이의는 없니?"

"좋을 대로 해도 돼요." 후카에리는 오이를 다 먹고 나서 말했다. "어떻게 고치든 괜찮아?"

"괜찮아요."

"어째서 그렇게 생각할 수 있지? 나에 대해 아무것도 모르는데."

후카에리는 아무 말도 하지 않고 가만히 어깨를 움츠렸다.

그리고 두 사람은 잠시 아무 말 없이 요리를 먹었다. 후카에리는 샐러드를 믹는 일에 집중하고 있었다. 이따금 빵에 버터를 발라먹고 와인 잔에 손을 내밀었다. 덴고는 기계적으로 링귀네를 입에 옮기며 다양한 가능성에 대해 생각했다.

그는 포크를 내려놓고 말했다. "맨 처음 고마쓰 씨가 이 이야기를 꺼냈을 때는 말도 안 된다, 어처구니없는 소리다, 라고 생각했어. 그런 짓을 할 수 있을 리 없다고 생각했지. 어떻게든 거절할 생각이었어. 하지만 집에 돌아와 그 제안에 대해 생각하는 사이에 해보고 싶다는 마음이 점점 강해졌어. 그게 도의적으로 옳은지 어떤지는 둘째 치고 「공기 번데기」라는 네가 만들어낸 이야기에 내 나름의 새로운 형식을 부여해보고 싶은 마음이 들었어. 뭐랄까, 그건 대단히 자연스러운, 자발적인 욕구 같은 거야."

아니, 욕구라기보다는 갈망이라는 게 더 가까울지도 모른다, 고 덴고는 머릿속에서 덧붙였다. 고마쓰가 예언한 그대로였다. 그 갈망을 억누르기가 점점 어려워지고 있었다.

후카에리는 침묵한 채 중립적인 아름다운 눈 깊숙이에서 덴고를 바라보고 있었다. 그녀는 덴고가 하는 말을 애써 이해하려고 노력하는 것처럼 보였다.

"당신은 고쳐 쓰고 싶어요." 후카에리가 물었다.

덴고는 그녀의 눈을 정면으로 보았다. "그렇게 생각하고 있어."

후카에리의 새까만 눈동자가 뭔가를 비춰내듯이 희미하게 반짝였다. 적어도 덴고에게는 그렇게 보였다.

덴고는 두 손으로 허공에 있는 가공의 상자를 떠받치는 듯한 몸짓을 했다. 딱히 별 의미는 없는 동작이었지만, 감정을 전달하기 위한 매개체로서 그런 것이 필요했다.

"잘 표현할 수는 없지만 「공기 번데기」를 몇 번 읽어보는 사이에 네가 보고 있는 것이 내게도 보이는 것 같았어. 특히 리틀 피플이 나오는 부분. 너의 상상력에는 분명 특별한 것이 있어. 그건 뭐랄까, 독창적이고 전염성이 있어."

후카에리는 스푼을 조용히 접시에 내려놓고 냅킨으로 입가를 닦았다.

"리틀 피플은 정말로 있어요." 그녀는 조용한 목소리로 말했다.

"정말로 있어?"

후카에리는 잠시 틈을 두었다. 그리고 말했다.

"당신이나 나하고 똑같이."

"나나 너하고 똑같이." 덴고는 반복했다.

"보려고 마음먹으면 당신에게도 보여요."

후카에리의 간결한 어법에는 이상한 설득력이 있었다. 입에 올리는 하나하나의 어휘가 틈새에 딱 맞는 쐐기처럼 적확하게 박히는 게 느껴졌다. 하지만 후카에리라는 이 여학생이 어디까지 정상인지, 덴고는 아직 판단이 서지 않았다. 이 소녀에게는 뭔가 상식에서 벗어난 면, 평범하지 않은 면이 있었다. 그것은 천부적인 자질인지도 모른다. 지금 그는 살아 있는 형태를 가진 진정한 재능을 눈앞에 마주하고 있는지도 모른다. 혹은 그건 그저 겉보기에 지나지 않는지도 모른다. 영리한 십대 소녀는 때때로 본능적으로 연기를 한다. 표면적으로 특이한 척하는 일이 있다. 그럴싸하게 암시적인 말을 입에 올려 상대를 당황하게 한다. 그런 예를 그는 몇 번이나 목격해왔다. 진짜와 연기를 구분하는 건 때로 매우 어렵다. 덴고는 이야기를 현실로 되돌리기로 했다. 혹은 보다 현실에 가까운 것으로.

"너만 좋다면 내일부터라도 「공기 번데기」 고쳐 쓰기 작업에 들어가고 싶어."

"그러고 싶으면."

"그러고 싶어." 덴고는 간결하게 대답했다.

"만날 사람이 있어요." 후카에리가 말했다.

"내가 어떤 사람을 만난다." 덴고는 물었다.

후카에리는 고개를 끄덕였다.

"어떤 사람?" 덴고가 물었다.

질문은 무시되었다. "그 사람하고 이야기를 해요." 소녀는 말했다.

"만일 그래야 한다면 만나는 건 괜찮아." 덴고는 말했다.

"일요일 아침은 시간 있어요." 물음표 없는 질문을 그녀가 던졌다.

"시간 있어." 덴고는 대답했다. 마치 수기(手旗) 신호로 이야기하는 것 같다고 덴고는 생각했다.

식사를 마치고 덴고와 후카에리는 헤어졌다. 덴고는 레스토랑 공
중전화에 10엔짜리 동전 몇 개를 넣고 고마쓰의 회사에 전화를 걸었
다. 고마쓰는 아직 회사에 있었지만 전화를 받기까지 시간이 걸렸다.
덴고는 그동안에 수화기를 귀에 대고 기다리고 있었다.

"어땠어. 잘됐어?" 전화를 받은 고마쓰는 대뜸 물었다.

"제가 「공기 번데기」를 고쳐 쓰는 걸 후카에리는 일단 승낙했어
요. 아마 그럴 겁니다."

"야아, 대단하네." 고마쓰는 말했다. 목소리가 신이 났다. "훌륭
해. 실은 좀 걱정했었어. 뭐랄까, 자네는 이런 협상 쪽에는 성격상 별
로 소질이 없는 거 아닌가 하고."

"딱히 협상을 한 것도 아니에요." 덴고는 말했다. "설득할 필요도
없었어요. 저는 대략적인 것을 설명했고, 그다음은 후카에리가 마음
대로 정한 거나 마찬가지예요."

"뭐였든 상관없어. 결과만 나오면 아무 이의 없어. 이제 계획을 추
진할 수 있겠군."

"하지만 그전에 제가 어떤 사람을 만나야 한대요."

"어떤 사람?"

"누군지는 모르겠어요. 아무튼 그 사람을 만나서 이야기를 해달
래요."

고마쓰는 몇 초 동안 침묵했다. "그래서, 언제 그 사람을 만나지?"

"이번 일요일. 후카에리가 저를 그 사람 있는 데로 안내한답니다."

"비밀에는 중요한 원칙이 한 가지 있어." 고마쓰는 진지한 목소리로 말했다. "비밀을 아는 사람이 적을수록 좋다는 거야. 현재로서는 이 세상에 단 세 명밖에 이 계획을 알지 못해. 자네와 나와 후카에리. 가능하다면 그 수를 늘리고 싶지 않아. 알지?"

"이론적으로는요." 덴고는 말했다.

그러고는 고마쓰의 목소리는 다시 부드러워졌다. "하지만 어찌 됐건 후카에리는 자네가 원고에 손을 댄다는 데 동의했어. 무엇보다 그게 가장 중요한 일이야. 그다음 일은 어떻게든 되겠지."

덴고는 수화기를 왼손으로 바꿔 들었다. 그리고 오른손 둘째손가락으로 관자놀이를 천천히 눌렀다.

"고마쓰 씨, 저는 아무래도 불안해요. 확실한 근거가 있는 건 아니지만, 제가 지금 뭔가 평범하지 않은 일에 휘말려들고 있다는 마음이 자꾸 든다구요. 후카에리와 마주하고 있을 때는 딱히 느끼지 않았는데, 그 아이와 헤어져 혼자가 된 뒤부터 그런 마음이 점점 더 강해져요. 예감이라고 해야 할지 어쩐지 불길하다고 해야 할지 모르겠지만 아무튼 여기에는 뭔가 기묘한 것이 있어요. 정상이 아닌 거예요. 머리가 아니라 몸으로 그렇게 느껴져요."

"후카에리를 만났고, 그래서 그렇게 느낀다는 거야?"

"그런지도 모르죠. 후카에리는 아마 진짜일 거예요. 물론 제 직감일 뿐이지만."

"진짜 재능이 있다는 얘기인가?"

"재능까지는 모르겠어요. 이제 처음 만났으니까." 덴고는 말했다. "다만 그녀는 우리가 보지 않는 것을 실제로 보고 있을 수도 있어요.

뭔가 특수한 것을 갖고 있을 수도 있구요. 그런 점이 아무래도 마음에 걸려요."

"머리가 이상하다는 거야?"

"특이한 면은 있지만 머리는 딱히 이상한 거 같진 않아요. 하는 말도 일단 앞뒤가 맞아떨어지기는 하구요." 덴고는 말했다. 그리고 잠깐 틈을 두었다. "단지 뭔가가 자꾸 마음에 걸려요."

"어쨌거나 그애는 자네라는 인간에게 흥미를 가졌군." 고마쓰는 말했다.

덴고는 적절한 말을 찾아봤지만 그런 건 어디에서도 찾을 수 없었다. "거기까지는 모르겠습니다." 그는 대답했다.

"그애는 자네를 만났고, 최소한 자네에게 「공기 번데기」를 고쳐쓸 만한 자격이 있다고 생각했어. 즉 자네가 마음에 들었다는 얘기야. 실로 성공적이야, 덴고. 앞으로의 일은 나도 몰라. 물론 리스크는 있어. 하지만 리스크는 인생의 스파이스야. 지금부터 당장이라도 「공기 번데기」 리라이팅 작업에 뛰어들라고. 시간이 없어. 새 원고를 되도록 빨리, 응모작들 더미 속에 다시 갖다둬야 해. 원본과 바꿔치기하는 거야. 열흘이면 할 수 있을까?"

덴고는 한숨을 쉬었다. "빡빡하군요."

"뭐 꼭 최종원고일 필요는 없어. 다음 단계에서 다시 조금 손을 볼수 있어. 급한 대로 모양새만 갖춰주면 돼."

덴고는 머릿속에서 작업일정을 어림해보았다. "그런 원고라면 열흘이면 어떻게든 될지도 모르겠네요. 무리한 일이라는 건 변함이 없지만."

"해봐." 고마쓰는 밝은 목소리로 말했다. "후카에리의 눈으로 세상을 바라봐. 자네가 매개체가 되어 후카에리의 세계와 이 현실세계를 이어보는 거야. 덴고, 자네는 할 수 있어. 나는……"

거기에서 10엔짜리 동전이 다 떨어졌다.

제6장 아오마메

Q

전문적인 기능과 훈련이 필요한 직업

할 일을 마친 뒤, 아오마메는 조금 걸어나와 택시를 잡아타고 아카사카의 호텔로 향했다. 집에 돌아가 잠들기 전에 고조된 신경을 알코올로 풀어줄 필요가 있었다. 어떻든 방금 한 남자를 저쪽 편으로 보내고 온 것이다. 살해되어도 찍소리 못할 쥐새끼 같은 놈이었지만 그래도 인간은 인간이다. 그녀의 손에는 생명이 소멸해갈 때의, 최후의 숨을 토하며 영혼이 몸을 떠나갈 때의 감촉이 아직 남아 있다. 아오마메는 몇 번인가 아카사카의 그 호텔 바에 가본 적이 있었다. 고층 빌딩의 최상층, 전망 좋고 카운터 분위기가 편안하다.

바에 들어선 건 일곱시 조금 지나서였다. 피아노와 기타의 젊은 듀오가 〈스위트 로레인〉을 연주하고 있었다. 냇 킹 콜의 오래된 레코드 복사판이지만 나쁘진 않다. 그녀는 늘 하던 대로 카운터에 앉아 진토닉과 피스타치오를 주문했다. 바는 아직 북적거리지 않는다. 야경을 바라보며 칵테일을 마시고 있는 젊은 커플, 비즈니스 미팅중인 듯한 정장 차림의 일행 네 명, 마티니 잔을 손에 든 외국인 중년부부. 그녀는 시간을 들여 진토닉을 마셨다. 너무 일찍 취하고 싶지 않았다. 밤은 아직 길다.

숄더백에서 책을 꺼내 읽었다. 1930년대의 만주철도에 대한 책이다. 만주철도(남만주철도주식회사)는 러일전쟁이 종결된 다음 해, 러시아로부터 철도 선로와 그 권익을 양도받는 형식으로 탄생하여 급속히 그 규모가 확대되었다. 일본의 중국침략의 첨병이 되었고, 1945년 소비에트 군에 의해 해체되었다. 1941년 독일과 소련의 전쟁이 발발하기 전까지는 이 철도와 시베리아 철도를 갈아타며 시모노세키에서 파리까지 13일 만에 갈 수 있었다.

비즈니스 정장을 입고 큼직한 숄더백을 옆에 놓은 채 만주철도에 대한 책(하드커버)을 열심히 읽고 있으면, 호텔 바에서 젊은 여자 혼자 술을 마셔도 손님을 찾는 고급 콜걸로 착각하는 일은 없을 거라고 아오마메는 생각한다. 하지만 진짜 고급 콜걸이 대체로 어떤 모습을 하고 있는지 아오마메도 잘 알지 못한다. 만일 그녀가 부유한 비즈니스맨을 상대하는 콜걸이라면 상대를 긴장시키지 않기 위해서라도, 바에서 쫓겨나지 않기 위해서라도, 아마 콜걸로는 보이지 않도록 노력했을 것이다. 이를테면 준코 시마다의 비즈니스 정장에 하얀 블라우스를 입고 화장은 약간만 하고 실무적인 큼직한 숄더백을 들고 만주철도에 대한 책을 펼쳐들고 있다거나. 생각해보면 그녀가 지금 하려는 일은 손님을 기다리는 콜걸과 실질적으로 그다지 다르지 않은 것이다.

시간이 흐르면서 서서히 손님이 늘어갔다. 문득 깨닫고 보니 주위는 와글와글 이야기 소리로 가득 차 있었다. 하지만 그녀가 찾는 타입의 손님은 좀체 나타나지 않았다. 아오마메는 진토닉을 추가하고 스틱 야채를 주문하고(그녀는 아직 저녁을 먹지 않았다) 계속 책을 읽었다. 이윽고 한 남자가 들어와 카운터 자리에 앉았다. 동행은 없다. 적당히 햇볕에 그을렸고 고급스런 블루그레이 맞춤 정장을 입고 있다. 넥타이 취향도 나쁘지 않다. 너무 화려하지도 너무 수수하지도 않다. 나이는 아마 오십 전후일 것이다. 머리숱이 상당히 줄었다. 안경은 쓰지 않았다. 도쿄에 출장 와서 업무를 처리하고, 침대에 들기 전에 한잔하려는 것이리라. 아오마메와 마찬가지다. 적당한 알코올을 체내에 넣어 긴장된 신경을 풀어준다.

도쿄에 출장 온 대부분의 회사원은 이런 고급 호텔에 묵지 않는다. 좀더 숙박비가 싼 비즈니스호텔에 묵는다. 역에서 가깝고 침대가 방의 대부분을 차지하고 창문으로는 옆 빌딩 벽밖에 보이지 않는, 팔꿈치를 스무 번쯤 벽에 부딪히지 않고서는 샤워도 할 수 없는 그런 곳이다. 각 층의 복도에는 음료며 세면도구의 자동판매기가 놓여 있다. 원래 그 정도 출장비밖에 못 받는 것이거나, 아니면 값싼 호텔을 이용하고 남은 여분의 출장비를 자기 주머니에 챙기려는 것, 그 둘 중 하나다. 그들은 근처 술집에서 맥주를 마시고 곧장 자버린다. 그리고 그 옆의 체인 덮밥집에서 아침식사를 급히 입에 몰아넣는다.

하지만 이 호텔에 묵는 이들은 그들과는 다른 종류의 사람들이다. 이들은 업무 차 도쿄에 올 때는 신칸센 특석만 타고, 정해놓은 고급 호텔에만 묵는다. 업무를 마친 뒤에는 호텔 바에서 느긋하게 값비싼 술을 즐긴다. 대부분이 일류기업에 근무하거나 관리직에 오른 사람들이다. 아니면 자영업자, 혹은 의사나 변호사 같은 전문직이다. 중년에 접어들었고 돈에 대해서는 자유롭다. 그리고 많건 적건 놀아본 경험이 있다. 아오마메가 염두에 두고 있는 건 그런 타입이었다.

아오마메는 스무 살 이전부터, 스스로도 이유는 모르겠지만, 머리칼이 헤싱헤싱한 중년남자에게 마음이 끌렸다. 완전히 벗어진 것보다 머리칼이 약간 남아 있는 정도가 그녀의 취향이다. 하지만 머리가 벗어졌다고 다 좋은 건 아니다. 두상이 좋지 않으면 꽝이다. 그녀가 이상적으로 생각하는 머리 모양은 숀 코네리다. 그의 두상은 몹시 아름답고 섹시하다. 쳐다보는 것만으로도 가슴이 두근거린다. 카운터 좌석의, 그녀와 두 자리 떨어진 곳에 앉아 있는 그 남자의 두상도 꽤 괜찮은 편이다. 물론 숀 코네리만큼 근사한 건 아니지만 나름대로 분위기가 있다. 이마가 한참 위쪽으로 물러나고 약간 남은 머리칼은 서리 내린 가을 끝자락의 풀밭을 연상시킨다. 아오마메는 책장에서 조금만 시선을 들고 그 남자의 두상을 잠시 감상했다. 얼굴 생김새는 딱히 인상적이지 않다. 뚱뚱하지는 않지만 턱살이 약간 늘어지기 시작했다. 눈 밑에 주머니 같은 것도 생겼다. 어디서나 흔히 볼 수 있는 중년남자다. 하지만 무엇보다 그 두상이 마음에 들었다.

바텐더가 메뉴와 물수건을 들고 오자 남자는 메뉴는 볼 것도 없다는 듯 스카치 하이볼을 주문했다. "원하시는 브랜드가 있습니까?" 바텐더가 물었다. "딱히 원하는 건 없어. 아무거나 괜찮아요." 남자는 말했다. 조용하고 침착한 목소리였다. 간사이 사투리가 슬쩍 잡힌다. 그러더니 남자는 문득 생각난 듯 커티삭이 있느냐고 물었다. 있다고 바텐더는 말했다. 나쁘지 않아, 아오마메는 생각했다. 그가 선택한 게 시바스 리걸이나 까다로운 싱글 몰트가 아닌 점이 마음에 들었다. 바에서 필요 이상으로 술의 종류에 집착하는 인간은 대개의 경우 성적으로 덤덤하다는 게 아오마메의 개인적인 견해였다. 그 이유는 잘 모른다.

아오마메는 간사이 사투리가 좋았다. 특히 간사이 출신이 도쿄에 올라와 무리하게 도쿄 말을 쓰려고 할 때의 아무래도 잘 어우러지지 않는 낙차가 좋았다. 어휘와 억양이 합치되지 않는 점이 말할 수 없이 근사하다. 그 독특한 울림은 묘하게 그녀의 마음을 가라앉혀주었다. 이 남자로 하자고 마음을 정했다. 빠지고 남은 저 머리칼을, 손끝으로 실컷 만지작거리고 싶어. 바텐더가 남자에게 커티삭 하이볼을 내왔을 때, 그녀는 바텐더를 불러 세우고 남자의 귀에 들어갈 것을 의식하는 목소리로 "커티삭 온더록스"라고 말했다. "알겠습니다." 바텐더는 무표정하게 대답했다.

남자는 셔츠의 맨 위 단추를 풀고 자잘한 무늬가 들어간 감색 넥타이를 조금 느슨하게 했다. 양복은 블루그레이, 셔츠는 엷은 블루의 레귤러 컬러. 그녀는 책을 읽으며 커티삭이 나오기를 기다렸다. 그사이에 블라우스 단추 하나를 자연스럽게 풀었다. 밴드는 〈이츠 온리 어 페이퍼 문〉을 연주하고 있었다. 피아니스트가 1절만 노래했다. 온더록스가 나오자 그녀는 그것을 입으로 옮겨와 한 모금 홀짝였다. 남자가 이쪽을 흘끔거리는 것을 알았다. 아오마메는 책장에서 얼굴을 들고 남자 쪽으로 눈길을 던졌다. 무심코, 어쩌다, 라는 느낌으로. 남자와 시선이 마주치자 그녀는 보일 듯 말 듯 미소를 건넸다. 그리고 곧바로 정면으로 눈을 돌려 창밖의 야경을 바라보는 척했다.

남자가 여자에게 말을 건넬 절호의 타이밍이었다. 그녀 쪽에서 그런 상황을 일부러 마련해준 것이다. 하지만 남자는 말을 건네오지 않았다. 어휴, 진짜, 뭐 하는 거야, 아오마메는 생각했다. 무슨 새파란 꼬맹이도 아니고, 이런 미묘한 기척쯤은 뻔히 아실 만한 분이. 분명 그만한 배짱이 없는 거라고 아오마메는 짐작했다. 자신은 쉰 살이고 이쪽은 이십대. 말을 건넸다가 묵살당하거나 대머리 아저씨 주제에, 라고 업신여기지나 않을지, 그게 걱정인 것이다. 나 참, 정말 뭘 모른다니까.

　그녀는 책을 덮어 가방에 넣었다. 그리고 자기 쪽에서 남자에게 말을 붙였다.

　"커티삭을 좋아해요?" 아오마메는 물었다.

　남자는 깜짝 놀란 척 그녀를 보았다. 뭘 묻는 건지 도통 모르겠다는 표정으로. 그러고는 이내 표정을 누그러뜨렸다. "아 네, 커티삭." 그는 생각났다는 듯이 말했다. "옛날부터 라벨이 마음에 들어서 자주 마셨어요. 돛단배 그림이 그려져 있어서."

　"배를 좋아하는군요."

　"음, 그래요. 돛단배를 좋아합니다."

　아오마메는 잔을 들어올렸다. 남자도 하이볼 잔을 아주 조금 들어올렸다. 건배를 하는 것처럼.

　그리고 아오마메는 옆자리에 놓았던 숄더백을 어깨에 메고 온더록스 잔을 손에 든 채 두 자리 건너 남자의 옆자리로 옮겼다. 남자는 약간 놀라는 듯했지만 애써 얼굴에 드러내지 않으려 했다.

　"고등학교 동창을 여기서 만나기로 했는데, 아무래도 바람을 맞히려나봐요." 아오마메는 손목시계를 보며 말했다. "나타나지도 않고 연락도 없고."

"친구분이 날짜를 잘못 안 거 아닐까요?"

"그런 거겠죠? 옛날부터 덜렁대는 애였어요." 아오마메는 말했다. "조금만 더 기다리려고 하는데, 그동안 잠깐 이야기나 해도 될까요? 아니면 혼자서 편안하게 있고 싶으세요?"

"아니, 그렇지 않아요. 전혀." 남자는 약간 두서없는 목소리로 그렇게 말했다. 미간을 좁히고 담보물을 감정하는 듯한 눈빛으로 아오마메를 보았다. 손님을 물색하는 콜걸이 아닌지 의심하는 것 같았다. 하지만 아오마메에게 그런 분위기는 없다. 어떻게 봐도 콜걸은 아니다. 그걸로 남자는 긴장한 기색을 조금 풀었다.

"이 호텔에 묵습니까?" 그가 물었다.

아오마메는 고개를 저었다. "아뇨, 난 도쿄에 살아요. 그냥 여기서 친구를 만나기로 한 것뿐이죠. 당신은요?"

"출장이에요." 그는 말했다. "오사카에서 왔죠. 회의에 참석하려고. 중요한 회의는 아니지만 본사가 오사카에 있으니 우리 쪽에서 누군가 참석을 안 하면 모양새가 안 좋다고 해서."

아오마메는 예의상 미소를 지었다. 저기, 당신 회사가 이러니저러니 하는 거, 나는 비둘기 똥만큼도 관심 없어. 아오마메는 마음속으로 생각했다. 나는 당신 머리통 모양이 마음에 들었을 뿐이라구요. 물론 그런 말도 입 밖에 내지 않았다.

"일 하나 끝내고 한잔하고 싶어서 들어왔어요. 내일 오전에 볼일 하나 더 보고, 그러고는 오사카로 돌아갑니다."

"나도 큰일 한 가지를 방금 끝냈어요." 아오마메는 말했다.

"호오, 어떤 일이지요?"

"일 얘기는 별로 하고 싶지 않은데. 뭐, 전문직 같은 거예요."

"전문직이라." 남자는 따라했다. "일반인은 할 수 없는, 전문적인 기능과 훈련이 필요한 직업?"

당신, 걸어다니는 국어사전이야? 아오마메는 생각했다. 하지만 그것 역시 입 밖에는 내지 않고 그저 미소만 지었다. "뭐, 대충 그런 정도죠."

남자는 하이볼을 다시 한 모금 마시고 접시의 땅콩을 하나 집어먹었다. "어떤 일인지 흥미가 있는데, 당신은 거기에 대해서는 별로 얘기하고 싶지 않군요."

그녀는 고개를 끄덕였다. "지금으로서는."

"혹시 언어를 사용하는 일 아닌가? 이를테면, 음, 편집자라든가 대학의 연구원이라든가."

"왜 그렇게 생각하죠?"

남자는 넥타이 매듭 부분을 잡고 단정히 고쳐 맸다. 셔츠의 단추도 채웠다. "그냥. 아까 보니 두툼한 책을 열심히 읽고 있길래."

아오마메는 술잔 가장자리를 손톱으로 가볍게 퉁겼다. "책은 그냥 좋아서 읽는 거예요. 일하고는 관계없이."

"그렇다면 손들어야겠네. 짐작도 못 하겠어."

"짐작도 못 할 거예요." 아오마메는 말했다. 아마도 영원히, 라고 그녀는 마음속에서 덧붙였다.

남자는 아닌 척 아오마메의 몸매를 관찰하고 있었다. 그녀는 뭔가 떨어뜨린 척하며 몸을 숙여 가슴골을 마음껏 훔쳐보게 해주었다. 젖가슴이 살짝 보일 터였다. 레이스 장식이 달린 하얀 속옷도. 그리고 그녀는 고개를 들고 커티삭 온더록스를 마셨다. 술잔 안에서 둥근 모양의 큼직한 얼음이 달강달강 소리를 냈다.

"한 잔 더 달랄까요? 나도 더 할 건데." 남자가 물었다.

"네, 부탁해요." 아오마메는 말했다.

"술이 센 모양이시네."

아오마메는 애매하게 미소 지었다. 그러고는 갑자기 진지한 얼굴이 되었다. "아참, 생각났다. 한 가지 물어보고 싶은 게 있어요."

"뭐지요?"

"최근에 경찰 제복이 바뀌었어요? 휴대하는 권총 종류도?"

"최근이라니, 언제쯤 얘기지?"

"최근 일주일 정도요."

남자는 잠깐 묘한 얼굴을 했다. "경찰 제복과 권총이 분명 바뀌긴 했는데, 그건 벌써 몇 년 전이지. 딱딱한 느낌의 제복이 점퍼 같은 캐주얼한 것이 되었고, 권총은 신형 자동식으로 바뀌었어요. 그리고 그 이후로는 특별히 큰 변화는 없었던 거 같은데."

"일본 경찰은 모두 구식 리볼버를 갖고 다녔잖아요? 바로 지난주까지."

남자는 고개를 저었다. "그건 아니지. 꽤 오래전부터 경찰은 모두 자동권총을 차고 다녔어요."

"그 말, 자신 있어요?"

그녀의 어조에 남자는 잠깐 멈칫했다. 미간에 주름을 잡고 진지하게 기억을 더듬었다. "글쎄, 그렇게 정색을 하고 물으니 나도 혼란스럽네. 하지만 신문에는 모든 경찰의 권총을 신형으로 교체했다는 기사가 나왔던 것 같아. 당시 좀 화제가 됐었지. 권총이 지나치게 고성능인 거 아니냐고, 늘 그렇듯이 시민단체에서 정부에 항의했었어."

"몇 년이나 됐어요?" 아오마메는 물었다.

남자는 중년의 바텐더를 불러, 경찰 제복과 권총이 새로 바뀐 게 언제였느냐고 물었다.

"이 년 전 봄입니다." 바텐더는 틈을 두지 않고 대답했다.

"저거 봐, 일류호텔 바텐더는 뭐든지 다 안다니까." 남자는 웃으며 말했다.

바텐더도 웃었다. "아뇨, 그렇지는 않고요. 마침 제 동생이 경찰이라서 그건 확실히 기억하고 있어요. 동생이 새 제복은 영 마음에 안든다고 자주 툴툴거렸거든요. 권총도 너무 무겁대요. 요즘도 여전히 툴툴거립니다. 새 권총은 베레타 9밀리미터 자동식이라 스위치 하나로 세미오토매틱으로 전환이 돼요. 지금은 아마 미쓰비시가 국내에서 라이선스 생산하고 있을 겁니다. 일본에서는 총격전 같은 건 거의 없기도 하고, 그렇게까지 성능 좋은 권총은 필요 없는데 말예요. 오히려 도둑맞을까 걱정일 정도지요. 하지만 경찰 기능을 강화 향상시킨다는 게 정부의 방침이었으니까요."

"그럼 예전의 리볼버는 어떻게 됐어요?" 아오마메는 최대한 목소리 톤을 낮춰 물었다.

"모두 회수해서 해체 처분했을 겁니다." 바텐더는 말했다. "해체 작업하는 걸 텔레비전 뉴스에서 봤어요. 그만한 수의 권총을 해체 처리하고 탄환을 폐기한다는 건 보통 일이 아니었을 거예요."

"외국에 팔면 되는데." 머리칼이 헤싱헤싱한 회사원이 말했다.

"무기 수출은 헌법으로 금지되어 있답니다." 바텐더가 겸허하게 지적했다.

"저거 봐. 일류호텔 바텐더는……"

"그러니까 이 년 전부터 리볼버는 일본 경찰에서 전혀 쓰지 않았다, 그런 얘긴가요?" 아오마메는 남자의 말을 가로막으며 바텐더에게 물었다.

"제가 아는 한은."

아오마메는 슬쩍 얼굴을 찌푸렸다. 내 머리가 이상해진 걸까. 바로 오늘 아침에 예전 제복을 입고 구식 리볼버를 휴대한 경찰을 봤다. 구식 권총이 하나도 남김없이 폐기처분되었다는 이야기도 전혀 들어본 적이 없다. 하지만 이 중년남자와 바텐더가 둘이 나란히 착각하고 있거나 거짓말을 한다는 건 일단 있을 수 없는 일이다. 그렇다면 내가 틀렸다는 얘기다.

"고마워요. 됐어요, 이제." 아오마메는 바텐더에게 말했다. 바텐더는 직업적인 웃음을 적절한 문장부호처럼 떠올리더니 자기 일로 돌아갔다.

"경찰에 관심이 있어요?" 중년남자가 물었다.

"그게 아니라," 아오마메는 말했다. 그리고 뒷말을 흐렸다. "그냥 기억이 조금 애매해서요."

새로 나온 커티삭 하이볼과 온더록스를 두 사람은 마셨다. 남자는 요트 이야기를 했다. 그는 니시노미야의 요트하버에 자신의 작은 요트를 계류해놓고 있었다. 휴일이면 그 요트를 타고 바다에 나간다. 바다 위에서 혼자 몸으로 바람을 느끼는 게 얼마나 멋진 일인지, 남자는 열심히 이야기했다. 아오마메는 시시해빠진 요트 이야기 따위는 듣고 싶지도 않았다. 볼베어링의 역사라든가 우크라이나의 광물 자원 분포상황 같은 이야기를 하는 게 그나마 낫다. 그녀는 손목시계에 눈을 던졌다.

"이제 밤도 늦었고, 한 가지 솔직하게 물어봐도 될까요?"

"좋죠."

"뭐랄까, 아주 사적인 얘긴데."

"내가 대답할 수 있는 거라면."

"당신 고추는 큰 편?"

남자는 입을 가볍게 벌리고 눈을 가느스름하게 하고서 아오마메의 얼굴을 한참이나 바라보았다. 귀에 들어온 말이 잘 믿어지지 않는 모양이었다. 하지만 아오마메는 어디까지나 진지한 얼굴이다. 농담을 하고 있는 게 아니다. 눈을 보면 알 수 있다.

"글쎄." 그는 착실하게 대답했다. "잘은 모르겠지만 아마 보통 아닐까. 갑자기 그런 걸 물어보니 뭐라고 대답해야 좋을지⋯⋯"

"나이는 몇이에요?" 아오마메는 물었다.

"지난달에 쉰한 살이 되었는데." 남자는 불안한 목소리로 말했다.

"보통의 뇌를 가지고 오십 년 넘게 살아왔고, 남들 비슷하게 일도 하고, 요트까지 갖고 있고, 그런데 자기 고추가 세상의 일반적 표준보다 큰지 작은지도 판단을 못 한다는 거예요?"

"글쎄, 보통보다 조금 큰 정도일지도." 그는 잠깐 생각해보고 나서 대답하기 난감하다는 듯이 말했다.

"정말이죠?"

"왜 그런 게 궁금할까?"

"궁금? 궁금하다고 누가 말했나요?"

"아니, 누가 그런 말을 한 건 아니지만……" 남자는 스툴 위에서 슬쩍 꽁무니를 빼며 말했다. "하지만 지금 그게 문제가 된 거 같아서."

"문제 같은 거 안 됐어요, 전혀." 아오마메는 딱 잘라 말했다. "나는요, 그저 큰 고추가 개인적인 취향이에요. 시각적으로. 크지 않으면 느끼질 못한다든가 그런 건 아니고. 게다가 그냥 크기만 하다고 좋은 것도 아니죠. 기분상 큰 쪽이 나름대로 좋더라는 것뿐이에요. 안 되나요? 누구에게나 취향이라는 게 있잖아요. 하지만 엄청 큰 건 안 돼요. 아프기만 하거든요. 알아요?"

"그럼, 잘하면 마음에 들지도 모르겠군요. 보통보다는 약간 큰 쪽이라고 생각하지만 엄청 크다거나 그런 건 전혀 아니니까. 말하자면 적당하다고 할까……"

"거짓말 아니죠?"

"그런 거짓말을 해서 뭐 하게?"

"흠. 그럼 한번 보도록 할까요."

"여기서?"

아오마메는 지나치지 않게 억제하면서 얼굴을 찡그렸다. "여기서? 당신, 어떻게 된 거 아니에요? 나이도 먹을 만큼 먹고서 대체 무슨 생각을 하면서 사는 거예요? 고급 양복 입고 멋진 넥타이도 매고, 그런데도 사회적 상식이라는 게 없어요? 이런 곳에서 고추를 내놓고 대체 뭘 어쩌려구요? 주위 사람들이 어떻게 생각할지 생각 좀 해보세요. 이제부터 당신 방에 가서 팬티를 벗고 볼 거예요. 둘이서만. 당연한 거 아닌가요?"

"보여주고, 그러고는 어떻게 하지?" 남자는 걱정스러운 듯이 말했다.

"보여주고, 그러고는 어떻게 하느냐구요?" 아오마메는 호흡을 멈추고 이번에는 상당히 대담하게 얼굴을 찌푸렸다. "당연히 섹스를 하겠죠. 그거 말고 대체 뭘 한단 거예요? 당신 방에까지 가서 고추만 보고서 '아, 고마워요. 수고하셨어요. 좋은 걸 봤어요. 그럼 잘 자요' 하고서 집에 돌아가나요? 당신요, 머릿속 어딘가 회선이 끊긴 거 아니에요?"

남자는 아오마메의 얼굴의 극적인 변화를 목도하고 숨을 삼켰다. 그녀가 얼굴을 찌푸리면 대개의 남자는 오그라들고 만다. 어린애라면 오줌을 지릴지도 모른다. 그녀의 찌푸린 얼굴에는 그럴 만큼 충격적인 데가 있었다. 내가 너무 심했나, 아오마메는 생각했다. 상대를 겁에 질리게 해서는 안 된다. 그전에 해야 할 일이 있으니. 그녀는 서둘러 얼굴을 원래대로 돌리고 무리하게 웃음을 지었다. 그리고 다시금 타이르듯이 말했다.

"한마디로 당신 방에 가서 침대에서 섹스를 하는 거예요. 당신, 게이라든가 임포텐스라든가, 그런 건 아니죠?"

"아니, 아닐 거야. 자식도 둘이나 있고……"

"이봐요, 당신에게 자식이 몇이냐고 누가 물어봤어요? 인구조사를 하러 나온 거 아니니까 일일이 쓸데없는 소리는 하지 말아줘요.

내가 묻고 있는 건 여자하고 함께 침대에 들어가면 고추가 제대로 서느냐, 그거예요."

"지금까지 중요한 때에 제 역할을 못했던 적은 한 번도 없었던 거 같은데." 남자는 말했다. "그런데 당신은 프로라고 할까…… 그러니까 직업적으로 이걸 하는 사람인가?"

"아뇨. 틀렸어요. 프로 같은 거 아니에요. 변태도 아니고. 그냥 일반 시민이에요. 지극히 평범한 인간이 그냥 솔직하게 이성과 성행위를 하고 싶을 뿐이라구요. 특이한 것도 아니고 지극히 정상적인 거잖아요. 어려운 일 하나 끝내고 해가 저물어서 가볍게 술 한잔하고 낯선 사람과 섹스하면서 발산하고 싶다구요. 신경을 좀 쉬게 하고 싶어요. 그게 필요해요. 당신도 남자라면 그런 기분 잘 알겠죠?"

"그런 건 물론 알지만……"

"당신 돈 같은 건 한 푼도 필요 없어요. 나를 확실하게 만족시켜준다면 내 쪽에서 돈을 내도 될 정도예요. 콘돔도 준비해뒀으니까 병에 걸릴 염려는 안 해도 돼요. 알았어요?"

"그건 알았는데……"

"어째 별로 내키지 않는 거 같네. 내가 만족스럽지 않아요?"

"아니, 그렇지는 않아. 그냥 잘 모르겠어. 당신은 젊고 예쁜데다 나는 아마 당신 아버지하고 비슷한 나이고……"

"진짜, 시시한 소리는 그만, 제발 부탁이니까. 나이가 얼마나 차이가 나건 나는 당신의 별볼일 없는 딸도 아니고 당신은 나의 별볼일 없는 아버지도 아니에요. 그딴 건 이미 다 알잖아요? 그런 의미 없는 일반화를 당하면 신경이 뒤틀려요. 나는 그냥 당신의 그 벗어진 머리가 좋아요. 두상도 마음에 든다구요. 알았어요?"

"하지만 아무리 그래도 아직 벗어졌다고 할 정도는 아닌데. 물론 이마는 조금……"

"말 많네, 진짜." 아오마메는 마음껏 얼굴을 찌푸리고 싶은 걸 꾹 눌러참으며 말했다. 그러고는 목소리를 약간 부드럽게 했다. 상대를 필요 이상으로 겁에 질리게 해서는 안 된다. "그딴 건 아무려나 상관없잖아요? 부탁이니까 엉뚱한 소리는 그만해요."

당신이 어떻게 생각하건 당신은 분명코 대머리야, 아오마메는 생각했다. 만일 인구조사에 대머리라는 항목이 있다면 당신은 틀림없이 거기에 체크가 될 거라고. 천국에 간다면 당신은 대머리 천국에 갈 거고, 지옥에 간다면 당신은 대머리 지옥에 갈 거라고. 알았어? 알았으면 사실을 외면하는 건 관둬. 자, 가자구. 당신은 대머리 천국으로 직행하는 거야. 이제부터.

남자가 바의 술값을 계산하고, 두 사람은 그의 방으로 갔다.

그의 페니스는 아닌 게 아니라 표준보다는 약간 큰 편이지만, 딱히 지나치게 크다고 할 정도는 아니었다. 자진신고에 틀림은 없었다. 아오마메는 그것을 요령 있게 주물러 크고 딱딱하게 만들었다. 블라우스를 벗고 스커트를 벗었다.

"내 가슴이 작다고 생각하는 거죠?" 아오마메는 남자를 내려다보며 차가운 목소리로 말했다. "자기 고추는 꽤 큰데 내 젖가슴이 작으니까 지금 속으로 비웃고 있죠? 손해 본 것 같다는 생각이 들었죠?"

"아니, 그런 생각 안 했어. 네 젖가슴은 별로 작지 않아. 아주 예쁘게 생겼어."

"흥, 글쎄요." 아오마메는 말했다. "저기요, 한마디 해두겠는데 평소에는 이런 자글자글 레이스 달린 브래지어는 안 해요. 일 때문에 어쩔 수 없이 했죠. 가슴을 슬쩍 내보이려고."

"그게 대체 어떤 일일까."

"저기요, 아까도 분명하게 말했죠. 이런 데서 일 얘기는 하고 싶지 않다구요. 하지만 어떤 일이 됐건 여자라는 건 이래저래 힘들어요."

"남자도 세상 살아가자면 이래저래 힘들어."

"하지만 입고 싶지도 않은데 레이스 달린 브래지어를 할 필요는 없잖아요?"

"그야 그렇지만……"

"그럼 세상일 다 아는 것같이 말하지 말아요. 여자란 남자보다 훨씬 힘든 일이 많아요. 당신, 하이힐 신고 비상계단 내려가본 적 있어요? 타이트한 미니스커트 입고 철책을 넘어본 적 있어요?"

"미안해." 남자는 고분고분 사과했다.

그녀는 손을 등으로 돌려 브래지어를 벗고, 그것을 바닥에 내던졌다. 스타킹을 둘둘 말아서 벗고 그것도 바닥에 내던졌다. 그러고는 침대에 누워 남자의 페니스를 다시 주무르기 시작했다. "꽤 괜찮은데? 감탄했어요. 생김새도 좋고 크기도 그럭저럭 이상적이고, 나무 뿌리처럼 딱딱해지기도 하고."

"그렇게 말해주니 고맙네." 남자는 한결 마음이 놓인다는 듯이 말했다.

"자, 이제부터 누나가 확실하게 귀여워해드리죠. 진저리치게 기쁘게 해줄 테니까."

"그전에 샤워를 하는 게 좋지 않으려나. 땀도 흘렸고."

"잔소리 많네, 진짜." 아오마메는 말했다. 그리고 경고하듯이 오른쪽 고환을 손가락으로 가볍게 퉁겼다. "이거 봐요, 나는 여기 섹스를 하러 왔어요. 샤워를 하러 온 게 아니에요. 알았어요? 우선 해요. 마음껏 하자구요. 땀 같은 거 아무려나 상관없어요. 무슨 부끄럼 타는 여학생도 아니고."

"알았어." 남자는 말했다.

섹스를 마친 뒤, 지친 듯이 엎어져 있는 남자의 목덜미를 손가락으로 쓰다듬으며 아오마메는 그곳의 특정한 포인트를 날카로운 바늘 끝으로 찌르고 싶다는 욕망을 강하게 느꼈다. 정말로 그렇게 해버릴까 생각했을 정도다. 가방 속에는 천에 둘둘 감싼 아이스픽이 들어 있다. 시간을 들여 날카롭게 벼린 그 끝에는 특별히 부드럽게 가공한 코르크가 꽂혀 있다. 만일 그렇게 하기로 마음만 먹으면 간단히 할 수 있다. 오른손 손바닥을 목제 손잡이 부분에 톡, 하고 내리친다. 상대는 영문도 모르는 사이에 이미 죽어 있다. 고통은 전혀 없다. 자연사로 처리될 것이다. 하지만 물론 생각에만 그쳤다. 이 남자를 사회에서 제거하지 않으면 안 될 이유는 어디에도 없다. 이제 아오마메에게는 더이상 아무런 존재이유가 없는 사람이라는 것 외에는. 아오마메는 고개를 저어 그 위험한 생각을 머릿속에서 털어냈다.

이 남자는 딱히 나쁜 사람은 아니야, 아오마메는 자신에게 말했다. 섹스도 나름대로 잘했다. 그녀가 느낄 때까지 사정하지 않을 만

큼의 절도도 지니고 있었다. 두상도, 머리가 벗어진 정도도 꽤 바람
직하다. 페니스 크기도 맞춤하다. 예의 바르고 옷 입는 취향도 좋고
위압적이지도 않다. 자란 환경도 나쁘지 않았으리라. 말솜씨는 분명
무시무시하게 썰렁하고 지독히 사람을 짜증나게 했다. 하지만 그건
죽음에 값할 정도의 죄악은 아닐 것이다. 아마도.

"텔레비전 켜도 돼요?" 아오마메는 물었다.

"되지." 남자는 엎드린 채로 말했다.

벗은 몸으로 침대에 든 채 11시 뉴스를 끝까지 보았다. 중동에서
는 이란과 이라크가 여전히 피투성이 전쟁을 계속하고 있다. 전쟁은
진흙탕 싸움이 되어 해결의 실마리는 어디에서도 보이지 않는다. 이
라크에서는 징병을 기피하는 젊은이들이 본보기 삼아 전봇대에 매
달렸다. 사담 후세인이 신경가스와 세균병기를 사용하고 있다고 이
란 정부는 비난에 나섰다. 미국에서는 월터 먼데일과 게리 하트가 대
통령 선거의 민주당 후보 자리를 다투고 있었다. 둘 다 세상에서 가
장 총명한 것처럼은 보이지 않았다. 총명한 대통령은 대개 암살의 표
적이 되기 때문에 보통사람보다 머리가 더 뛰어난 인간은 되도록 대
통령이 되지 않으려고 노력하고 있는지도 모른다.

달에서는 항구적인 관측기지 건설이 진행되고 있었다. 그곳에서
는 미국과 소비에트가 웬일로 서로 협력하고 있었다. 남극 관측기지
의 경우와 마찬가지로. 근데, 월면기지(月面基地)라고? 아오마메는
고개를 갸웃했다. 그런 이야기는 들어본 적이 없어. 대체 어떻게 된
거지? 하지만 거기에 대해서는 깊이 생각하지 않기로 했다. 그밖에
도 좀더 중요한 당면문제가 있었기 때문이다. 규슈의 탄광 화재사고

로 다수의 사망자가 나서 정부는 그 원인규명에 나섰다. 월면기지를 만들 수 있는 시대에 사람들이 아직도 계속 석탄을 캐고 있다는 것 자체가 아오마메에게는 도리어 놀랄 일이었다. 미국이 일본에 금융시장 개방을 요구하고 있었다. 모건 스탠리와 메릴 린치가 정부를 쏘삭거려 새로운 돈벌이를 찾고 있다. 시마네 현에 사는 영리한 고양이가 소개되었다. 고양이는 자기 스스로 창문을 열고 바깥에 나가는데, 나간 뒤에는 스스로 창문을 닫았다. 주인이 그렇게 하도록 가르친 것이다. 아오마메는 홀쭉하니 여윈 검은 고양이가 의미심장한 눈초리로 뒤를 돌아보며 한쪽 앞다리를 내밀어 스르륵 창문을 닫는 장면을 감탄하며 바라보았다.

온갖 다양한 뉴스가 있었다. 하지만 시부야의 호텔에서 시체가 발견되었다는 뉴스는 없었다. 뉴스 프로그램이 끝나자 그녀는 리모컨 스위치를 눌러 텔레비전을 껐다. 주위가 고요했다. 옆에 누워 있는 중년남자의 잠든 숨소리가 희미하게 들릴 뿐이다.

그자는 아직도 똑같은 자세로 그 호텔 방 책상에 엎어져 있을 것이다. 깊이 잠든 것처럼 보이리라. 내 옆에 있는 이 남자처럼. 하지만 그자의 잠든 숨소리는 없다. 그 쥐새끼가 눈을 뜨고 일어날 가능성은 완전히 제로다. 아오마메는 천장을 응시한 채 시체의 모습을 머릿속에 떠올렸다. 가만히 고개를 내젓고, 혼자서 얼굴을 찌푸렸다. 그러고는 침대에서 내려와 바닥에 벗어던졌던 옷가지를 하나씩 그러모았다.

제6장 덴고
Q
우리는 꽤 먼 곳까지 가게 될까

고마쓰에게서 전화가 걸려온 것은 금요일 새벽 다섯시가 넘어서
였다. 그때 덴고는 긴 석축교를 걸어서 건너는 꿈을 꾸고 있었다. 깜
박 잊고 온 중요한 서류를 가지러 건너편 강변으로 가는 참이었다.
다리를 건너는 사람은 덴고 혼자뿐이다. 군데군데 모래톱이 있는, 크
고 아름다운 강이다. 느릿느릿 물이 흐르고 모래톱에는 버드나무도
있다. 송어들의 우아한 모습도 보인다. 선명한 초록잎사귀가 부드럽
게 수면에 고개를 숙였다. 중국 그림접시에 있는 듯한 풍경이었다.
그는 거기서 잠이 깨어 깜깜한 방에서 베갯머리의 시계에 눈을 던졌
다. 이런 시간에 누가 전화를 걸었는지, 물론 수화기를 들기 전부터
짐작이 갔다.

"덴고, 워드프로세서 갖고 있어?" 고마쓰는 물었다. "잘 잤어?"도
없고 "일어나 있었어?"도 없다. 이 시각에 그가 깨어 있다는 건 분명
밤샘을 했다는 것이다. 떠오르는 아침 해를 보겠다고 꼭두새벽에 일

어난 게 아니다. 밤샘을 하고 어딘가에서 잠을 자기 전에 덴고에게 꼭 해줘야 할 말이 생각난 것이다.

"물론 없죠." 덴고는 말했다. 주위는 아직 어둡다. 그리고 그는 아직 긴긴 석축교의 한복판쯤에 있었다. 덴고가 그토록 선명한 꿈을 꾼 건 드문 일이었다. "자랑은 아니지만 그런 거 살 여유가 없어요."

"쓸 줄은 알아?"

"쓸 줄은 알아요. 컴퓨터든 워드프로세서든 있기만 하면 쓸 수 있어요. 학원에 가면 있으니까, 일하면서는 늘 쓰고 있어요."

"그럼 오늘 어디서 워드프로세서 적당한 걸로 하나 사. 나는 기계류에 대해서는 도통 모르니까 메이커나 기종이나 그런 건 자네가 다 알아서 정하라고. 대금은 나중에 청구해. 그걸로 되도록 빨리「공기 번데기」리라이팅 작업을 시작하라고."

"하지만 워드프로세서는 싼 것도 이십오만 엔 정도는 하는데요."

"괜찮아, 그 정도는."

덴고는 전화기에 대고 고개를 갸웃했다. "그러니까, 고마쓰 씨가 저한테 워드프로세서를 사주신다는 건가요?"

"응, 내 조촐한 쌈짓돈을 털어서 말이지. 이 일은 그 정도 자본투자는 필요해. 쩨쩨하게 굴어서야 큰일 못 하지. 자네도 알다시피「공기 번데기」는 워드프로세서 원고 형태로 보내왔고, 그렇다면 새 원고도 똑같이 워드프로세서를 써야 앞뒤가 맞아. 형식도 되도록 원래 원고와 비슷하게 맞춰줘. 오늘부터 작업 들어갈 수 있어?"

덴고는 그에 대해 생각해보았다. "할 수 있어요. 마음만 먹으면 당장이라도 시작할 수 있죠. 하지만 후카에리는 이번 일요일에 그애가

지정한 누군가와 만나는 것을 조건으로 리라이팅을 허락했고, 그 사람은 아직 만나지 않았어요. 만났는데 협상결렬, 결국 자금도 노력도 모조리 헛수고로 끝나버릴 가능성도 없지는 않은데요."

"상관없어. 그건 어떻게든 돼. 자잘한 일은 신경쓰지 말고 지금 당장이라도 뛰어들라고. 이건 시간과의 싸움이야."

"만나서 꼭 잘될 거라는 자신이 있어요?"

"응, 감이 그래." 고마쓰는 말했다. "나는 그런 쪽의 감이 뛰어나. 매사에 재능이라고는 타고나지를 못했지만 감만은 넉넉히 갖고 있지. 외람되지만 그거 하나로 지금까지 살아남았어. 이봐, 덴고. 재능과 감의 가장 큰 차이가 뭔지 알아?"

"모르겠는데요."

"아무리 뛰어난 재능을 타고나도 반드시 배부르게 살 수 있는 건 아니야. 하지만 뛰어난 감을 가지고 있으면 굶어죽을 걱정은 없다는 거야."

"기억해두죠." 덴고는 말했다.

"그러니까 염려할 거 없어. 오늘부터 당장 작업을 시작해도 돼."

"고마쓰 씨가 그렇게 말한다면야 저는 괜찮아요. 어림짐작으로 일을 추진했다가 나중에 다 헛수고였다고 후회하고 싶지 않을 뿐이죠."

"그건 내가 다 책임질게."

"알았어요. 오후에 누구를 만날 약속이 있지만, 그거 말고는 한가해요. 오전에 시내에 나가 적당한 워드프로세서를 사올게요."

"그렇게 해줘, 덴고. 자네만 믿네. 둘이서 힘을 합해 세상을 뒤엎어보자고."

아침 아홉시쯤 유부녀 걸프렌드에게서 전화가 왔다. 자동차로 남편과 아이들을 역까지 데려다주고 전화한 것이다. 그녀는 그날 오후에 덴고의 아파트에 오기로 했었다. 금요일은 두 사람이 항상 만나는 날이다.

"몸 상태가 내 맘 같지 않아." 그녀가 말했다. "아쉽지만 오늘은 못 가겠어. 다음 주에 봐."

몸 상태가 내 맘 같지 않다는 건 생리기간이라는 말의 완곡한 표현이었다. 그녀는 그런 기품 있고 완곡한 표현을 하는 가정환경에서 자란 것이다. 침대에서의 그녀는 딱히 기품 있지도 완곡하지도 않지만, 그건 또다른 문제다. 만나지 못해 나도 무척 아쉽다, 고 덴고는 말했다. 아쉽지만 뭐, 그런 일이라면 어쩔 수 없다.

하지만 이번 주에 한해서만 말하자면, 그녀를 만나지 못하는 게 그리 아쉬운 것도 아니었다. 그녀와의 섹스는 즐겁지만 덴고의 마음은 이미 「공기 번데기」의 리라이팅 쪽으로 향하고 있었다. 새로 고치는 작업을 위한 다양한 아이디어가 태고의 바다에 생명이 움트는 술렁임처럼 그의 머릿속에 떠올랐다 사라졌다 하고 있었다. 이거야 고마쓰 씨하고 하나도 다를 게 없군, 하고 덴고는 생각했다. 정식으로 사안이 결정되기도 전에 이미 마음이 그쪽을 향해 멋대로 움직이고 있다.

열시에 신주쿠에 나가 신용카드로 후지쓰의 워드프로세서를 샀다. 최신 모델이라 같은 라인의 이전 제품에 비해 무게가 상당히 가벼웠다. 예비 잉크리본과 용지도 샀다. 그걸 들고 아파트로 돌아와 책상 위에 세팅하고 전원을 연결했다. 학원에서도 항상 후지쯔의 대형 워드프로세서를 쓰고 있고, 소형기기라고 해도 기본적인 기능은 별 차이가 없다. 기계의 매뉴얼을 확인해가며 덴고는 「공기 번데기」의 리라이팅 작업에 들어갔다.

이 소설을 어떤 식으로 고쳐나가겠다는 명확한 계획이랄 것은 없었다. 각각의 세부에 대한 아이디어 몇 개가 있을 뿐이다. 고쳐 쓰기 위한 일관된 방법이나 원칙은 준비되어 있지 않다. 애초에 「공기 번데기」처럼 환상적이고 감각적인 소설을 논리적으로 고쳐나가는 게 가능한 것인지, 덴고는 확신이 서지 않았다. 고마쓰가 말한 대로 문장을 대폭적으로 수정해야 한다는 건 분명하지만, 그러면서도 작품 본래의 분위기나 자질을 손상시키지 않고 살려내는 게 가능할까. 그건 나비에게 뼈대를 부여하는 것과 같은 일이 아닐까. 그런 생각을 하기 시작하면 망설임이 싹트고 불안감이 커져갔다. 하지만 이미 일은 굴러가기 시작했다. 그리고 시간은 제한되어 있다. 팔짱을 끼고 이런저런 궁리를 하고 있을 여유는 없다. 어떻든 세세한 것에서부터 하나하나 구체적으로 처리해나가는 수밖에는 없다. 수작업으로 세부를 정리하는 사이에 전체적인 상이 저절로 떠오를지도 모른다.

덴고, 자네라면 할 수 있어. 나는 그걸 알아, 라고 고마쓰는 자신 있게 단언했다. 그리고 어째서인지는 모르겠지만 덴고는 그런 고마쓰의 말을 일단은 고스란히 받아들일 수 있었다. 말이며 행동에 적잖이 문제가 있는 사람이고, 기본적으로 자기밖에 생각하지 않는 사람이다. 만일 그럴 필요가 생긴다면 덴고 따위는 깨끗이 내팽개칠 게 틀림없다. 그러고는 뒤도 돌아보지 않을 것이다. 하지만 본인도 말했듯이 그의 편집자로서의 감에는 뭔가 특별한 것이 있었다. 고마쓰에게는 언제나 망설임이라는 게 없다. 무슨 일이든 즉석에서 판단하고 결정하고 실행에 옮긴다. 주위 사람들이 뭐라고 하든 신경도 쓰지 않는다. 뛰어난 일선 지휘관에게는 반드시 필요한 자질이다. 그리고 그건 아무리 봐도 덴고가 갖추고 있지 않은 자질이었다.

덴고가 실제로 고쳐 쓰는 작업을 시작한 것은 낮 열두시 반이었다. 「공기 번데기」 원고의 처음 몇 장을 나누기 좋은 곳까지 원문 그대로 워드프로세서 화면에 타이핑했다. 우선 이 부분을 납득할 만한 수준이 될 때까지 고쳐보자. 내용 자체에는 손을 대지 말고 문장만 철저히 수정해나간다. 아파트 리모델링 공사와 마찬가지다. 기본적인 구조는 그대로 둔다. 구조 자체에는 문제가 없으므로. 수도 설비의 위치도 변경하지 않는다. 그 이외의 교환 가능한 것 ― 마룻바닥과 천장, 벽이나 칸막이 ― 을 뜯어내고 새로운 것으로 바꿔나간다. 나는 모든 것을 위임받은 솜씨 좋은 목수다, 라고 덴고는 스스로에게 말했다. 정해진 설계도 같은 건 없다. 그 자리 그 자리에서 직감과 경험을 구사해 고쳐나가는 수밖에 없다.

한 번 읽고 이해하기 어려운 부분에는 좀더 설명을 붙여 문장의 흐름을 알아보기 쉽게 했다. 군더더기와 중복된 표현은 없애고, 충분히 말하지 않은 부분은 보충했다. 군데군데 문장의 순서, 어절의 순서를 바꾸었다. 형용사나 부사는 원래부터 극단적으로 적었기 때문에 그 특징을 존중하면서도 뭔가 수식하는 말이 필요하다고 감지했을 때는 적절한 말을 골라 넣었다. 후카에리의 문장은 전체적으로 미숙했지만 좋은 부분과 나쁜 부분이 분명하게 갈렸기 때문에 취사선택이 예상만큼 힘들지는 않았다. 유치한 탓에 이해하기 어렵고 쉽게 읽히지 않는 부분이 있는가 하면, 유치하기는 하지만 그렇기 때문에 눈에 확 들어오는 신선한 표현도 있었다. 전자는 미련 없이 포기하고 걷어낸 뒤에 다른 것으로 바꾸고, 후자는 그대로 살려두면 된다.

글을 고쳐나가면서 덴고가 새삼 실감한 것은, 후카에리가 무슨 문학작품을 남기겠다는 마음으로 이 작품을 쓴 게 아니라는 점이었다. 그녀는 단지 자신의 내면에 있는 이야기를—그녀의 말을 빌리자면 그녀가 실제로 목도했던 것을—우선 언어를 사용해 기록했을 뿐이다. 딱히 언어가 아니어도 상관없지만 언어 이외에 그것을 드러내기 위한 적절한 표현수단을 찾지 못했다. 그것뿐이다. 그러니 문학적 야심 같은 건 처음부터 없다. 완성된 글을 상품화할 마음이 없으니 문장표현에 세심한 주의를 기울일 필요도 없다. 방으로 비유하자면, 벽이 있고 지붕이 있고 비바람만 피할 수 있으면 그걸로 충분하다고 생각하는 것이다. 그래서 덴고가 그녀의 글에 얼마만큼 손을 대건 후카에리는 신경쓰지 않는다. 그녀의 목적은 이미 달성되었으니까. "마음대로 고쳐도 돼"라고 했던 것은 분명 전적으로 진심이었다.

그럼에도 불구하고 「공기 번데기」를 이루고 있는 문장은 결코 나 혼자만 알면 된다는 그런 문장은 아니었다. 만일 후카에리의 목적이 스스로 목격한 것, 머리에 떠오른 것을 하나의 정보로서 기록하는 것뿐이었다면 항목만 써놓는 식의 메모로도 충분했을 터였다. 귀찮은 수순을 밟아가며 일부러 이야기를 만들어낼 필요는 없다. 그것은 아무리 봐도 다른 누군가가 손에 들고 읽는다는 것을 전제로 하여 써내려간 문장이었다. 그렇기 때문에 더더욱 「공기 번데기」는 문학작품을 목적으로 쓰지 않았는데도 불구하고, 또한 문장이 유치함에도 불구하고 인간의 마음에 호소하는 힘을 지닐 수 있었다. 하지만 그 다른 누군가라는 건 아무래도 근대문학이 원칙적으로 염두에 두고 있는 '불특정 다수의 독자'와는 다른 듯했다. 읽으면서 덴고는 자꾸 그런 마음이 들었다.

그렇다면 대체 어떤 종류의 독자를 상정하고 있는 걸까.

덴고로서는 물론 알 수 없다.

덴고가 아는 건 「공기 번데기」가 큰 미덕과 결함을 동전의 양면처럼 지니고 있고, 지극히 독특한 픽션이며, 또한 뭔가 특수한 목적이 있는 것 같다는 정도였다.

고쳐 쓴 결과, 원고의 양은 대략 두 배 반 정도로 늘어났다. 지나치게 쓴 곳보다 보충해야 할 곳이 훨씬 더 많았기 때문에 앞뒤를 맞춰서 고쳐 쓰다보니 전체적인 분량은 아무래도 늘어났다. 어떻든 처음 원고가 구멍 숭숭인 것이다. 문장의 앞뒤가 맞아떨어지고 시점이 안정되고, 그만큼 읽기는 쉬운 글이 되었다. 하지만 전체적인 흐름이 어딘지 모르게 빽빽하다. 논리가 지나치게 겉으로 드러나서 원래 원고가 갖고 있던 날카로운 맛이 약해졌다.

다음에 할 일은 그 늘어난 원고에서 '없어도 무방한 부분'을 덜어내는 작업이다. 쓸데없는 군살을 모조리 쳐나갔다. 덜어내는 작업은 덧붙이는 작업보다 훨씬 간단하다. 이 작업으로 분량이 대략 70퍼센트까지 줄었다. 일종의 두뇌게임이다. 늘릴 수 있는 만큼 최대한 늘리기 위한 시간대가 설정되고, 그다음에는 깎을 수 있는 만큼 최대한 깎아내기 위한 시간대가 설정된다. 그같은 작업을 번갈아가며 집요하게 거듭하는 사이에 진폭이 점점 작아져서 글의 분량은 자연스럽게 적정한 곳에 자리를 잡는다. 더이상 늘릴 수 없고 더이상 깎아낼 수 없는 지점에 도달한다. 자아가 지워지고 쓸데없는 수식이 떨어져나가고, 빤히 보이는 논리는 깊숙한 뒷방으로 물러난다. 그런 작업은 덴고의 천성적인 특기였다. 타고나기를 기술자로 타고난 것이다. 먹잇감을 찾아 하늘을 나는 새처럼 날카로운 집중력을 가졌고, 물을 운반하는 당나귀처럼 참을성이 강하며, 게임의 룰에는 한없이 충실했다.

숨을 죽이고 작업에 몰두하다가 한숨 돌리며 벽시계를 보니 벌써 세시가 되어 있었다. 그러고 보니 아직 점심을 안 먹었다. 덴고는 주방에 나가 주전자에 물을 끓이고 그 사이에 커피콩을 갈았다. 치즈를 얹은 비스킷 몇 개를 먹고 사과를 베어 먹고, 물이 끓자 커피를 내렸다. 그것을 큼직한 머그컵으로 마시면서 기분전환을 위해 연상의 걸 프렌드와의 섹스에 대해 한동안 생각했다. 원래 지금 이 시간에는 그녀와 그걸 하고 있을 터였다. 거기서 그가 무엇을 했을까, 그녀가 무엇을 했을까. 그는 눈을 감고 천장을 향해 암시와 가능성을 묵직하게 담은 깊은 한숨을 내쉬었다.

그리고 덴고는 책상 앞에 돌아와 두뇌의 회로를 전환하고 워드프로세서 화면에 떠 있는 「공기 번데기」의 고쳐 쓴 앞부분을 다시 읽었다. 스탠리 큐브릭의 영화 〈영광의 길〉의 첫 장면에서 장군이 참호진지를 시찰하듯이. 그는 자신의 눈에 들어온 것에 고개를 끄덕였다.

나쁘지 않다. 문장은 개선되었다. 상황은 진전되었다. 하지만 충분하다고는 할 수 없다. 하지 않으면 안 될 일이 아직 많다. 여기저기에 흙 포대가 무너져 있다. 기관총 탄환이 부족하다. 철조망이 허술해진 곳도 눈에 띈다.

그는 그 부분을 일단 용지에 프린트했다. 그러고는 문서를 저장하고 워드프로세서의 전원을 끈 뒤 기계를 책상 한쪽으로 치웠다. 그리고 프린트물을 앞에 놓고 연필을 손에 든 채 다시 한번 꼼꼼하게 읽었다. 군더더기로 보이는 부분은 다시 삭제하고, 묘사가 부족해 보이는 곳은 새로 써넣고, 주변에 녹아들지 않는 부분은 만족스러울 때까지 고쳐 썼다. 욕실의 좁은 틈새에 딱 들어맞는 타일을 고르듯이 그 자리에 꼭 필요한 언어를 신중하게 선택하고 다양한 각도에서 그것이 맞춰진 상태를 검증한다. 맞춰진 상태가 좋지 않으면 다시 모양을 조정한다. 아주 작은 뉘앙스의 차이가 문장을 살리기도 하고 손상시키기도 한다.

워드프로세서 화면으로 보는 것과 용지에 프린트한 것을 보는 것은, 완전히 똑같은 문장이라도 눈에 들어오는 인상이 미묘하게 달라진다. 연필로 종이에 쓰는 경우와 워드프로세서의 키보드로 치는 경우는 채택하는 언어의 감촉이 다르다. 양쪽의 각도에서 점검해보는 게 필요하다. 프린트 종이에 연필로 수정한 부분을 기기의 전원을 켜고 하나하나 화면에 반영한다. 그리고 새로워진 원고를 이번에는 화면으로 다시 읽어본다. 나쁘지 않아, 라고 덴고는 생각했다. 각각의 문장이 합당한 무게를 지녔고 거기서 자연스러운 리듬이 생겨났다.

덴고는 의자에 앉은 채 등을 쭉 펴고 천장을 올려다보며 크게 숨을 토해냈다. 물론 이것으로 완성된 게 아니다. 며칠 뜸을 들였다가 다시 읽어보면 또 손대야 할 곳이 눈에 띌 터였다. 하지만 지금으로서는 이것으로 됐다. 여기까지가 집중력의 한계. 냉각기간도 필요하다. 시곗바늘은 다섯시를 향해 다가가고, 주위는 어둑어둑해지기 시작했다. 내일은 다음 부분을 고쳐 쓰자. 첫머리 몇 장을 고치는 데만 거의 하루 종일이 걸렸다. 생각했던 것보다 품이 들었다. 하지만 일단 레일이 깔리고 리듬이 생겨나면 작업은 좀더 속도감 있게 흘러갈 것이다. 게다가 어떤 일이나 가장 힘들고 손이 많이 가는 건 첫 부분이다. 그 부분만 뛰어넘으면 그다음은……

그리고 덴고는 후카에리의 얼굴을 머릿속에 떠올리고 그녀가 이고쳐 쓴 원고를 읽고 과연 어떤 느낌을 받을지 생각해보았다. 하지만 그녀가 무엇을 어떻게 느끼는지 덴고는 짐작도 가지 않았다. 후카에리라는 인간에 대해 그는 전혀 알지 못하는 것이나 마찬가지였다. 그녀가 열일곱 살이고 고등학교 3학년이지만 대학입시에는 전혀 흥미가 없으며 독특한 말투를 쓰고 화이트와인을 좋아하고 사람의 마음을 휘젓는 아름다운 얼굴을 가졌다. 는 것 외에는 아무것도.

하지만 후카에리가 이 「공기 번데기」에서 묘사하려고 한(혹은 기록하려고 한) 세계의 본디 모습을 자신이 거의 정확히 파악해가고 있다는 촉감이, 혹은 촉감에 가까운 것이 덴고 안에 생겨났다. 후카에리가 그 독특하고 한정된 언어를 사용하여 묘사하려고 한 광경은 덴고가 공들여 주의 깊게 고치는 것에 의해 이전보다 더욱 선명하고 명확하게 그곳에 떠올랐다. 그곳에는 하나의 흐름이 생겨나 있었다. 덴고는 그것을 알고 있다. 그는 어디까지나 기술적인 측면에서 보강한 것뿐이지만 마치 처음부터 자신이 쓴 것처럼 그 결과물은 자연스럽고 차분하게 녹아들었다. 그리고 「공기 번데기」라는 하나의 이야기가 그곳에서 힘차게 일어서려 하고 있었다.

덴고는 그것이 무엇보다 기뻤다. 고쳐 쓰는 작업에 장시간 집중했던 탓에 몸은 피곤했지만 기분은 그와 반대로 한껏 고조되어 있었다. 워드프로세서의 전원을 끄고 책상 앞을 떠난 뒤에도, 이대로 작업을 좀더 계속하고 싶다는 마음이 한동안 가라앉지 않았다. 그는 이 이야기를 고쳐 쓰는 것을 진심으로 즐기고 있었다. 이런 상태로 간다면 후카에리를 실망시키는 일은 없을 것이다. 그렇기는 하지만 후카에리가 크게 기뻐하거나 실망하거나 하는 모습을 덴고는 상상할 수 없었다. 그런 것은커녕 입가에 미소가 번지거나 아주 조금 얼굴이 흐려지는 모습조차 머릿속에 그려지지 않았다. 그녀의 얼굴에는 표정이라는 게 없었다. 원래 감정이 없어서 표정이 없는 건지, 아니면 감정은 있는데 그것이 표정으로 연결되지 않는 건지, 덴고는 알지 못한다. 아무튼 신비한 소녀라고 덴고는 새삼 생각했다.

「공기 번데기」의 주인공은 아마도 과거의 후카에리 자신이었으리라.

그녀는 열 살의 소녀이고, 산 속에 있는 특수한 코뮌에서(혹은 코뮌 비슷한 곳에서) 한 마리의 눈 먼 산양을 돌보고 있다. 그것이 그녀에게 주어진 일거리다. 모든 어린아이들에게는 저마다 일거리가 부여되어 있다. 그 산양은 늙기는 했으나 그 커뮤니티에서 특별한 의미를 갖는 산양이며, 뭔가에 해를 입지 않도록 지켜야 할 필요가 있다. 한시도 눈을 떼어서는 안 된다. 그녀는 그렇게 지시를 받았다. 하지만 깜박 눈을 떴고 그 사이에 산양은 그만 죽고 만다. 그녀는 그 일로 징벌을 받는다. 죽은 산양과 함께 오래된 흙벽의 광에 들어가게 된다. 열흘 동안 소녀는 완전히 격리되고 바깥에 나가는 건 허락되지 않는다. 누군가와 말을 하는 것도 허락되지 않는다.

눈 먼 산양은 리틀 피플과 이 세계의 통로 역할을 맡고 있었다. 리틀 피플이 착한 사람들인지 나쁜 사람들인지 그녀는 알지 못한다(덴고도 물론 모른다). 밤이 되면 리틀 피플은 산양의 사체를 통해 이쪽 세계로 찾아온다. 그리고 날이 밝으면 다시 그쪽 세계로 돌아간다. 소녀는 리틀 피플과 대화할 수 있다. 그들은 소녀에게 공기 번데기 만드는 법을 가르쳐준다.

덴고가 감탄한 것은 눈 먼 산양의 습성이나 행동이 세세한 부분까지 구체적으로 묘사되어 있다는 점이었다. 그 같은 세부 묘사가 이 작품 전체를 몹시 생생한 것으로 만들고 있다. 그녀는 실제로 눈 먼 산양을 기른 적이 있는 걸까. 그리고 그녀는 거기에 묘사된 산 속 코뮌에서 실제로 살았던 적이 있는 걸까. 아마 그럴 거라고 덴고는 추측했다. 만일 그런 경험이 전혀 없었다고 한다면 후카에리는 이야기꾼으로서 그야말로 보기 드문 천부적 재능을 가진 셈이다.

다음에 후카에리를 만나면(그건 일요일이 될 것이다), 산양과 코뮌에 대해 물어보자고 덴고는 생각했다. 물론 후카에리가 그런 질문에 대답해줄지 어떨지는 알 수 없다. 지난번에 했던 대화를 생각해보면 그녀는 대답해도 좋다고 판단한 질문이 아니면 대답하지 않는 듯하다. 대답하고 싶지 않은 질문은, 혹은 대답할 마음이 없는 질문은 깨끗이 무시해버린다. 마치 듣지 않은 것처럼. 고마쓰하고 똑같다. 그들은 그런 면에서는 닮은 사람들이다. 덴고는 그렇지 않다. 뭔가 질문을 받으면 그것이 어떤 질문이건 고지식하게 뭐라고든 대답을 한다. 그런 건 분명 타고나는 것이리라.

다섯시 반에 연상의 걸프렌드에게서 전화가 걸려왔다.

"오늘 뭐 했어?" 그녀는 물었다.

"하루 종일 소설 쓰고 있었어." 덴고는 대답했다. 반은 진실이고 반은 거짓이었다. 자신의 소설을 쓴 게 아니니까. 하지만 거기까지 자세하게 설명할 일은 아니다.

"잘 됐어?"

"그럭저럭."

"오늘은 갑작스레 미안해. 다음 주에는 꼭 만날 수 있을 거야."

"기다릴게." 덴고는 말했다.

"나도." 그녀는 말했다.

그리고 그녀는 아이 이야기를 했다. 그녀는 곧잘 덴고를 상대로 아이 이야기를 했다. 어린 두 딸. 덴고에게는 형제도 없고 물론 아이도 없다. 그래서 어린아이라는 게 어떤 것인지 잘 알지 못한다. 하지만 그녀는 그런 건 아랑곳하지 않고 자기 아이들 이야기를 했다. 덴고는 자기가 나서서 말을 많이 하는 편은 아니다. 어떤 일이건 남의 말을 들어주는 것을 좋아한다. 그래서 그녀의 이야기에 흥미를 갖고 귀를 기울였다. 초등학교 2학년인 큰딸이 학교에서 따돌림을 당하는 것 같다고 그녀는 말했다. 아이 본인은 아무 말도 안 했지만, 같은 반 친구의 어머니가 그런 일이 있는 것 같다고 알려주었다. 덴고는 물론 그 여자아이를 만난 일이 없다. 사진이라면 한 번 본 적이 있다. 엄마와는 별로 닮지 않았다.

"뭐 때문에 따돌림을 당하지?" 덴고는 물었다.

"천식발작이 가끔 일어나서 다른 애들하고 함께 행동하지 못해. 그 탓인가봐. 순한 편이고 학교 성적도 나쁘지 않은데."

"이해가 안 되네." 덴고는 말했다. "천식발작이 있는 아이는 감싸줘야지 따돌릴 일이 아니잖아."

"아이들 세계는 그리 간단하지 않아." 그녀는 말하고 한숨을 내쉬었다. "다른 아이들과 다르다는 이유만으로 배척하는 일도 있어. 어른의 세계에서도 비슷하지만 아이들 세계에서는 그게 좀더 직접적인 형태로 드러나는 거야."

"구체적으로 어떤 식이지?"

그녀는 구체적인 예를 열거했다. 하나하나를 보면 그리 대단한 건 아니지만 그걸 일상적으로 반복해서 겪는다면 어린아이에게는 타격이 되는 일이었다. 물건을 감춘다. 말을 하지 않는다. 심술궂게 흉내를 낸다.

"자기는 어렸을 때 따돌림당한 적 있어?"

덴고는 어렸을 때를 생각했다. "없을 거야. 혹시 있었는지도 모르지만 눈치 채지 못했어."

"눈치를 못 챘다면 그건 한 번도 따돌림을 당하지 않았다는 거야. 원래 따돌림이란 상대에게 따돌린다는 것을 알리는 게 첫번째 목적이니까. 당하는 본인이 눈치를 못 채는 따돌림이라니, 그런 건 없어."

덴고는 어렸을 때부터 덩치가 크고 힘도 셌다. 다들 그를 높이 쳐주었다. 따돌림을 당하지 않은 건 아마 그 때문일 것이다. 하지만 당시 덴고는 따돌림 같은 것보다 더 심각한 문제를 안고 있었다.

"당신은 따돌림당한 적 있어?" 덴고는 물었다.

"없어." 그녀는 딱 잘라 말했다. 그다음에 머뭇거림 같은 것이 있었다. "따돌린 적은 있지만."

"다른 애들하고 같이?"

"응. 초등학교 5학년 때. 애들이랑 미리 짜고 어떤 남학생에게 다들 말을 하지 않기로 했어. 왜 그런 짓을 했는지 아무리 생각해도 기억이 안 나. 뭔가 직접적인 원인이 있었을 텐데, 기억도 안 나는 걸 보면 그리 대단한 건 아니었겠지? 어쨌거나 그런 짓을 해서 정말 미안하다고 생각해. 부끄럽기도 하고. 어째서 그런 짓을 했을까. 나도 잘 모르겠어."

덴고는 그것과 관련하여 문득 한 가지 일을 떠올렸다. 아주 오래전에 있었던 일이지만 요즘도 기회가 있을 때마다 기억이 되살아난다. 잊혀지지 않는다. 하지만 그 얘기는 꺼내지 않았다. 말하기 시작하면 길어진다. 또한 그것은 일단 말로 해버리면 가장 중요한 뉘앙스를 잃어버리는 종류의 일이었다. 그는 지금까지 그 일을 어느 누구에게도 말한 적이 없고, 앞으로도 아마 말하는 일이 없을 것이다.

"결국은," 연상의 걸프렌드는 말했다. "자신이 배척당하는 소수가 아니라 배척하는 다수에 속한다는 것으로 다들 안심을 하는 거지. 아, 저쪽에 있는 게 내가 아니어서 다행이야, 하고. 어떤 시대든 어떤 사회든 기본적으로 다 똑같지만 많은 사람들 쪽에 붙어 있으면 성가신 일은 별로 생각하지 않아도 돼."

"그래, 소수의 사람 쪽에 있으면 성가신 일만 생각해야 하지."

"그렇다니까." 우울한 목소리로 그녀는 말했다. "하지만 그런 환경에 속하면 적어도 자기 머리를 쓸 수 있게 될지도 몰라."

"머리를 써서 성가신 일만 생각하게 될지도 모르지."

"그건 문제네."

"너무 심각하게 생각하지 않는 게 좋아." 덴고는 말했다. "결과적으로 아주 나쁘게 끝나지는 않을 거야. 반에서 몇 명쯤은 머리를 올바르게 쓸 줄 아는 아이가 있을 테니까."

"그렇지?" 그녀는 말했다. 그리고 잠시 혼자서 생각에 잠겨 있었다. 덴고는 수화기를 귀에 댄 채 그녀의 생각이 정리되기를 참을성 있게 기다렸다.

"고마워. 자기하고 얘기해서 마음이 좀 편해졌어." 그녀는 잠시 뒤에 말했다. 뭔가 마음에 짚이는 점이 있는 모양이었다.

"나도 좀 편해졌어." 덴고는 말했다.

"왜?"

"당신하고 얘기해서."

"다음 주 금요일에 봐." 그녀는 말했다.

전화를 끊은 뒤에 덴고는 근처 슈퍼마켓에 나가 반찬거리를 샀다. 종이봉투를 안고 집에 돌아와 야채와 생선을 하나하나 랩으로 싸서 냉장고에 넣었다. FM 음악방송을 들으며 저녁식사 준비를 하고 있을 때 전화벨이 울렸다. 하루에 네 번이나 전화가 걸려오는 건 덴고에게는 무척 드문 일이었다. 이런 일은 일 년에 손으로 꼽을 정도다. 전화를 한 건 후카에리였다.

"이번 일요일." 그녀는 서론도 없이 말했다.

전화 너머에서 자동차 클랙슨이 연달아 울리는 소리가 들렸다. 운전기사가 꽤 화가 난 모양이다. 그녀는 아마도 큰길 쪽의 공중전화에서 전화를 하는 것이리라.

"이번 일요일, 그러니까 모레, 나는 너를 만나고, 그리고 다른 누군가를 만나기로 했어." 덴고는 그녀의 말에 살을 붙였다.

"아침 아홉시, 신주쿠 역 다치카와 행 맨앞에서." 그녀는 말했다. 세 개의 사실이 거기에 열거되어 있다.

"그러니까 주오 선 하행 플랫폼, 차량의 가장 앞 칸에서 만나기로 한다는 거지?"

"그래요."

"전철표는 어디까지 사면 돼?"

"어디든지."

"적당히 차표를 사두고 도착지에서 요금을 정산한다." 덴고는 그렇게 추측하고 보충했다. 「공기 번데기」를 고쳐 쓰는 일과 비슷하다. "그래서, 우리는 꽤 먼 곳까지 가게 될까?"

"지금 뭐 하고 있었어요." 후카에리는 덴고의 질문을 무시하고 물었다.

"저녁밥 하고 있었어."

"어떤 거."

"나 혼자라서 별거 없어. 말린 꼬치고기 좀 굽고, 무는 강판에 갈고. 파 넣은 조개 된장국 끓여서 두부하고 함께 먹을 거야. 오이하고 미역 초무침도 하지. 그다음은 밥하고 배추절임. 그거뿐이야."

"맛있겠다."

"그런가? 특별히 맛있다고 할 정도의 메뉴는 아냐. 항상 거의 비슷한 것만 먹고 있어." 덴고는 말했다.

후카에리는 말이 없었다. 그녀의 경우, 오랫동안 말없이 가만히 있는 게 딱히 마음에 걸리지 않는 모양이다. 하지만 덴고는 그렇지 않다.

"참. 오늘 너의 「공기 번데기」를 고쳐 쓰기 시작했어." 덴고는 말했다. "너한테서 아직 최종적인 허락은 받지 않았지만 날짜가 별로 없어서 지금 시작하지 않으면 맞출 수 없다고 해서."

"고마쓰 씨가 그러라고 했어요."

"응. 고마쓰 씨가 일을 시작하라고 나한테 말했어."

"고마쓰 씨하고 사이가 좋아요."

"글쎄. 사이가 좋은지도 모르지." 고마쓰와 사이좋게 지낼 수 있는 인간은 아마 이 세상 어디에도 없을 것이다. 하지만 그런 말을 꺼내기로 하면 이야기가 길어진다.

"고쳐 쓰기는 잘 되고 있어요."

"그럭저럭. 현재로서는."

"다행이에요." 후카에리는 말했다. 아무래도 그건 인사치례로만 하는 말은 아닌 듯했다. 고쳐 쓰는 작업이 순조롭게 진행되는 것을 그녀 나름대로 기뻐하는 것처럼 들렸다. 다만 그녀의 한정된 감정표현은 얼마나 기뻐하는지 그 강도까지는 보여주지 않았다.

"네 마음에 들었으면 좋겠는데." 덴고는 말했다.

"걱정 안 해요." 후카에리는 틈을 두지 않고 말했다.

"왜 그렇게 생각하지?" 덴고는 물었다.

후카에리는 거기에 대해서도 대답하지 않았다. 전화에 대고 그저 침묵하고 있었다. 의도적인 침묵이었다. 아마도 덴고에게 뭔가 생각하게 하기 위한 침묵. 하지만 아무리 지혜를 쥐어짜도 어째서 그녀가 그렇게 강하게 확신하는지 덴고는 알 수 없었다.

덴고는 침묵을 깨기 위해 말했다. "한 가지 물어볼 게 있어. 너는 정말로 코뮌 같은 곳에서 살면서 산양을 기른 적이 있니? 그런 것에 대한 묘사가 몹시 생동감이 있어. 그래서 그게 실제로 있었던 일인지 어떤지, 알고 싶어서."

후카에리는 작게 헛기침을 했다. "양 이야기는 안 해요."

"그래." 덴고는 말했다. "말하고 싶지 않으면 안 해도 괜찮아. 그냥 물어본 것뿐이니까. 신경쓰지 않아도 돼. 작가에게는 작품이 모든 것이야. 쓸데없는 설명을 붙일 필요는 없지. 일요일에 만나자. 아, 그렇지, 그 사람을 만나면서 뭔가 주의해야 할 일은 없을까?"

"잘 모르겠어요."

"그러니까…… 좀 단정한 옷차림으로 가는 게 좋다거나, 어떤 선물 같은 걸 들고 가는 게 좋다거나, 그런 거 말이야. 상대가 어떤 사람인지 전혀 힌트가 없어서."

후카에리는 다시 침묵했다. 하지만 이번 것은 의도를 가진 침묵이 아니었다. 단순히 덴고의 질문의 목적을, 또한 그런 발상 자체를 그녀는 이해하지 못한 것이다. 그 질문은 그녀의 의식의 영역 어디에도 착지하지 못했다. 그것은 의미의 테두리를 뛰어넘어 허무 속으로 영원히 빨려들어간 것이리라. 명왕성 옆을 그대로 지나가버린 고독한 행성탐사로켓처럼.

"좋아, 딱히 중요한 일은 아니니까." 덴고는 마음을 접고 그렇게 말했다. 후카에리에게 그런 질문을 하는 것 자체가 전혀 방향을 잘못 잡은 일이다. 뭐, 어디서 과일이라도 사들고 가면 되겠지.

"그럼, 일요일 아홉시에." 덴고는 말했다.

후카에리는 몇 초의 틈을 둔 뒤에 아무 말 없이 전화를 끊었다. "안녕"도 없고 "그럼, 일요일에"도 없었다. 그저 전화가 뚝 끊겼을 뿐이다.

어쩌면 그녀는 덴고를 향해 고개를 끄덕인 뒤에 수화기를 내려놓았는지도 모른다. 하지만 유감스럽게도 대부분의 경우 보디랭귀지는 전화로는 효과를 발휘하지 못한다. 덴고는 수화기를 제자리에 내려놓고 두 차례 심호흡을 하여 두뇌의 회로를 보다 현실적인 것으로 전환하고, 그런 다음에 소박한 저녁식사 준비를 계속했다.

제7장 아오마메

Q

나비를 깨우지 않도록 아주 조용히

토요일 오후 한시가 지날 때쯤 아오마메는 '버드나무 저택'을 방문했다. 그 집에는 무성하게 우거진 해묵은 버드나무 거목 몇 그루가 돌담 너머로 머리를 내밀고 바람이 불면 갈 곳 잃은 영혼의 무리처럼 소리 없이 흔들렸다. 그 오래된 서양식 저택을 이웃사람들은 오래전부터 당연한 듯이 '버드나무 저택'이라고 불렀다. 그것은 아자부의 급한 비탈길을 다 올라선 곳에 자리잡고 있다. 버드나무 가지 꼭대기에서 몸이 가벼운 새들이 쉬고 있는 게 보이고 지붕의 양지쪽에서는 큼직한 고양이가 실눈을 뜨고 햇볕을 쬐고 있다. 주변 도로는 좁고 구불구불해서 자동차도 거의 다니지 않는다. 키 큰 수목이 많아 한낮에도 어스레한 인상을 풍긴다. 이 길모퉁이에 들어서면 시간의 흐름이 약간 느려지는 듯한 느낌마저 든다. 근처에는 대사관이 몇 개 있지만 사람들의 출입은 많지 않다. 평소에는 괴괴하다가 여름철이 되면 사정이 크게 달라져서 매미 소리에 귀가 따갑다.

아오마메는 대문 초인종을 누르고 인터폰을 향해 이름을 댔다. 그리고 머리 위 카메라에 아주 조금 미소를 지어 보였다. 철문이 기계 조작으로 천천히 열리고 아오마메가 안으로 들어서자 등뒤에서 문이 닫혔다. 그녀는 늘 하던 대로 정원을 가로질러 저택 현관으로 향했다. 감시카메라가 그녀의 모습을 포착하고 있다는 것을 알고 있기 때문에 아오마메는 패션모델처럼 등을 꼿꼿이 세우고 턱을 당기고 똑바로 좁은 길을 걸었다. 오늘 아오마메는 짙은 남색 윈드브레이커에 회색 요트파카와 청바지를 입은 캐주얼한 차림이었다. 하얀 농구화를 신고 어깨에는 숄더백을 걸쳤다. 오늘은 그 가방에 아이스픽이 들어 있지 않다. 필요 없을 때 그것은 옷장 서랍 속에서 조용히 쉬고 있다.

　현관 앞에 티크목 가든체어 몇 개가 놓였고 그 하나에 몸집이 큰 남자가 비좁은 듯 앉아 있었다. 키는 그리 크지 않지만 상반신이 놀랄 만큼 발달한 것을 알아볼 수 있다. 아마도 마흔 살 전후, 머리는 스킨헤드, 콧수염은 손질이 잘 되어 있다. 어깨폭이 넓은 회색 정장에 새하얀 셔츠, 짙은 회색 실크 넥타이. 얼룩 하나 없이 새까만 코도반 구두. 양쪽 귀에 은 피어싱. 구청 출납계 직원으로는 보이지 않는다. 자동차보험 세일즈맨으로도 보이지 않는다. 한눈에도 프로 경호원처럼 보이고 실제로 그게 그가 전문으로 하는 직업이다. 때로는 운전기사 역할도 한다. 가라테 고단자이고 필요하면 무기를 효과적으로 사용할 줄도 안다. 날카로운 이를 드러내고 누구보다 흉포해질 줄도 안다. 하지만 평소의 그는 온화하고 냉정하며 지적이기도 하다. 지그시 눈을 들여다보면—그가 그렇게 하는 걸 허락해준다면 말이지만—그 안의 따스한 빛을 발견할 수도 있다.

사생활에 대해 말하자면, 다양한 기계를 잘 다루고 6, 70년대의 프로그레시브 록 레코드를 수집하는 게 취미이며 미용사로 일하는 핸섬하고 젊은 보이프렌드와 함께 아자부 한귀퉁이에 살고 있다. 이름은 다마루라고 했다. 그게 성씨인지 이름인지는 모른다. 어떤 한자를 쓰는지도 알지 못한다. 하지만 사람들은 그를 다마루 씨라고 불렀다.

다마루는 의자에 앉은 채 아오마메를 쳐다보며 고개를 끄덕였다.

"안녕하세요?" 아오마메는 말했다. 그리고 남자의 맞은편 자리에 앉았다.

"시부야 호텔에서 사내 하나가 죽은 모양이야." 남자는 코도반 구두의 광택을 점검하며 말했다.

"난 몰랐네." 아오마메는 말했다.

"신문에 실릴 만한 사건도 아니었어. 아마 심장발작이라나봐. 아직 마흔 조금 넘은 나이인데, 참 딱한 일이야."

"심장은 늘 조심해야죠."

다마루는 고개를 끄덕였다. "생활습관이 중요해. 불규칙적인 생활, 스트레스, 수면부족. 그런 게 사람을 죽여."

"늦건 빠르건 뭔가가 사람을 죽이기는 하죠."

"이론적으로 보자면 그렇지."

"부검은 한대요?" 아오마메는 물었다.

다마루는 몸을 숙이고 눈에 보일 듯 말 듯한 먼지를 구두코에서 털어냈다. "경찰도 이래저래 바빠. 예산도 한정되어 있고. 별다른 외상이 없는 깨끗한 사체를 일일이 해부하고 있을 여유는 없지. 유족으로서도 조용히 세상 떠난 사람을 무의미하게 난도질하고 싶지는 않을 거야."

"특히나 남겨진 부인의 입장에서는."

다마루는 잠시 침묵하고는 글러브 같은 두툼한 오른손을 그녀 쪽으로 내밀었다. 아오마메는 그것을 쥐었다. 단단한 악수다.

"피곤하지? 좀 쉬는 게 좋아." 그가 말했다.

아오마메는 보통사람이 미소를 지을 때처럼 입술을 양끝으로 살짝 당겼지만 실제로 미소는 떠오르지 않았다. 그 비슷한 것이 보였을 뿐이다.

"붕은 잘 지내요?" 그녀가 물었다.

"응, 건강하게 잘 있어." 다마루는 대답했다. 붕은 이 저택에서 기르는 독일산 암컷 셰퍼드다. 성격이 좋고 영리하다. 다만 약간 괴상한 습성을 몇 가지 갖고 있다.

"그 개는 아직도 시금치를 먹나?" 아오마메는 물었다.

"아주 많이. 요즘 시금치 값이 계속 올라서 좀 난처해. 엄청 먹어대거든."

"시금치를 좋아하는 독일 셰퍼드는 처음 봤어요."

"그 녀석은 자기를 개라고 생각하지 않아."

"그럼 뭐라고 생각하는데?"

"자기는 그런 분류를 초월한 특별한 존재라고 생각하는 거 같아."

"슈퍼독?"

"어쩌면."

"그래서 시금치를 좋아하는 건가?"

"그거하고는 관계없이 그냥 시금치를 좋아해. 강아지 때부터 그랬어."

"하지만 그것 때문에 위험한 사상을 품게 되었는지도 모르죠."

"그런 면은 있을 거야." 다마루는 말했다. 그러고는 손목시계에 시선을 던졌다. "그런데 오늘 약속은 분명 한시 반이었는데?"

아오마메는 고개를 끄덕였다. "응, 아직 시간 있어요."

다마루는 천천히 자리에서 일어섰다. "잠깐 여기서 기다려. 시간을 좀 당길 수 있을지도 모르니까." 그러고는 현관 안으로 사라졌다.

아오마메는 무성한 버드나무를 바라보며 그곳에서 기다렸다. 바람은 없고 버드나무 가지는 땅을 향해 고요히 고개를 늘어뜨리고 있었다. 두서없는 사색에 잠긴 사람처럼.

잠시 뒤에 다마루가 돌아왔다. "뒤꼍으로 들어가야겠어. 오늘은 온실로 오라고 하시네."

두 사람은 정원을 돌아 버드나무 옆을 지나 온실로 향했다. 온실은 본채 뒤편에 있었다. 주위에 수목이 없어서 해가 담뿍 든다. 다마루는 안에 있는 나비가 바깥으로 나오지 않도록 조심스럽게 유리문을 조금 열고 아오마메를 먼저 들어가게 해주었다. 그러고는 자기도 재빨리 안으로 미끄러져들어와 곧바로 문을 닫았다. 덩치 큰 사람이 특기로 삼을 만한 동작은 아니다. 하지만 그의 동작은 요령 있고 간결했다. 다만 특기로 삼지는 않는다는 것뿐이다.

넓은 유리 온실에는 봄이 뭉그적거리지 않고 완연하게 찾아와 있었다. 온갖 종류의 꽃이 아름답게 어우러져 피어났다. 식물 대부분은 평범한 것이다. 글라디올러스와 아네모네, 마거리트처럼 어디서나 흔히 볼 수 있는 풀꽃 화분들이 선반에 늘어서 있다. 아오마메의 눈에는 그저 잡초로만 보이는 것도 있다. 값비싼 난이나 희귀종 장미나 폴리네시아의 원색의 꽃, 그런 그럴싸한 것은 하나도 보이지 않는다. 아오마메는 딱히 식물에 관심이 있는 건 아니지만, 그래도 이 온실의 그런 거들먹거리지 않는 점이 퍽 마음에 들었다.

그 대신 온실에는 수많은 나비들이 서식하고 있었다. 노부인은 이 넓은 유리방에서 진귀한 식물을 키우는 것보다 오히려 진귀한 나비를 키우는 데 더 관심이 있는 모양이었다. 꽃도 나비가 좋아하는 꿀물을 담뿍 품은 것이 중심이 되어 있다. 온실에서 나비를 키워낸다는 것은 범상치 않은 배려와 지식과 노력이 요구된다고 하는데, 어디에 그런 배려가 들어가 있는지 아오마메는 전혀 알지 못한다.

한여름을 제외하고, 노부인은 이따금 아오마메를 온실로 불러들여 그곳에서 단둘이 이야기를 나누었다. 유리 온실 안이라면 누군가 이야기를 엿들을 우려가 없다. 그녀들 사이에 오가는 대화는 어디에서나 큰 소리로 말할 수 있는 종류의 것이 아니다. 또한 꽃이나 나비에 둘러싸여 있는 게 여러모로 신경이 편안하다는 것도 있다. 그녀의 표정을 보면 알 수 있다. 온실 안은 아오마메에게는 약간 지나치게 따뜻했지만 참을 수 없을 정도는 아니다.

노부인은 칠십대 중반의 자그마한 여자였다. 아름다운 백발을 짧게 커트하고 있다. 거친 무명천으로 만든 작업용 긴소매 셔츠에 크림색 면바지, 낡은 테니스화를 신었다. 하얀 장갑을 끼고 큼직한 금속제 물뿌리개로 화분 하나하나에 물을 주고 있었다. 그녀가 몸에 걸친

옷들은 사이즈가 한 치수씩 커 보였지만 그래도 몸에 기분 좋게 어울렸다. 아오마메는 그녀의 모습을 대할 때마다 그런 자연스러운 기품에 경의를 품지 않을 수 없었다.

전쟁 전에 화족(華族) 가문과 혼인한 유명한 재벌의 딸이지만, 부러 꾸미는 점이나 나약한 인상은 전혀 없었다. 전쟁 끝나고 얼마 안되어 남편이 세상을 떠난 뒤에 친족이 소유하고 있던 작은 투자회사의 경영에 참여해 주식운용에 빼어난 재능을 보였다. 그것은 모두가 인정하듯이 천부적이라고 할 만한 재능이었다. 투자회사는 그녀의 능력으로 급속히 발전했고 남겨진 개인자산도 크게 불어났다. 그녀는 그것을 바탕으로 옛 화족과 황족 소유의 도쿄 도내 금싸라기 땅을 몇 군데나 구입했다. 십여 년 전에 은퇴한 뒤에는 적절한 시기를 노려 자신의 주식을 고가로 매각해서 다시금 재산을 불렸다. 사람들 앞에 나서는 것을 극히 피해왔던 탓에 세상에는 거의 이름이 알려져 있지 않지만 경제계에서는 그녀를 모르는 사람이 없다. 정계에도 두터운 인맥을 갖고 있다는 소문이다. 하지만 개인적으로 보면 소탈하고 총명한 여성이었다. 그리고 두려움이라는 것을 알지 못한다. 자신의 직감을 믿고 일단 마음을 정하면 그것을 관철한다.

그녀는 아오마메를 보자 물뿌리개를 내려놓고 입구 근처의 작은 철제 가든체어를 가리키며 앉으라고 손짓했다. 가리킨 자리에 아오마메가 앉자 그녀는 맞은편 의자에 자리를 잡았다. 그녀는 무슨 일을 하건 거의 소리라는 것을 내지 않았다. 숲을 가로지르는 현명한 암여우처럼.

"마실 것을 가져올까요?" 다마루가 물었다.

"따뜻한 허브티를." 노부인이 말했다. 그리고 아오마메를 보았다. "당신은?"

"같은 걸로요." 아오마메는 말했다.

다마루는 가만히 고개를 끄덕이고 온실을 나갔다. 주위를 살피며 나비가 가까이에 없다는 것을 확인하고는 문을 조금만 열고 재빨리 밖으로 나가 다시 문을 닫았다. 사교댄스의 스텝을 밟듯이.

노부인은 면장갑을 벗고 그것을 야회용 비단장갑을 다루듯이 테이블 위에 얌전히 포개놓았다. 그리고 윤기를 담은 검은 눈으로 아오마메를 똑바로 보았다. 이제까지 여러 가지를 목격해온 눈이었다. 아오마메는 실례가 되지 않을 만큼만 그 눈을 마주보았다.

"아까운 사람을 잃은 모양이더군요." 노부인이 말했다. "석유 관련 업계에서는 꽤 이름이 알려진 사람이었나봐요. 아직 젊지만 상당한 실력자였다던가."

노부인은 언제나 작은 목소리로 이야기했다. 바람이 조금 세게 불면 지워져버릴 정도의 음량이다. 그래서 상대는 항상 주의 깊게 귀를 기울여야 한다. 아오마메는 이따금 손을 내밀어 볼륨 스위치를 오른쪽으로 돌리고 싶은 욕구에 사로잡혔다. 물론 볼륨 스위치 같은 건 어디에도 없다. 그러니 긴장한 채 귀를 기울이는 수밖에.

아오마메는 말했다. "하지만 그 사람이 갑자기 사라져도 외견상 딱히 불편은 없는 것 같아요. 세상은 멀쩡하게 굴러가고 있어요."

노부인은 미소 지었다. "세상에는 대신할 자를 찾을 수 없는 사람이라는 건 없지요. 제아무리 지식이나 능력이 뛰어난 사람이었어도 그 후임자가 대개는 어딘가에 있는 법이에요. 만일 세상이 대신할 사람을 찾을 수 없는 사람으로 가득하다면 우리는 참으로 난처한 지경에 빠질 겁니다. 물론……" 그녀는 강조하듯이 오른손 검지를 허공에 똑바로 치켜들었다. 그리고 덧붙였다. "당신 같은 사람을 대신할 사람은 좀처럼 찾아내 수 없겠지만."

"저를 대신할 사람은 웬만해서는 찾아내지 못해도, 대신할 수단을 찾아내는 건 그리 어렵지 않겠죠." 아오마메는 지적했다.

노부인은 조용히 아오마메를 보았다. 입가에 만족스러운 웃음이 떠올랐다. "어쩌면"이라고 그녀는 말했다. "하지만 설혹 그렇다고 해도 우리 두 사람이 지금 여기서 이렇게 공유하고 있는 것은 거기서는 아마 찾아낼 수 없겠지요. 당신은 당신이고, 당신일 뿐이에요. 무척 감사하고 있어요. 말로는 표현할 수 없을 만큼."

노부인은 앞으로 몸을 숙이고 손을 내밀어 아오마메의 손등에 얹었다. 십 초쯤 그녀는 손을 그대로 두었다. 그러고는 손을 거두고 만족한 표정을 지은 채, 등을 뒤로 젖혔다. 나비가 팔랑팔랑 허공을 헤매다 날아와서 그녀의 파란 작업용 셔츠 어깨에 앉았다. 작고 하얀 나비였다. 선홍색 무늬가 몇 개나 새겨져 있었다. 나비는 두려움을 모르는 듯이 그곳에서 잠이 들었다.

"당신은 아마 지금까지 이 나비를 본 적이 없을 거예요." 노부인은 자신의 어깨를 흘긋 바라보며 말했다. 그 목소리에서는 희미하게 자부심이 묻어났다. "오키나와에서도 그리 쉽게 볼 수 없어요. 이 나비는 단 한 종류의 꽃에서만 영양을 섭취해요. 오키나와의 깊은 산 속에서만 피는 특별한 꽃에서만. 이 나비를 키우자면 우선 그 꽃을 이곳에 옮겨와야 한답니다. 상당히 공이 들어요. 물론 비용도 들지요."

"그 나비는 부인을 정말 잘 따르는 것 같아요."

노부인은 미소를 지었다. "이아이는 나를 친구라고 생각해요."

"나비와 친구가 될 수 있나요?"

"나비와 친구가 되려면 우선 당신이 자연의 일부가 되어야 해요. 인간으로서의 기척을 지우고 여기서 가만히 자신을 나무나 풀이나 꽃이라고 믿는 거예요. 시간은 걸리지만 일단 상대가 마음을 허락하면 그다음은 저절로 사이좋은 친구가 될 수 있어요."

"나비에게 이름을 붙이세요?" 아오마메는 호기심으로 물었다. "그러니까, 개나 고양이처럼 하나하나 다 다르게?"

노부인은 조용히 고개를 저었다. "나비에게 이름은 붙이지 않아요. 이름이 없어도 무늬나 생김새를 보면 하나하나 구분할 수 있지요. 게다가 나비에게 이름을 붙여봤자 어차피 얼마 안 되어 죽고 말아요. 이아이들은 이름 없는 그저 한순간의 친구들이지요. 나는 날마다 이곳에 찾아와 나비들을 만나 인사하고 이런저런 이야기를 해요. 하지만 나비는 때가 되면 말없이 어딘가로 사라져요. 틀림없이 죽은 거라고 생각하지만, 찾아봐도 사해(死骸)는 발견되지 않아요. 허공에 빨려들듯이 아무 흔적도 남기지 않고 사라지죠. 나비는 그 무엇보다도 허망하고 우아한 생물이랍니다. 어디에서 왔는지 모르게 태어나 한정된 아주 조금의 것만을 조용히 원하고, 이윽고 어디로 가는지 모르게 살그머니 사라져요. 아마도 이곳과는 다른 세계로."

온실 안의 공기는 따스하고 촉촉한 물기를 품고 있으며, 식물의 냄새가 가득했다. 그리고 수많은 나비가 처음도 끝도 없는 의식의 흐름을 순간적으로 가로지르는 구두점처럼 여기저기서 나타났다 숨었다 했다. 아오마메는 이 온실에 들어올 때마다 시간감각을 잃는 듯한 마음이 들었다.

아름다운 청자 티포트, 같은 세트의 잔 두 개를 얹은 금속쟁반을 들고 다마루가 다가왔다. 천 냅킨과 쿠키를 담은 작은 접시도 곁들였다. 허브티 향기가 주위의 꽃향기와 섞여들었다.

"고마워요, 다마루. 그다음은 내가 하지요." 노부인은 말했다.

다마루는 쟁반을 가든테이블에 내려놓고 살짝 고개를 숙인 뒤 발소리를 내지 않고 걸음을 옮겼다. 그리고 조금 전과 마찬가지로 가볍고 재빠른 스텝을 밟으며 문을 열고 온실에서 나가 문을 닫았다. 노부인은 티포트 뚜껑을 열어 향기를 맡고, 잎이 우러난 상태를 확인한 다음 두 개의 찻잔에 가만가만 따랐다. 양쪽의 농도가 똑같도록 주의 깊게.

"쓸데없는 말인지 모르지만, 어째서 입구에 방충망을 달지 않으세요?" 아오마메는 물었다.

노부인은 얼굴을 들고 아오마메를 보았다. "방충망?"

"네, 안쪽에 방충망을 달아 문을 이중으로 해두면 드나들 때마다 나비가 날아가지 않도록 조심할 필요는 없을 텐데요."

노부인은 왼손에 받침접시를 들고 오른손으로는 잔을 들더니 그것을 입가로 가져가 조용히 한 모금 마셨다. 향기를 맛보고 가만히 고개를 끄덕였다. 잔을 받침접시에 내리고 그 받침접시를 쟁반에 올려놓았다. 냅킨으로 입가를 가볍게 찍어낸 뒤에 무릎 위에 내려놓았다. 그런 동작만으로 그녀는, 대폭 줄여 잡아 말해도 보통사람의 대략 세 배의 시간을 들였다. 깊은 숲속에서 양분이 풍부한 아침이슬을 받아 마시는 요정 같다, 고 아오마메는 생각했다.

그리고 노부인은 작은 기침으로 목을 가다듬은 뒤에 말했다. "철망이라는 걸 좋아하지 않는답니다."

아오마메는 조용히 다음 말을 기다렸지만, 이어지는 말은 없었다. 철망을 좋아하지 않는다는 것이 자유를 속박하는 사물에 대한 종합적인 자세인지, 아니면 심미적인 견지에서 나온 것인지, 혹은 딱히 이유를 댈 수 없는 단순한 생리적인 호오인지, 명확하지 않은 채로 이야기는 끝났다. 하지만 지금으로서는 그건 그다지 중요한 문제가 아니다. 그저 문득 생각나서 질문했을 뿐이다.

아오마메도 노부인과 마찬가지로 허브티 잔을 받침접시째 손에 들고 소리 없이 한 모금 마셨다. 그녀는 허브티를 그리 좋아하지 않는다. 한밤중의 악마처럼 뜨겁고 진한 커피가 그녀의 취향이다. 하지만 그건 아마도 오후 나절의 온실에는 어울리지 않는 음료이리라. 그래서 온실에서는 언제나 노부인이 마시는 것과 똑같은 것을 부탁하곤 했다. 노부인이 쿠키를 권하고 아오마메는 하나 집어들어 먹었다. 생강쿠키다. 막 구워내 신선한 생강 맛이 났다. 노부인은 전쟁 전의 한 시기를 영국에서 보냈다. 그것을 아오마메는 머릿속에 떠올렸다. 노부인도 쿠키를 하나 집어들어 아주 조금씩 베어 먹었다. 어깨에서 잠이 든 그 희귀한 나비를 깨우지 않도록 가만가만 조용히.

"늘 하던 대로 돌아가는 길에 다마루가 당신에게 열쇠를 건네줄 거예요." 노부인은 말했다. "일이 끝나거든 우편으로 다시 보내주세요. 늘 하던 대로."

"알겠습니다."

잠시 온화한 침묵이 이어졌다. 꼭 닫힌 온실 안에는 바깥의 어떤 소리도 들어오지 않는다. 나비는 안심한 듯이 계속 잠을 잤다.

"우리는 잘못된 일은 아무것도 하지 않았어요." 노부인은 아오마메의 얼굴을 똑바로 바라보며 말했다.

아오마메는 가볍게 입술을 깨물었다. 그리고 고개를 끄덕였다. "알고 있습니다."

"거기 있는 봉투 안을 보세요." 노부인은 말했다.

아오마메는 테이블 위에 놓인 봉투를 집어 안에 들어 있던 일곱 장의 폴라로이드 사진을 고급 청자 티포트 옆에 펼쳐놓았다. 불길한 타로 카드를 펼쳐놓듯이. 젊은 여자의 벌거벗은 몸을 부분별로 근거리에서 찍은 사진이었다. 등, 젖가슴, 엉덩이, 허벅지, 발바닥까지 모두. 얼굴 사진만 없었다. 폭력의 흔적이 각 부위마다 멍들고 지렁이가 기어가듯 부어오른 모습으로 남아 있었다. 아무래도 벨트를 사용한 모양이었다. 음모가 깎여나가고 그 부근에는 담뱃불을 들이댄 듯한 흔적이 남아 있었다. 아오마메는 저도 모르게 얼굴을 찡그렸다. 이 비슷한 사진은 지금까지도 더러 봐왔지만 이렇게까지 지독하지는 않았다.

"그 사진은 처음이지요?" 노부인이 물었다.

아오마메는 말없이 고개를 끄덕였다. "대강의 사정은 들었지만 사진을 보는 건 처음입니다."

"그 사내가 한 짓이에요." 노부인은 말했다. "세 군데의 골절은 치료했지만 한쪽 귀가 난청 증세를 보이고 있어요. 원래대로 회복되지 못할지도 모릅니다." 노부인은 말했다. 음량은 변함이 없지만 조금

전보다 목소리는 차갑고 딱딱해져 있었다. 그 목소리의 변화에 놀란 듯 노부인의 어깨에 머물러 있던 나비가 깨어나 날개를 펼치고 하늘하늘 허공으로 날아올랐다.

그녀는 말을 이었다. "이런 짓을 하는 인간을 그대로 놔둘 수는 없습니다. 무슨 일이 있어도."

아오마메는 사진을 정리하여 봉투에 다시 넣었다.

"그렇게 생각하지 않습니까?"

"그렇게 생각합니다." 아오마메는 동의했다.

"우리는 올바른 일을 했어요." 노부인은 말했다.

그녀는 의자에서 일어나, 아마도 마음을 가라앉히기 위해서인 듯, 곁에 있던 물뿌리개를 들어올렸다. 마치 정교한 무기라도 손에 드는 것처럼. 얼굴이 얼마간 창백해져 있었다. 눈은 온실 한귀퉁이를 가만히, 날카롭게 응시하고 있었다. 아오마메는 그 시선의 끝에 눈을 던졌지만 별다른 건 아무것도 찾을 수 없었다. 엉겅퀴 화분이 놓여 있을 뿐.

"일부러 와줘서 고마워요. 수고하셨습니다." 그녀는 텅 빈 물뿌리개를 손에 든 채 말했다. 이것으로 접견은 끝난 모양이었다.

아오마메도 자리에서 일어나 가방을 들었다. "차 잘 마셨습니다."

"다시 한번 감사드립니다." 노부인은 말했다.

아오마메는 잠깐 미소를 지었다.

"아무 걱정도 하지 말아요." 노부인은 말했다. 그 어조는 어느새 원래의 온화함을 회복하고 있었다. 눈에는 따스한 빛이 떠올랐다. 그녀는 아오마메의 팔에 가볍게 손을 얹었다. "우리는 올바른 일을 했으니까요."

아오마메는 고개를 끄덕였다. 항상 똑같은 말로 인사는 끝이 난
다. 아마도 이 사람은 자신을 향해 그렇게 거듭 말하는 거라고 아오
마메는 생각했다. 진언(mantra)처럼, 기도처럼. 아무 걱정도 하지
말아요. 우리는 올바른 일을 했으니까요, 라고.

아오마메는 가까이에 나비가 없다는 것을 확인한 뒤에 온실 문을
조금 열고 밖으로 나와 문을 닫았다. 노부인은 물뿌리개를 손에 든
채 뒤에 남았다. 온실에서 나오자 바깥 공기가 서늘하고 신선했다.
나무와 잔디 향기가 났다. 그곳은 현실세계였다. 시간은 평소 그대로
흐르고 있었다. 아오마메는 그 현실의 공기를 듬뿍 폐에 들이켰다.

현관 앞에서는 조금 전과 똑같이 다마루가 티크목 의자에 앉아 기
다리고 있었다. 그녀에게 사서함 열쇠를 건네주기 위해서다.

"볼일은 끝났어?" 그가 물었다.

"끝난 거 같아요." 아오마메는 말했다. 그리고 그의 옆자리에 앉
아 열쇠를 받아 숄더백 안의 작은 칸에 챙겨넣었다.

두 사람은 잠시 아무 말 없이 정원에 날아드는 새들을 바라보았
다. 바람은 아직 멈춰 있고 버드나무는 조용히 고개를 떨어뜨리고 있
었다. 몇 가닥의 가지 끝은 조금만 더 길면 땅바닥에 닿을 것 같았다.

"그 여자는 건강하게 잘 지내요?" 아오마메는 물었다.

"어떤 여자?"

"시부야 호텔에서 심장발작을 일으킨 사내의 부인."

"현재로서는 그리 건강하다고 할 수 없어." 다마루는 얼굴을 찌푸

리며 말했다. "충격이 아직 이어지고 있어. 거의 말을 못 해. 시간이 좀더 필요해."

"어떤 사람이죠?"

"삼십대 초반. 아이는 없어. 미인이고 인상도 좋아. 몸매도 상당하지. 하지만 유감스럽게도 올 여름에는 수영복을 못 입을 거야. 아마 내년 여름에도. 폴라로이드 사진은 봤어?"

"조금 전에 봤어요."

"지독하지?"

"상당히." 아오마메는 대답했다.

다마루는 말했다. "흔한 패턴이야. 남자는 사회적으로 보면 유능한 인간이지. 주위 평가도 좋아. 괜찮은 집안에서 잘 자랐고 학력도 높아. 사회적인 지위도 있고."

"하지만 집에 들어오면 사람이 확 변한다." 아오마메가 그뒤를 받아 말을 이었다. "특히 술이 들어가면 폭력적이 된다. 하지만 오직 여자에게만 폭력을 휘두르는 타입이다. 마누라만 두들겨 팬다. 근데 껍데기는 그럴싸하다. 주위에서는 점잖고 선량한 남편이라고들 생각한다. 자신이 어떤 끔찍한 꼴을 당하는지 부인이 아무리 주위에 호소해도 어느 누구도 믿어주지 않는다. 남자도 그걸 잘 알고 있어서 폭력을 휘두를 때는 남의 눈에 띄지 않는 곳만 골라서 팬다. 혹은 흔적이 남지 않도록 하거나. 대충 그런 거죠?"

다마루는 고개를 끄덕였다. "대충. 다만 이자는 술은 입에도 안 대. 맨얼굴로 대낮에 당당하게 폭력을 휘둘렀어. 그러니 더더욱 질이 나빠. 그녀는 이혼을 원했어. 하지만 남편이 완강하게 그걸 거부

했어. 아내를 좋아했었는지도 모르지. 혹은 가까이 있는 희생자를 제 손아귀에서 놓아주고 싶지 않았는지도 모르고. 아니면 아내를 힘으로 성폭행하는 게 취미였는지도 모르고."

다마루는 다리를 가볍게 쳐들고 구두의 광택을 다시 한번 확인했다. 그리고 이야기를 계속했다.

"가정폭력의 증거를 제시하면 물론 이혼이 성립될 테지만, 그러기에는 시간도 걸리고 돈도 많이 들어. 상대가 수완 좋은 변호사를 선임하면 상당히 불쾌한 일도 당하게 되겠지. 가정법원은 늘 북적거리고 판사의 수는 부족해. 게다가 만일 이혼이 성립되어 위자료와 생활비 지급 액수가 확정되어도 그런 걸 제대로 지불하는 남자는 얼마 안 돼. 어떻게든 말로 요리조리 빠져나가거든. 일본에서는 위자료를 지불하지 않았다는 이유로 전남편이 교도소에 들어가는 일은 거의 없어. 지불 의사가 있다는 자세를 보이고 명목상 약간이라도 내기만 하면 법원은 대충 봐줘. 일본 사회는 아직도 남자에 대해서는 한참 너그러운 곳이야."

아오마메는 말했다. "그런데 며칠 전, 그 폭력남편이 시부야 호텔 방에서 마침맞게 심장발작을 일으켰다."

"마침맞게라는 표현은 지나치게 직접적이야." 다마루는 가볍게 혀를 차며 말했다. "하늘의 뜻에 따라, 라고 하는 게 내 취향이야. 어쨌거나 사망원인에 수상한 점이 전혀 없고, 남의 이목을 끌 만큼 엄청난 보험금도 아니라서 생명보험회사에서 의문을 품을 일은 없어. 아마 순조롭게 지급될 거야. 그렇긴 해도 꽤 괜찮은 액수야. 그 보험금으로 그녀는 새로운 인생의 첫걸음을 내디딜 수 있어. 더구나 이혼

소송에 소요되는 시간과 돈이 고스란히 절약되었지. 번잡스럽고 의미도 없는 법률상의 수속이며 그뒤의 트러블이 몰고 올 정신적인 고통도 피할 수 있고."

"게다가 그런 쓰레기 같은 위험한 자가 세상에 활개를 치고 다니면서 어디선가 또다른 희생자를 찾아낼 일도 없고."

"하늘의 뜻." 다마루는 말했다. "그 심장발작 덕분에 모든 게 순조롭게 처리되었어. 끝이 좋으면 다 좋은 거야."

"만일 어딘가에 끝이라는 게 있다면." 아오마메는 말했다.

다마루는 미소를 연상시키는 작은 주름을 입가에 만들었다. "어딘가에 반드시 끝은 있는 법이야. '여기가 끝입니다'라고 일일이 적어놓지 않았을 뿐이지. 사다리의 가장 높은 단에 '여기가 끝입니다. 이보다 위쪽에는 발을 얹지 말아주십시오'라고 적혀 있어?"

아오마메는 고개를 저었다.

"그것과 똑같아." 다마루는 말했다.

"상식을 발휘하고, 눈을 똑똑히 뜨고 있으면 어디가 끝인지는 저절로 알게 된다?" 아오마메가 물었다.

다마루는 고개를 끄덕였다. "만일 알지 못하더라도……" 그는 손가락으로 낙하하는 시늉을 했다. "어쨌든 그곳이 끝이야."

두 사람은 잠시 입을 다물고 새소리를 들었다. 온화한 4월 오후였다. 어디에서도 악의나 폭력의 기척은 눈에 띄지 않는다.

"지금 이곳에 여자는 몇 명이나 머물고 있어요?" 아오마메는 물었다.

"네 명." 다마루는 즉각 대답했다.

"같은 처지의 사람들?"

"대체로 비슷해." 다마루는 말했다. 그리고 입을 동그랗게 오므렸다. "하지만 다른 세 사람의 경우는 그렇게까지 심각한 건 아니야. 상대 남자들은 항상 그렇듯이 별볼일 없는 비열한 놈들이지만 우리가 지금까지 화제로 삼은 인물만큼 악질은 아니야. 허세를 부리는 소인배들이지. 누구를 수고스럽게 할 만한 일도 못 돼. 우리 쪽에서 처리할 수 있어."

"합법적으로?"

"대략 합법적으로. 약간의 위협을 가하는 정도야. 물론 심장발작도 합법적인 사망원인이었지만."

"물론이죠." 아오마메는 맞장구를 쳤다.

다마루는 잠시 아무 말 없이 무릎 위에 양손을 얹은 채, 조용히 늘어진 버드나무 가지를 바라보았다.

아오마메는 머뭇거리다가 말을 꺼냈다. "저기, 다마루 씨. 하나 물어볼 게 있는데."

"뭘?"

"경찰 제복과 권총이 새로 바뀐 게 몇 년 전 일이었어요?"

다마루는 어렴풋이 미간을 찌푸렸다. 그녀의 말투에 그의 경계심을 발동시키는 여운이 섞여 있었던 모양이다. "왜 갑자기 그런 걸 묻지?"

"딱히 이유는 없어요. 아까 문득 생각이 나서."

다마루는 아오마메의 눈을 보았다. 그의 눈은 한없이 중립적이다. 거기에는 표정이라는 것이 없다. 어느 쪽으로든 굴러갈 수 있게 여지를 남겨두는 것이다.

"모토스 호수 근처에서 야마나시 현경과 과격파 사이에 심한 총격전이 벌어졌던 게 1981년 10월 중순, 그 다음 해에 경찰의 대대적인 개혁이 있었어. 그러니까, 이 년 전의 일이야."

아오마메는 표정을 바꾸지 않고 고개를 끄덕였다. 그런 사건은 전혀 기억에 없었지만, 상대의 말에 맞출 수밖에 없다.

"피비린내 나는 사건이었어. 다섯 정의 칼라시니코프 AK47을 구식 6연발 리볼버로 상대하다니. 그래서야 애초에 싸움이 안 되지. 가엾은 경찰 세 사람이 재봉틀로 박은 것처럼 너덜너덜해졌지. 자위대 특수 공수부대가 즉각 헬리콥터로 들이닥쳤어. 경찰의 체면이 말이 아니었지. 그다음에 곧바로 나카소네 수상이 작심하고 경찰력을 강화하기로 했어. 기구의 대폭적인 개편에 착수하고 특수 총기부대가 설치되면서 일반 경찰도 고성능 오토매틱 권총을 휴대하게 되었고. 베레타 모델 92. 쏴본 적 있어?"

아오마메는 고개를 저었다. 설마. 그녀는 공기총조차 쏴본 적이 없다.

"나는 쏴봤어." 다마루는 말했다. "15연발 오토매틱이었지. 9밀리 파라벨룸 탄환을 사용해. 평판이 좋은 총기여서 미국 육군에서도 채택했어. 가격이 저렴한 건 아니지만, 시그나 글록만큼 비싸지는 않은 게 장점이야. 다만 아마추어가 쉽게 다룰 수 있는 권총이 아니지. 이전의 리볼버는 무게가 490그램밖에 안 됐는데 베레타는 850그램이나 되니까 제법 묵직해. 그런 걸 훈련이 부족한 일본 경찰에게 쥐어줘봤자 전혀 도움이 안 돼. 이렇게 북적거리는 도시에서 섣부르게 고성능 권총을 쏴아댔다가는 애꿎은 일반 시민들만 다치기 십상이야."

"그런 걸 어디서 쏴봤어요?"

"뭐, 흔한 스토리지. 어느 날 옹달샘 가에서 하프를 튕기고 있었더니 어디선가 요정이 나타나 베레타 모델 92를 내게 주면서 시험 삼아 저기 있는 하얀 토끼를 쏴보라고 하더라구."

"농담 말고, 진지하게요."

다마루는 입가의 주름이 조금 더 깊어졌다. "나는 진지한 얘기 아니면 안 해." 그가 말했다. "아무튼 경찰의 권총과 제복이 새롭게 바뀐 건 이 년 전 봄이야. 정확히 지금 이맘때쯤. 질문에 대한 답이 되었나?"

"이 년 전." 그녀는 반복했다.

다마루는 다시 한번 날카로운 시선을 아오마메에게 던졌다. "이봐, 마음에 걸리는 게 있으면 나한테 말하는 게 좋아. 경찰이 뭔가 관련된 거야?"

"그런 거 아니구요." 아오마메는 말했다. 그리고 양손의 손가락을 허공에서 살랑살랑 흔들었다. "그냥 제복이 좀 마음에 걸렸어요. 언제 바뀌었나 하고."

한동안 침묵이 이어지고 두 사람의 대화는 거기에서 저절로 멈추었다. 다마루는 다시 한번 오른손을 내밀었다. "무사히 끝나서 다행이야." 그는 말했다. 아오마메는 그 손을 꼭 쥐었다. 이 남자는 알고 있는 것이다. 사람의 목숨과 관련된 엄격한 작업 뒤에는 육체의 접촉을 수반하는 따스하고 조용한 격려가 필요하다는 것을.

"휴가를 내." 다마루는 말했다. "때로는 멈춰 서서 심호흡을 하고 머리를 텅 비우는 것도 필요해. 보이프렌드와 괌에라도 다녀와."

아오마메는 자리에서 일어나 숄더백을 어깨에 메고 요트파카의 후드를 바로잡았다. 다마루도 일어섰다. 키는 결코 크지 않지만 그가 일어서면 마치 그곳에 돌벽이 생긴 것 같다. 항상 그 긴밀한 질감에 놀란다.

그녀가 걸어가는 것을 다마루는 등뒤에서 지그시 바라보고 있었다. 아오마메는 걸음을 옮기는 내내 그 시선을 등뒤로 느꼈다. 그래서 턱을 바짝 당기고 등을 꼿꼿이 세우고 똑바로 한 줄기 선을 더듬듯 빈틈없는 걸음걸이로 걸었다. 하지만 눈에 보이지 않는 곳에서 그녀는 혼란에 빠져 있었다. 자신이 인지하지 못하는 곳에서 자신이 인지하지 못하는 일들이 차례차례 일어나고 있다. 조금 전까지 세계는 그녀의 손안에 들어 있었다. 이렇다 할 파탄도 모순도 없이. 하지만 그것이 지금은 조각조각 흩어지려 하고 있다.

모토스 호수의 총격전? 베레타 모델 92?

대체 이게 무슨 이야기인가. 그런 중요한 뉴스를 아오마메가 놓칠 리 없다. 이 세계의 시스템이 어딘가에서 헝클어지기 시작하고 있다. 걸으면서 그녀의 두뇌는 계속해서 빠르게 회전했다. 이게 무슨 일이건, 어떻게든 다시 이 세계를 하나로 묶지 않으면 안 된다. 거기에 앞뒤가 맞는 이론을 넣어주어야 한다. 그것도 빠른 시간 내에. 그러지 않으면 말도 안 되는 일이 일어날지도 모른다.

아오마메의 내면에 혼란이 일고 있다는 것을 다마루는 아마도 간파했을 터다. 조심스럽고 직감이 뛰어난 남자다. 그리고 위험한 남자이기도 하다. 다마루는 노부인에게 깊은 경의를 품고 충성을 다하고 있다. 그녀의 안전을 위해서라면 웬만한 일은 다 할 것이다. 아오마메와 다마루는 서로를 인정하고 있고 서로에게 호의를 품고 있다. 적어도 호의 비슷한 것을. 하지만 아오마메의 존재가 어떤 이유로든 노부인을 위한 것이 되지 않는다고 판단한다면 그는 망설임 없이 아오마메를 잘라내고 처분할 것이다. 매우 실무적으로. 하지만 그렇다고 다마루를 비난할 수는 없다. 결국은 그것이 그의 임무니까.

아오마메가 정원을 가로질러 내려가자 문이 열렸다. 그녀는 감시카메라를 향해 최대한 상냥하게 웃으며 슬쩍 손을 흔들었다. 아무 일도 없었다는 듯이. 담장 밖으로 나서자 등뒤에서 천천히 문이 닫혔다. 아자부의 급한 비탈길을 내려가며 아오마메는 이제부터 자신이 해야 할 일을 정리하고 그 리스트를 만들었다. 면밀하게. 그리고 요령 있게.

제8장 덴고

Q

모르는 곳에 가서 모르는 누군가를 만나다

많은 사람들은 일요일 아침을 휴식의 상징으로 생각한다. 하지만 소년시절을 통틀어 덴고가 일요일 아침을 기꺼운 것으로 생각했던 적은 한 번도 없었다. 일요일은 항상 그의 기분을 우울하게 했다. 주말이 되면 몸이 찌뿌둥하게 무겁고 식욕이 떨어지고 여기저기가 아파왔다. 덴고에게 일요일은 캄캄한 뒷면만을 보여주는 일그러진 달 같은 것이었다. 일요일이 오지 않으면 얼마나 좋을까 하고 소년시절의 덴고는 매번 생각했다. 날마다 학교에 가고 쉬는 날 따위는 없다면 얼마나 즐거울까. 일요일이 오지 않기를, 하고 기도도 했다. 물론 그런 기도가 받아들여진 일은 없었지만. 어른이 되고 일요일이 더이상 현실적인 위협이 아니게 된 요즘도 일요일 아침에 눈을 뜨면 이유없이 암울한 기분이 들곤 한다. 몸의 마디마디에서 삐걱거림을 느끼고, 때로는 속이 메슥거리기까지 한다. 그런 반응이 마음속에 배어버린 것이다. 아마도 깊은 무의식의 영역에까지.

NHK 수금원으로 일하던 아버지는 일요일이 되면 아직 어린 덴고를 앞세우고 수금에 나섰다. 그것은 유치원에 들어가기 전부터 시작되어 그가 초등학교 5학년이 될 때까지, 일요일에 특별한 학교행사가 있을 때를 빼고는 한 번의 예외도 없이 계속되었다. 아침 7시에 일어나면 아버지는 덴고에게 얼굴을 비누로 깨끗이 씻으라고 하고 귀와 손톱을 꼼꼼히 점검하고 최대한 청결한(하지만 화려하지는 않은) 옷을 입히고 나중에 맛있는 것을 사주겠다고 약속했다.

 다른 NHK 수금원들이 휴일에도 일을 했었는지 어쨌는지 덴고는 알지 못한다. 하지만 그가 기억하는 한 아버지는 일요일에는 반드시 일을 했다. 오히려 평일보다 더 열심히 일했다. 평일에 집을 비우는 사람들을 일요일에는 붙잡을 수 있었기 때문이다.

 그가 어린 덴고를 수금에 데리고 다니는 데는 몇 가지 이유가 있었다. 어린 덴고를 혼자 집에 둘 수는 없다, 라는 것이 한 가지 이유였다. 평일과 토요일은 보육원이나 유치원, 초등학교에 맡길 수 있지만, 일요일은 그런 곳이 모두 문을 닫는다. 그리고 아버지가 어떤 일을 하고 있는지 아들에게 보여줄 필요가 있다, 라는 것이 또 하나의 이유였다. 우리집 살림을 어떤 노력으로 꾸려나가는지, 노동이라는 게 어떤 것인지, 어릴 때부터 알아두어야 한다는 것이었다. 아버지 역시 철이 들 무렵부터 일요일이고 뭐고 없이 밭일에 쫓기며 자랐다. 농사일이 바쁜 시기에는 학교도 쉬어야 했다. 그런 생활은 아버지에게는 당연한 삶의 방식이었다.

 세번째이자 마지막 이유는 보다 타산적인 것이었고, 그래서 더더욱 덴고의 마음속에 깊은 상처를 입혔다. 어린아이를 데리고 다니면 수금하기가 쉽다는 것을 아버지는 잘 알고 있었다. 어린 자식의 손을 잡고 찾아온 수금원을 향해 "그런 돈은 낼 수 없으니 그냥 가세요"라고 말하기는 어려운 법이다. 그 아이가 빤히 올려다보기라도 하면 많은 사람들은 전혀 낼 생각이 없던 돈도 내주게 된다. 그래서 아버지는 일요일에는 특히 수금하기 어려운 집이 많은 루트를 돌았다. 자신에게 그런 역할을 기대한다는 것을 덴고는 처음부터 감지하고 있었다. 그리고 그것이 싫어서 견딜 수가 없었다. 하지만 한편으로는 아버지를 기쁘게 해주기 위해 그 나름의 지혜를 발휘하여 기대하는 연기를 해내지 않으면 안 되었다. 마치 장사꾼을 따라다니며 재주를 부리는 원숭이처럼. 아버지를 기쁘게 해주면 덴고는 그날 하루 다정한 대우를 받았다.

덴고에게 유일한 구원은 아버지가 담당한 구역이 집에서 얼마간 떨어진 동네라는 것이었다. 덴고의 집은 이치카와 시 변두리의 주택가였지만, 아버지의 담당구역은 시내 중심지였다. 학군도 달랐다. 그래서 유치원이나 초등학교 친구들의 집에 수금하러 찾아가는 것만은 가까스로 피할 수 있었다. 그래도 시내 번화가를 돌다보면 어쩌다 반 친구와 마주치는 일이 있었다. 그런 때는 잽싸게 아버지 뒤에 숨어 친구에게 들키지 않도록 했다.

같은 반 친구들의 아버지는 거의 대부분 도쿄 도심에 통근하는 샐러리맨이었다. 그들은 이치카와 시를 우연한 사정으로 지바 현에 편입된 도쿄 도의 일부라는 식으로 생각했다. 월요일 아침이면 친구들은 일요일에 자신들이 어디에 가서 무엇을 했는지 열을 내어 서로 이야기했다. 그들은 유원지나 동물원이나 야구장에 갔다. 여름에는 미나미보소에 수영하러 가고 겨울에는 스키를 타러 갔다. 아버지가 운전하는 차로 드라이브를 하고 혹은 등산도 했다. 그들은 그런 경험을 열심히 이야기하고 다양한 장소에 대한 정보를 교환했다. 하지만 덴고에게는 아무것도 말할 게 없었다. 그는 관광지에도 유원지에도 간 적이 없었다. 일요일은 아침부터 해질녘까지 아버지와 함께 낯선 집의 벨을 누르고 문 밖에 나온 사람에게 머리를 숙이며 돈을 받았다. 내지 않겠다는 사람이 있으면 어르고 달랬다. 자기주장을 펼치는 사람이 있으면 말씨름을 벌였다. 떠돌이 개처럼 욕을 얻어먹는 일도 있었다. 그런 얘기를 친구들 앞에서 떠벌릴 수는 없었다.

초등학교 3학년 때, 덴고의 아버지가 NHK 수금원이라는 사실을 반 친구들 모두가 다 알게 되었다. 아마도 아버지와 수금하러 다니는 모습을 누군가가 보았던 것이리라. 아무튼 일요일마다 아침부터 해질녘까지 아버지 뒤를 따라 시내를 샅샅이 돌아다녔으니까. 누군가가 목격하는 건 당연한 귀결이었다(아버지 뒤에 숨기에 덴고는 이미 지나치게 커버렸다). 그때까지 다들 모르고 있었다는 게 오히려 놀라울 지경이다.

그리고 그는 'NHK'라는 별명으로 불리게 되었다. 화이트칼라 중산층의 아이들이 모인 사회에서 그는 하나의 '별종'이 되지 않을 수 없었다. 다른 아이들에게는 당연한 일들 대부분이 덴고에게는 당연하지 않았기 때문이다. 덴고는 그들과는 다른 세계에서 살고 다른 생활을 했다. 덴고는 학교 성적은 뛰어나게 좋았고 운동도 잘했다. 덩치도 크고 힘도 셌다. 교사에게도 주목을 받았다. 그래서 '별종'이었어도 반에서 따돌림을 당하는 일은 없었다. 오히려 매사에 실력을 인정받는 존재였다. 하지만 이번 일요일에는 어디어디에 가자, 우리집에 놀러와라, 라고 누군가 청해도 거기에 응할 수가 없었다. "이번 일요일에 친구네 집에서 모임이 있는데"라고 아버지에게 말해봤자 상대도 해주지 않는다는 건 일찌감치 알고 있었다. 미안하지만 일요일은 안 된다고 거절할 수밖에 없었다. 몇 번을 거절하다보니, 당연한 일이지만 아무도 덴고에게는 그런 말을 하지 않게 되었다. 문득 그는 자신이 어떤 그룹에도 속하지 못하고 늘 외톨이라는 사실을 깨달았다.

일요일에는 무슨 일이 있어도 덴고는 아버지와 함께 아침부터 해질녘까지 수금 루트를 돌아야 했다. 그것은 절대적인 룰이고, 거기에는 예외도 변경의 여지도 없었다. 감기에 걸려 기침이 멈추지 않아도, 약간 열이 있어도, 배가 아파도 아버지는 절대 봐주지 않았다. 그런 때, 아버지 뒤를 허청허청 따라가며 이대로 쓰러져 죽었으면 좋겠다고 생각했다. 그러면 아버지도 어쩌면 조금쯤은 자신의 행위를 반성하리라. 아직 어린 아이에게 너무 심하게 대했구나, 하고. 하지만 덴고는 다행인지 불행인지 강건한 몸을 타고났다. 열이 나도, 배가 아파도, 속이 메슥거려도 쓰러지는 일도 의식을 잃는 일도 없이 아버지와 함께 길고 긴 수금 루트를 돌았다. 우는소리 한마디 하지 않고.

덴고의 아버지는 종전되던 해에 만주에서 무일푼으로 귀환했다. 도호쿠 지역 농가의 셋째아들로 태어나 동향 친구들과 함께 만몽(滿蒙) 개척단에 끼어 만주로 건너갔었다. 만주는 왕도낙토(王道樂土)이고 토지는 넓고 비옥하니 그곳에 가기만 하면 넉넉하게 살 수 있다는 정부의 선전에 홀딱 넘어갔던 게 아니었다. 왕도낙토 따위는 어디에도 없다는 것쯤은 미리부터 알고 있었다. 다만 그들은 가난하고 굶주려 있었다. 시골에 남아 있어도 아사 직전의 생활밖에는 못할 것이고, 세상은 지독한 불경기로 실업자가 넘쳐났다. 도시에 나가봤자 제대로 된 일자리를 구할 전망도 없다. 그렇다면 만주에 건너가는 것밖에는 목숨을 부지할 길이 없다. 유사시에는 총을 잡을 수 있는 개척농민으로서 기초 병사훈련을 받고, 만주 농업 현황에 대해 얼렁뚱땅 교육을 받고, 만세삼창 배웅을 받으며 고향을 뒤로한 채, 중국 다롄에서 기차로 만몽 국경 근처까지 실려갔다. 거기서 경지와 농구와 소총을 지급받고 동료들과 함께 농사를 지었다. 돌투성이의 헐벗은 땅이었다. 겨울에는 모든 게 꽝꽝 얼어붙었다. 먹을 게 없어서 들개까지 잡아먹었다. 그래도 처음 몇 년 동안은 정부의 보조도 있어서 겨우겨우 그 땅에서 목숨을 부지할 수 있었다.

1945년 8월, 이제야 겨우 자리가 잡히는가 싶던 참에 소비에트 군이 중립조약을 파기하고 전면적인 공격을 감행해왔다. 유럽전선을 동결시킨 소비에트 군은 시베리아 철도를 이용하여 대규모 병력을 극동으로 이동시켜 국경선을 넘기 위한 준비를 착착 갖추고 있었다. 아버지는 작은 인연으로 알게 되어 친하게 지내던 한 관리에게서 그런 절박한 정세를 은밀히 얻어듣고 소비에트 군의 공격을 미리 알고 있었다. 체제가 약해진 관동군은 도저히 버틸 수 있을 것 같지 않다, 유사시에는 맨몸으로라도 즉시 도망칠 수 있게 미리 준비해두라고 그 관리는 귀엣말을 해주었다. 도망은 빠르면 빠를수록 좋다는 것이었다. 그래서 소비에트 군이 국경을 넘어선 듯하다는 뉴스가 들리자

마자 준비해둔 말을 타고 역으로 내달려 다롄으로 향하는 기차의 뒤에서 두번째 칸에 올라탔다. 동료들 중에 그해 안에 무사히 일본으로 돌아온 건 아버지 한 사람뿐이었다.

종전 후 아버지는 도쿄에 나가 암시장에서 장사도 하고 목수를 따라다니기도 했지만 모두 신통치 않았다. 제 한 몸 입에 풀칠이나 하는 게 고작이었다. 1947년 가을 아사쿠사에서 술집 배달 일을 할 때 만주 시절의 지인을 우연히 길에서 만났다. 소비에트와의 전쟁이 멀지 않았다는 정보를 슬쩍 일러준 그 관리였다. 그는 만주로 발령을 받아 거기서 우편국 일을 했었지만 이제는 일본에 돌아와 옛 직장인 체신청에 근무하고 있었다. 같은 고향 사람이라는 것도 있고, 또한 튼튼하고 부지런한 사람이라는 것도 알고 있었던지, 그는 덴고의 아버지에게 호감을 품고 있었던 모양이다. 같이 밥이나 먹자고 권했다.

그는 덴고의 아버지가 제대로 된 직장을 구하지 못한 채 고생하고 있는 것을 알고 NHK 수금원으로 일해보겠느냐고 말했다. 그 부서에 친한 사람이 있으니 소개해줄 수 있다. 그렇게 해주시면 고맙지요, 라고 아버지는 말했다. NHK가 어떤 곳인지 잘 알지 못했지만, 고정수입이 있는 자리라면 어디든 좋았다. 그가 소개장을 써주고 보증인까지 되어주었다. 덕분에 아버지는 간단히 NHK 수금원이 될 수 있었다. 강습을 받고 제복을 지급받고 할당량이 주어졌다. 사람들은 조금씩 전쟁의 충격에서 다시 일어나 곤궁한 생활 속에서나마 오락을 원하고 있었다. 라디오가 제공해주는 음악과 코미디, 스포츠는 가장 친근하고도 값싼 오락이었다. 전쟁 전과 비교할 수 없을 만큼 라디오가 널리 보급되었다. NHK에서는 청취료를 걷으러 돌아다니는 현장직원이 많이 필요했다.

덴고의 아버지는 맡은 일에 그야말로 열과 성을 다했다. 그의 강점은 몸이 튼튼하다는 것, 참을성이 있다는 것이었다. 태어나서 이날 이때까지 밥을 배불리 먹어본 적이 거의 없는 그런 사람에게 NHK 수금 업무는 그리 힘든 일이 아니었다. 아무리 험한 욕을 얻어먹어도 그런 건 별일도 아니다. 게다가 말단이라고는 해도 거대한 조직에 속해 있다는 것에 그는 큰 만족을 느꼈다. 실적에 따라 보수가 달라지고 신분보장도 없는 위탁수금원으로 일 년여를 일한 후, 실적이 좋고 근무태도가 우수했기 때문에 그대로 NHK 정규 수금직원으로 채용되었다. 그건 NHK 관례에서 보자면 이례적인 발탁이었다. 거기에는 수금 난이도가 특별히 높은 지역에서 뛰어난 실적을 올린 것도 있었지만, 보증인이 되어준 체신청 관리의 후광도 작용했다. 기본급여가 정해지고 거기에 각종 수당이 딸려나왔다. 사택에 들어가고 건강보험에도 가입할 수 있었다. 잠깐 쓰고 내팽개치는 대부분의 일반 위탁수금원과는 그 대우가 하늘과 땅만큼 차이가 났다. 그건 그의 인생에서 만난 최대의 행운이었다. 뭐가 어찌 되었건 드디어 토템 폴*의 맨 아랫단에 자리를 잡은 것이다.

그것이 덴고가 아버지에게서 지겨울 만큼 들어야 했던 이야기다. 아버지는 자장가도 불러주지 않았고 베갯머리에서 동화를 읽어주지도 않았다. 그 대신 자기가 지금까지 실제로 경험해온 것을 거듭거

---

* totem pole : 북아메리카 원주민이 만든 조각 기둥으로, 다양한 동물과 자연물을 조각하여 그 것을 소유하는 집단의 출신이나 명칭, 사회적 권리와 의무를 보여주는 상징적인 기능을 했다.

듭 들려주었다. 도호쿠의 가난한 소작농 집안에서 태어나 노동과 구타로 개처럼 키워져 개척단의 일원으로 만주에 건너가, 오줌발이 채 땅에 닿기도 전에 꽝꽝 얼어붙는 땅에서 총을 들고 마적과 늑대 떼에 시달리며 황무지를 경작하고, 소비에트 전차군단을 피해 목숨이 오락가락할 만큼 아슬아슬하게 도망쳐서, 시베리아 수용소에 끌려가지 않고 무사히 귀국한 뒤에는 주린 배를 부여잡고 전후의 북새통을 뚫고 살아남아서, 우연의 인도를 받아 천만다행으로 NHK 정규 수금원이 될 때까지의 이야기다. NHK 수금원이 되었다는 것이 그의 이야기의 궁극적인 해피엔딩이었다. 이야기는 거기서 행복하게 잘 살았습니다. 라고 끝난다.

아버지는 그런 이야기를 하는 데 꽤 능숙했다. 어디까지가 사실인지 확인해볼 도리는 없지만 일단 이야기 줄거리는 아귀가 맞아떨어졌다. 그리고 함축성이 있다고까지는 할 수 없지만, 디테일이 생생하고 어조에 색채감이 넘쳤다. 유쾌한 이야기가 있고 숙연해지는 이야기가 있고 난폭한 이야기가 있었다. 입이 헤벌어지게 어처구니없는 이야기가 있고 몇 번을 들어도 이해가 안 되는 이야기가 있었다. 만일 인생이 에피소드의 다채로움에 의해 측량되는 것이라면, 그의 인생은 나름대로 풍성한 것이었다고 할 수 있을지도 모른다.

그런데 NHK 정규직원으로 채용된 그다음으로 넘어가면 아버지의 이야기는 왠지 급격하게 색채감과 리얼리티를 잃었다. 그가 하는 이야기는 세부가 빠져버리고 조리 있게 정리가 되지 않았다. 그건 그에게는 따로 말할 것도 없는 후일담인 모양이었다. 그는 어느 여자를 알게 되었고 결혼했고 아이 하나를 얻었다. 그 아이가 덴고다. 그리

고 어머니는 덴고를 낳은 지 몇 달 만에 병을 얻어 갑자기 죽어버렸
다. 그 이후로 그는 재혼하는 일도 없이 NHK 수금원으로서 근면하
게 일하며 남자 손으로 덴고를 키웠다. 그리고 지금에 이르렀다. 끝.

그가 어떤 경위로 덴고의 엄마를 만났고 결혼까지 하게 되었는가,
그녀는 어떤 여성이었는가, 사인은 무엇이었는가(그녀의 죽음은 덴
고의 출산과 관련이 있는 것인가), 그녀의 죽음은 비교적 안온한 것
이었는가, 혹은 고통스러운 것이었는가, 그런 얘기에 들어가면 아버
지는 거의 아무것도 설명해주지 않았다. 덴고가 질문을 해도 말을 돌
려 얼버무리고 대답하지 않았다. 대부분의 경우 부루퉁하게 입을 꾹
다물었다. 어머니의 사진은 한 장도 남겨져 있지 않았다. 결혼식 사
진도 없었다. 결혼식을 올릴 만한 여유도 없었고 사진기도 없었어,
라고 아버지는 설명했다.

하지만 덴고는 아버지의 말을 기본적으로 믿지 않았다. 아버지는
사실을 감추고 이야기를 다르게 지어내고 있다. 어머니는 덴고를 낳
고 몇 달 만에 죽은 것이 아니다. 그에게 남겨진 기억 속에서는 그가
한 살 반이 될 때까지 어머니는 살아 있었다. 그리고 덴고가 잠자는
곁에서 아버지가 아닌 남자를 끌어안고 정을 나누었다.

그의 어머니는 블라우스를 벗고 하얀 슬립의 어깨끈을 내리고 아버지
아닌 남자에게 젖꼭지를 빨리고 있다. 덴고는 그 곁에서 색색 숨소리를 내
며 자고 있다. 하지만 동시에 덴고는 잠들지 않았다. 그는 어머니의 모습을
보고 있다.

그것이 덴고가 가진 어머니의 기념사진이었다. 그 십여 초의 정경
은 그의 뇌리에 또렷하게 낙인으로 찍혀 있다. 그것은 그가 손에 쥔

어머니에 대한 단 하나의 구체적인 정보였다. 덴고의 의식은 그 이미지를 통해 가까스로 어머니와 연결되었다. 가설의 탯줄로 이어졌다. 그의 의식은 기억의 양수에 둥둥 떠서 과거로부터의 메아리를 알아들었다. 하지만 아버지는 덴고가 그런 광경을 선명하게 머리에 새겨두고 있다는 것을 알지 못했다. 그가 그 정경의 단편을 들판의 소처럼 한없이 되새김질하고 거기에서 중요한 자양분을 얻고 있다는 것을 알지 못했다. 아버지와 아들은 저마다 깊고도 어두운 비밀을 껴안고 있었다.

상쾌하게 맑은 일요일 아침이었다. 하지만 불어오는 바람은 쌀쌀함을 품고, 4월 중순이라도 계절이 간단히 되돌아간다는 것을 가르쳐주고 있었다. 덴고는 얇은 검은색 라운드넥 스웨터 위에 학생 때부터 줄기차게 입어온 헤링본 재킷을 걸치고 베이지색 치노 바지에 갈색 허시퍼피 구두를 신었다. 구두는 비교적 새것이었다. 그것이 그가 할 수 있는 가장 단정한 차림이었다.

덴고가 주오 선 신주쿠 역의 다치카와 방면 플랫폼 가장 앞쪽에 도착했을 때, 후카에리는 이미 그곳에 와 있었다. 그녀는 혼자 벤치에 앉아 꿈쩍도 하지 않은 채 눈을 가느스름하게 하고 허공을 쳐다보고 있었다. 아무리 봐도 여름옷으로만 보이는 프린트지 면 원피스 위에 두툼한 풀색 겨울 카디건을 걸치고 맨발에 색 바랜 회색 운동화를 신고 있었다. 계절로 봐서는 적잖이 이상한 조합이었다. 원피스는 너무 얇고 카디건은 너무 두툼했다. 하지만 그런 차림새를 그녀가 하고 있으니 딱히 이질감은 느껴지지 않았다. 그런 부조화로 이 소녀는 자기 나름의 세계관을 표현하고 있는지도 모른다. 어쩌면 그렇게 보이기도 했다. 하지만 그녀는 아마도 별 생각 없이 아무렇게나 골라 입었을 뿐이리라.

그녀는 신문도 읽지 않고 책도 읽지 않고 워크맨도 듣지 않고 그저 조용히 그곳에 앉아 크고 검은 눈으로 지그시 앞쪽을 바라보고 있었다. 뭔가를 응시하는 것 같기도 하고 아무것도 보고 있지 않은 것 같기도 했다. 뭔가를 생각하는 것 같기도 하고 아무것도 생각하지 않는 것 같기도 했다. 멀리서 보면, 특별한 소재를 사용하여 매우 사실적으로 정교하게 만든 조각처럼도 보였다.

"오래 기다렸니?" 덴고는 물었다.

후카에리는 덴고의 얼굴을 보고는 고개를 겨우 몇 센티미터 가로저었다. 그 검은 눈에는 비단 같은 선명한 반짝임이 있었지만, 전에 만났을 때와 마찬가지로 표정은 전혀 없었다. 현재로서 그녀는 누구와도 그다지 말을 나누고 싶지 않은 것처럼 보였다. 그래서 덴고도 대화를 이어가려는 노력은 관두고 아무 말 없이 그녀의 옆자리에 앉았다.

전철이 들어오자 후카에리는 조용히 일어섰다. 그리고 두 사람은 전철에 올랐다. 휴일의 다카오 행 쾌속전철에는 승객이 적었다. 덴고와 후카에리는 나란히 자리에 앉아 맞은편 창문 밖을 스쳐가는 도시의 정경을 말없이 바라보았다. 후카에리가 여전히 입을 열지 않았기 때문에 덴고도 침묵을 지켰다. 그녀는 이제부터 다가올 삼엄한 추위에 대비하듯이 카디건 깃을 단단히 여미고 정면을 향해 입술을 반듯하게 다물고 있었다.

덴고는 가져온 문고본을 꺼내 읽으려다가 잠깐 망설인 끝에 그만 뒀다. 그는 문고본을 호주머니에 다시 넣고 후카에리를 따라하는 모양새로 두 손을 무릎 위에 얹고 그저 멍하니 앞쪽에 시선을 던졌다. 생각에 잠겨볼까 했지만, 생각해야 할 게 하나도 떠오르지 않았다. 한동안 「공기 번데기」의 개작에 집중했던 탓에 머리가 제대로 된 사고를 거부하는 듯했다. 머릿속 어딘가에 뒤엉킨 실 같은 덩어리가 있었다.

덴고는 창밖을 흘러가는 풍경을 바라보고 레일이 내는 단조로운 소리에 귀를 기울였다. 주오 선은 마치 지도에 자를 대고 한 줄기 선을 그은 것처럼 곧게 한없이 이어졌다. 아니, 마치니 처럼이니 할 것도 없이 당시 사람들은 분명 정말로 그렇게 이 노선을 만들었을 것이다. 간토 평야의 이 지역에는 이렇다 할 지형적 장애물이 하나도 없다. 그래서 사람이 인지할 만한 커브도 높낮이도 없고 교각도 터널도 없는 노선이 만들어졌다. 잣대 하나면 충분하다. 전철은 목적지를 향해 일직선으로 그저 내달릴 뿐이다.

어디쯤부터였을까, 알지 못하는 사이에 덴고는 잠이 들었다. 진동을 느끼고 눈을 떴을 때, 전철은 서서히 속도를 늦추며 오기쿠보 역에 정차하는 참이었다. 짤막한 잠이었다. 후카에리는 똑같은 자세 그대로 정면을 빤히 바라보고 있었다. 하지만 그녀가 실제로 어떤 것을 바라보는지, 덴고는 알지 못했다. 다만 뭔가에 집중하고 있는 그 분위기로 봐서 아직은 전철에서 내릴 생각이 없는 모양이었다.

"너는 평소에 어떤 책을 읽지?" 덴고는 심심함을 견디지 못해 전철이 미타카를 지났을 즈음 그렇게 물었다. 그건 언젠가 후카에리에게 물어보고 싶었던 것이었다.

후카에리는 덴고를 흘끔 쳐다보고, 그러고는 다시 얼굴을 정면으로 향했다. "책은 안 읽어요." 그녀는 간결하게 대답했다.

"전혀?"

후카에리는 짧게 고개를 끄덕였다.

"책읽기에 흥미가 없어?" 덴고는 물었다.

"읽는 데 시간 걸려요." 후카에리는 대답했다.

"읽는 데 시간이 걸려서 책을 안 읽어?" 덴고는 이해하지 못하고 되물었다.

후카에리는 정면을 향한 채 딱히 대답은 해주지 않았다. 그건 아무래도 굳이 부정은 하지 않겠다는 의사표명인 모양이었다.

물론 일반적으로 말해 한 권의 책을 읽자면 나름대로 시간이 걸린다. 텔레비전을 보는 것이나 만화를 읽는 것과는 다르다. 독서라는 건 비교적 긴 시간 속에서 이루어지는 지속적인 행위이다. 하지만 후카에리의 "시간이 걸린다"라는 표현에는 그런 일반론과는 약간 다른 뉘앙스가 담겨 있는 것 같았다.

"시간이 걸린다는 건 말하자면…… 굉장히 시간이 걸린다는 얘기?" 덴고는 물었다.

"굉장히." 후카에리는 잘라 말했다.

"보통사람보다 훨씬 더 오래?"

후카에리는 깊이 고개를 끄덕였다.

"그럼 학교에서 힘들지 않아? 수업을 할 때는 여러 책을 읽어야할 텐데 그렇게 시간이 걸린다면."

"읽는 척해요." 그녀는 아무렇지도 않게 말했다.

덴고의 머릿속 어딘가에서 불길한 노크 소리가 들렸다. 가능하다면 그런 소리는 듣지 못한 것으로 치고 그냥 넘어가고 싶었으나 그럴 수는 없었다. 그는 사실을 알지 않으면 안 된다.

덴고는 질문했다. "네가 말하는 건 그러니까 디스렉시아 같은 건가?"

"디스렉시아." 후카에리는 반복했다.

"난독증."

"그렇다는 말을 들은 적이 있어요. 디스……"

"누구에게 그런 말을 들었지?"

소녀는 가볍게 어깨를 움츠렸다.

"그러니까……" 덴고는 손으로 뭔가를 더듬듯이 단어를 찾았다. "어렸을 때부터 계속 그랬어?"

후카에리는 고개를 끄덕였다.

"그렇다면 지금까지 소설 같은 것도 거의 안 읽었겠네."

"내가 직접은." 후카에리는 말했다.

이것으로 그녀가 쓴 글이 어떤 작가의 영향도 받지 않았다는 데 대한 설명은 되었다. 앞뒤가 잘 맞아떨어지는 훌륭한 설명이다.

"스스로는 읽지 않았다." 덴고는 말했다.

"다른 사람이 읽어줬어요." 후카에리는 말했다.

"아버지나 어머니가 소리 내어 책을 읽어준 거야?"

후카에리는 거기에는 대답하지 않았다.

"하지만 읽을 수는 없어도 쓰는 건 괜찮은 거네." 덴고는 조심스레 물었다.

후카에리는 고개를 저었다. "쓰는 것도 시간 걸려."

"굉장히 시간이 걸려?"

후카에리는 다시 슬쩍 어깨를 움츠렸다. 예스, 라는 뜻이다.

덴고는 몸의 위치를 바꿔 앉았다. "그렇다면 어쩌면 「공기 번데기」는 네가 직접 문장을 쓴 게 아닐 수도 있겠구나."

"나는 쓰지 않았어요."

덴고는 몇 초 동안 틈을 두었다. 묵직한 몇 초였다. "그러면 누가 썼지?"

"아자미." 후카에리는 말했다.

"아자미는 누구지?"

"두 살 아래."

다시 한번 짧은 공백이 있었다. "그애가 너 대신 「공기 번데기」를 썼다고?"

후카에리는 지극히 당연하다는 듯 고개를 끄덕였다.

덴고는 열심히 머리를 굴렸다. "그러니까 네가 이야기를 하고 그걸 아자미가 받아썼다. 그런 얘기인가?"

"타이핑해서 출력했어요." 후카에리는 말했다.

덴고는 입술을 깨물면서, 제시된 몇 가지 사실을 머릿속에 열거하고 전후좌우를 정비했다. 그러고는 말했다. "그러니까 아자미가 그 출력한 것을 문예지 신인상에 응모한 거구나. 아마 너한테는 비밀로 하고 「공기 번데기」라는 제목을 붙여서."

후카에리는 예스라고도 노라고도 판단할 수 없는 방식으로 고개를 갸웃 기울였다.

하지만 반론은 없었다. 대략 맞다는 것이리라.

"아자미는 네 친구야?"

"함께 살아요."

"여동생?"

후카에리는 고개를 저었다. "선생님 딸."

"선생님……" 덴고는 말했다. "그 선생님도 너하고 함께 살고 있다는 건가?"

후카에리는 고개를 끄덕였다. 새삼 왜 그런 걸 묻느냐는 듯이.

"내가 지금 만나러 가는 게 분명 그 선생님이겠구나."

후카에리는 덴고 쪽으로 얼굴을 돌리고 저 멀리 구름의 흐름을 관찰하는 듯한 눈빛으로 잠시 그의 얼굴을 바라보았다. 혹은 기억력 나쁜 개의 활용법을 고민하는 듯한 눈빛으로. 그러고는 고개를 끄덕였다.

"우리는 선생님을 만나러 가요." 그녀는 표정이 결여된 목소리로 말했다.

대화는 거기서 우선 끝났다. 덴고와 후카에리는 다시 한동안 입을 다물고 둘이 나란히 차창 밖을 쳐다보았다. 미끈하게 평평한 대지에 별다른 특징도 없는 건물들이 한없이 늘어서 있었다. 무수한 텔레비전 안테나가 벌레의 더듬이처럼 하늘을 향해 삐쭉 솟아 있었다. 저곳에서 살아가는 사람들은 NHK 수신료를 제대로들 내고 있을까. 일요일이면 덴고는 걸핏하면 수신료에 대해 생각하고 만다. 그런 거 생각하고 싶지도 않은데 생각하지 않을 수가 없다.

오늘, 이 몹시 청명한 4월 중순 일요일 아침에 그다지 유쾌하다고
는 말하기 어려운 몇 가지 사실이 밝혀졌다. 우선 첫째로 후카에리
는 자신이 직접 「공기 번데기」를 쓴 게 아니다. 그녀가 한 말을 그대
로 믿는다면(믿어서는 안 될 이유가 현재로서는 떠오르지 않는다),
후카에리는 그저 이야기를 했고 그걸 다른 여자애가 받아 적었다. 성
립과정으로만 보자면 『고지키(古事記)』나 『헤이케 이야기(平家物語)』
등의 구비문학과 똑같다. 그 사실은 덴고가 「공기 번데기」의 문장에
손을 대는 데 대한 죄의식을 얼마간 경감시켜주기는 했지만, 전체적
으로 보자면 사태를 더욱더—정확히 말하자면 옴짝달싹도 못할 만
큼—복잡하게 만들고 있었다.

　또한 그녀는 난독증이 있어 책을 제대로 읽지 못한다. 덴고는 디
스렉시아에 대해 알고 있는 지식을 정리해보았다. 대학에서 교직과
정을 이수할 때 그 장애에 대한 강의를 들었다. 디스렉시아는 원칙적
으로는 읽고 쓰기가 가능하다. 지능에는 문제가 없는 것으로 본다.
하지만 글을 읽는 데 시간이 걸린다. 짧은 문장을 읽을 때는 지장이
없지만 그것이 반복되어 긴 문장이 되면 두뇌의 정보 처리능력이 미
처 따라가지 못한다. 문자와 그 표의성이 머릿속에서 제대로 연결되
지 않는 것이다. 그것이 일반적인 난독증 증상이다. 원인은 아직 완
전히 밝혀지지 않았다. 하지만 학급 아이들 중에 디스렉시아를 가진
아이가 한두 명 있다고 해도 결코 놀랄 일은 아니다. 아인슈타인도
그랬고 에디슨도 찰리 밍거스도 그랬다.

　난독증을 가진 사람이 글을 쓸 때도 읽을 때와 똑같은 어려움을

일반적으로 느끼는지 어떤지 덴고는 알지 못한다. 하지만 후카에리의 경우만 말하자면 아무래도 그런 모양이다. 그녀는 글쓰기에 대해서도 읽는 것과 같은 정도의 어려움을 느끼고 있다.

이걸 알면 고마쓰는 대체 뭐라고 할까. 덴고는 자기도 모르게 한숨을 내쉬었다. 이 열일곱 살 소녀는 선천적인 난독증이 있어서 책을 읽는 것도, 긴 문장을 쓰는 것도 영 미심쩍다. 대화를 할 때도(의도적으로 그러는 게 아니라면) 대개 한 번에 한 문장밖에 말하지 못한다. 그저 모양새만 갖추는 것이라고 해도, 이런 소녀를 프로 소설가라고 꾸며서 내세우는 일 따위는 애초에 무리한 얘기다. 가령 덴고가 「공기 번데기」를 멋지게 고쳐 쓰고 그 작품이 신인상을 타고 책으로 출판되고 좋은 평가를 받는다고 해도 세상의 눈을 언제까지고 속일 수는 없다. 처음에는 잘 풀리더라도 나중에는 아무래도 이상하다고 다들 생각하게 될 게 틀림없다. 만일 거기서 사실이 드러난다면 관계자 전원이 나란히 머리를 조아리고 파멸하게 된다. 덴고의 소설가로서의 전망 또한 거기에서—아직 변변히 시작도 못해본 터에—완전히 명맥이 끊겨버리리라.

도대체가 이런 결함투성이의 계획이 잘 굴러갈 리가 없는 것이다. 처음부터 살얼음을 밟는 일이라고 생각했지만, 이제 보니 그런 표현도 지나치게 순한 것이었다. 발을 얹기도 전부터 이미 얼음은 쩍쩍 소리를 내며 갈라지고 있었다. 집에 돌아가면 고마쓰에게 전화해서 "미안합니다, 고마쓰 씨. 저는 이 일에서 손을 떼겠습니다. 너무나 위험해요"라고 말할 수밖에 없다. 그게 제정신을 가진 인간이 할 일이다.

하지만 「공기 번데기」라는 작품을 생각하자 덴고의 마음은 격렬한 혼란과 분열에 빠졌다. 고마쓰가 세운 계획이 얼마나 위태로운 것이건 「공기 번데기」의 개작을 여기서 중단한다는 건 덴고로서는 가능할 것 같지 않았다. 개작에 들어가기 전이라면 어쩌면 가능했을지도 모른다. 하지만 이미 안 될 일이다. 그는 이제는 그 작품에 목까지 잠겨 있었다. 그 세계의 공기를 호흡하고 그 세계의 중력에 동화되어 있었다. 그 이야기의 정수는 그의 내장 벽에까지 속속들이 스며 있었다. 그 이야기는 덴고의 손에 의한 새로운 변화를 절실히 원하고 있었고, 그는 그 바람을 살갗이 얼얼하도록 감지할 수 있었다. 그것은 덴고가 아니면 할 수 없는 일이고, 할 만한 가치가 있는 일이고, 하지 않으면 안 될 일이었다.

덴고는 전철에 앉은 채 눈을 감고 이러한 상황에 자신이 어떻게 대처해야 할지 우선 당장의 결론을 내보려고 시도했다. 하지만 결론은 나지 않았다. 혼란되고 분열에 빠진 인간이 이치에 맞는 결론 따위를 낼 수 있을 리 없었다.

"아자미는 네가 이야기한 것을 그대로 썼어?" 덴고는 물었다.

"이야기한 대로." 후카에리는 대답했다.

"너는 이야기하고 아자미는 그걸 받아쓴다?" 덴고는 물었다.

"하지만 작은 소리로 말해야 해요."

"어째서 작은 소리로 말해야 할까?"

후카에리는 차 안을 둘러보았다. 승객은 거의 없었다. 어머니와 두 어린애가 맞은편 자리 조금 떨어진 곳에 앉아 있을 뿐이다. 세 사람은 어딘가 재미있는 곳에 가는 것처럼 보였다. 세상에는 그런 행복한 사람들도 존재하는 것이다.

"그 사람들에게 들리지 않도록." 후카에리는 작은 소리로 말했다.

"그 사람들?" 덴고는 말했다. 초점이 일정치 않은 그녀의 눈을 보면 그것이 맞은편 자리의 어머니와 두 아들을 가리키는 게 아니라는 건 명백했다. 이곳에는 없는, 그녀가 잘 아는―그리고 덴고는 알지 못하는―구체적인 누군가를 후카에리는 말하고 있는 것이다.

"그 사람들이 누구지?" 덴고는 물었다. 그의 목소리도 얼마간 작아져 있었다.

후카에리는 아무 말 없이 눈썹 사이에 작게 주름을 잡았다. 입은 굳게 다물고.

"리틀 피플 말이야?" 덴고는 물었다.

역시 대답이 없다.

"네가 말하는 그 사람들은, 만일 이 이야기가 활자화되고 세상에 발표되고 화제가 되면 화를 내는 건가?"

후카에리는 그 질문에도 대답하지 않았다. 눈의 초점은 역시 어디에도 맞춰져 있지 않았다. 잠시 기다려 대답이 없는 것을 확인한 뒤에 덴고는 다른 질문을 했다.

"네가 말하는 선생님에 대해 좀 알려줄래. 어떤 사람인지."

후카에리는 의아하다는 얼굴로 덴고를 보았다. 이 사람이 무슨 소리를 하는 거야, 라는 듯이. 그리고 말했다. "이제 곧 선생님을 만나요."

"그렇군." 덴고는 말했다. "분명 그건 그래. 어차피 이제 곧 만날 거야. 직접 만나서 내가 확인해보면 돼."

고쿠분지 역에서 등산복 차림의 노인들이 우르르 차에 올라탔다. 모두 합해 열 명가량, 남녀 반반, 나이는 육십대 후반에서 칠십대 초반 사이로 보였다. 제각기 배낭을 등에 메고 모자를 쓰고 소풍 가는 초등학생처럼 떠들썩하니 즐거워 보였다. 그들은 물통을 허리에 차거나 배낭 호주머니에 넣고 있었다. 나이를 먹으면 나도 저렇게 즐거워질 수 있을까, 덴고는 생각했다. 그러고는 가만히 고개를 저었다. 아니, 아마 그건 어려울 것이다. 덴고는 노인들이 어딘가 산꼭대기에서 의기양양하게 물통의 물을 마시는 광경을 상상했다.

　리틀 피플은 몸이 작으면서도 아주 많은 물을 마신다. 그리고 그들이 좋아하는 건 수돗물이 아니라 빗물이고 근처의 작은 시내를 흐르는 물이었다. 그래서 소녀는 낮 동안에 작은 시냇가에서 양동이에 물을 길어와 그것을 리틀 피플에게 마시게 했다. 비가 내리면 빗물받이 아래 양동이를 놓고 받아두었다. 리틀 피플은 똑같은 자연의 물이라도 시냇물보다는 빗물을 더 좋아했기 때문이다. 그들은 그 같은 소녀의 친절에 감사했다.

　덴고는 의식을 하나로 유지하기가 어려워졌다는 것을 깨달았다. 좋지 않은 징후다. 아마도 오늘이 일요일이기 때문이리라. 그의 내면에서 모종의 혼란이 시작되고 있었다. 감정의 들판 어딘가에서 불길한 모래바람이 일어나려 하고 있다. 일요일에는 때때로 그런 일이 일어난다.

　"왜 그래요." 후카에리가 물음표를 빼고 물었다. 그녀에게는 덴고가 느끼는 긴장이 보이는 모양이다.

"잘 될까." 덴고는 말했다.

"뭐가."

"내가 제대로 얘기할 수 있을까?"

"제대로 얘기할 수 있을까." 후카에리는 되물었다. 그가 무슨 말을 하려는지 잘 이해되지 않는 듯했다.

"선생님하고." 덴고는 말했다.

"선생님하고 제대로 얘기할 수 있을까." 후카에리가 반복했다.

덴고는 잠시 망설이다가 속마음을 털어놓았다. "결국 여러 일이 제대로 맞물리지 않고 모두 다 엉망이 될 거 같아."

후카에리는 몸을 돌려 덴고의 얼굴을 정면으로 마주보았다. "뭐가 두려워요." 그녀는 물었다.

"내가 무엇을 두려워하느냐고?" 덴고는 그녀의 질문을 바꾸었다.

후카에리는 말없이 고개를 끄덕였다.

"새로운 사람을 만나는 게 무서운가봐. 특히 일요일 아침에." 덴고는 말했다.

"일요일이 왜." 후카에리는 물었다.

덴고는 겨드랑이 아래로 땀을 흘리기 시작했다. 가슴이 옥죄는 느낌이 들었다. 새로운 누군가를 만나는 일. 그리고 새로운 무언가가 몰고 오는 것들. 그로 인해 자신의 지금 존재가 위협받는 것.

"일요일이 왜." 후카에리가 다시 물었다.

덴고는 소년시절의 일요일을 떠올렸다. 예정된 수금 루트를 하루 종일 다 돌고 나면 아버지는 그를 역 앞 식당에 데려가 무엇이든 좋아하는 것을 주문해도 좋다고 말했다. 그것은 상 같은 것이었다. 검소하게 살아가던 두 사람에게 거의 유일한 외식의 기회였다. 아버지는 웬일로 맥주까지 주문했다(아버지는 평소에는 술을 거의 입에 대지 않았다). 하지만 그런 말을 들어도 덴고는 식욕을 전혀 느끼지 못했다. 보통 때는 늘 배가 고팠지만 일요일에는 뭘 먹어도 맛있다는 생각이 들지 않았다. 주문한 음식을 남기지 않고 먹는 것은—음식을 남기는 건 절대로 용납되지 않았다—고통일 뿐이었다. 토할 뻔한 적도 있었다. 그것이 소년시절 덴고의 일요일이었다.

후카에리는 덴고의 얼굴을 보았다. 그의 눈 속에 있는 것을 살폈다. 그러고는 한 손을 내밀어 덴고의 손을 잡았다. 덴고는 놀랐지만 얼굴에 드러내지 않으려고 노력했다.

전철이 구니타치 역에 도착할 때까지 후카에리는 그대로 그의 손을 잡고 있었다. 그녀의 손은 생각보다 단단하고 매끈했다. 뜨겁지도 차갑지도 않았다. 그 손은 덴고 손의 대략 반 크기밖에 되지 않았다.

"두려워할 거 없어요. 여느 때의 일요일이 아니니까." 소녀는 모두가 다 아는 사실을 알려주듯이 그렇게 말했다.

그녀가 두 개 이상의 문장을 한 번에 말한 것은 이번이 처음인지도 모르겠다고 덴고는 생각했다.

제9장 아오마메

Q

풍경이 변하고 룰이 바뀌었다

아오마메는 집에서 가장 가까운 구립 도서관에 갔다. 그리고 사서에게 신문 축쇄판 열람을 신청했다. 1981년 9월부터 11월까지 3개월분. 아사히와 요미우리와 마이니치와 닛케이가 있는데요, 어떤 신문을 원하십니까, 라고 사서가 물었다. 안경을 쓴 중년여자로, 도서관 정식 직원이라기보다 주부 파트타이머처럼 보였다. 그다지 살이 찐 것도 아닌데 손목이 햄처럼 통통했다.

어떤 신문이든 상관없다고 아오마메는 말했다. 모두 거기서 거기니까.

"그럴 수도 있지만, 어느 한 가지를 정해주시지 않으면 곤란한데요." 여자는 그 이상의 말씨름은 거부한다는 듯 억양 없는 목소리로 말했다. 아오마메도 대거리할 마음은 없었기 때문에 딱히 별다른 이유 없이 마이니치 신문을 선택했다. 그리고 칸막이가 달린 책상에 앉아 노트를 펼치고 볼펜을 손에 들고 신문기사를 눈으로 좇았다.

1981년 초가을에는 그리 큰 사건은 일어나지 않았다. 그해 7월에 찰스 왕세자와 다이애나가 결혼식을 올렸고 그 여파가 그때까지도 이어지고 있었다. 두 사람이 어디에 갔고 어떤 일을 했고 다이애나는 어떤 옷을 입었고 어떤 액세서리를 달았는가. 찰스와 다이애나가 결혼식을 올렸다는 건 아오마메도 물론 알고 있었다. 하지만 그것에 대해 별 흥미를 느끼지는 않았다. 세상 사람들이 영국 왕세자와 왕세자비의 운명에 대해 어째서 그렇게 깊은 관심을 갖지 않으면 안 되는지, 아오마메는 전혀 이해할 수 없었다. 찰스는 겉모습만 보자면 왕세자라기보다는 위장에 문제가 있는 물리교사처럼 보였다.

폴란드에서는 바웬사 의장이 이끄는 자유노조 '연대'와 정부의 대립이 심화되고, 소비에트 정부는 그에 대해 '우려의 뜻'을 표했다. 보다 명료하게 말하자면, 폴란드 정부가 사태를 수습하지 못하면 1968년 '프라하의 봄'처럼 전차군단을 몰고 쳐들어가겠다는 것이다. 그런 방면의 일도 아오마메는 대강 기억하고 있었다. 결국 이러니저러니 한 끝에 소련이 일단은 개입을 포기했다는 것도 알고 있다. 그래서 그 기사를 자세히 읽을 필요는 없었다. 다만 한 가지, 미국의 레이건 대통령은 아마도 소비에트의 폴란드 내정간섭을 견제할 목적으로 "폴란드에서의 긴장이 미소 공동의 월면기지 건설계획에 지장을 초래하지 않기를 기대한다"는 성명을 발표하고 있었다. 월면기지 건설? 그런 이야기는 들은 적도 없다. 하지만 그러고 보니 지난번 텔레비전 뉴스에서 뭔가 그런 얘기를 들었던 것도 같다. 머리가 벗어진 간사이 중년남자와 아카사카 호텔에서 섹스를 했던 날 밤이다.

9월 20일에는 자카르타에서 세계 최대 규모의 연날리기 대회가 개최되어, 일만 명 이상의 사람이 한자리에서 연을 날렸다. 그런 뉴스를 아오마메는 알지 못했지만, 알지 못해도 딱히 이상할 건 없다. 삼 년 전에 자카르타에서 거행된 연날리기 대회의 뉴스를 대체 어느 누가 기억하고 있을까.

10월 6일에는 이집트에서 사다트 대통령이 이슬람 과격파 테러리스트에게 암살되었다. 아오마메는 그 사건을 기억하고 있다. 사다트 대통령이 새삼 딱하다고 생각했다. 그녀는 사다트 대통령의 벗어진 머리가 꽤 마음에 들었고, 종교 원리주의자들에 대해서는 일관되게 강한 혐오감을 품고 있었기 때문이다. 그런 자들의 편협한 세계관이나 잘난 척하는 우월감이나 타인에 대한 무신경한 강요는 생각만 해도 분노가 치밀었다. 그녀는 그 분노를 제대로 컨트롤하기가 어려웠다. 하지만 그건 그녀가 현재 직면하고 있는 문제와는 관계없는 일이다. 아오마메는 몇 차례 심호흡을 하여 신경을 진정시키고 다음 페이지로 넘어갔다.

10월 12일에는 도쿄 이타바시 구의 주택가에서 NHK 수금원(56세)이 수신료 지불을 거부한 대학생과 말다툼을 하다가 가방에 넣고 다니던 식칼로 상대의 복부를 찔러 중상을 입혔다. 수금원은 출동한 경찰에게 그 자리에서 체포되었다. 수금원은 피투성이의 식칼을 손에 들고 거의 망연자실한 상태로 현장에 우두커니 서 있었고, 체포당할 때에는 전혀 저항을 하지 않았다. 수금원은 6년 전부터 정식 직원으로 일했고 근무 태도는 극히 성실하고 실적도 우수했다고 한 동료가 말하고 있었다.

아오마메는 그런 사건이 일어났던 것을 알지 못했다. 아오마메는 요미우리 신문을 구독하고 있어서 날마다 구석구석 읽었다. 사회면 기사는—특히 범죄와 관련된 것은—되도록 꼼꼼하게 읽으려고 노력해왔다. 그리고 그 기사는 석간 사회면의 반 가까이를 차지하고 있었다. 이렇게 대문짝만하게 실린 기사를 못 보고 넘어간다는 건 있을 수 없다. 물론 무슨 겨를엔가 놓쳤을 가능성도 없지는 않다. 도저히 있을 법하지 않은 일이지만 전혀 없다고 단언할 수는 없다.

그녀는 이마에 주름을 잡고 그 가능성에 대해 잠시 생각했다. 그러고는 노트에 날짜와 사건의 개요를 메모했다.

수금원의 이름은 아쿠타가와 신노스케였다. 멋진 이름이다. 대문호의 이름 같다. 사진은 실려 있지 않았다. 칼에 찔린 다가와 아키라 씨(21세)의 사진이 있을 뿐이다. 다가와 씨는 니혼 대학 법학부 3학년생으로, 검도 2단이었다. 죽도를 손에 쥐고 있었다면 쉽게 칼에 찔리지 않았을 테지만 보통사람은 죽도를 손에 들고 NHK 수금원과 이야기하거나 하지는 않는다. 또한 보통의 NHK 수금원은 가방에 식칼을 넣고 다니거나 하지는 않는다. 아오마메는 그뒤 며칠 치의 보도를 주의 깊게 추적했지만 그 칼에 찔린 학생이 죽었다는 기사는 눈에 띄지 않았다. 아마도 목숨은 건졌던 것이리라.

10월 16일에는 홋카이도 유바리 탄광에서 대형사고가 일어났다. 지하 일천 미터의 채굴 현장에서 화재가 발생하여 작업하던 50명 이상의 사람들이 질식사했다. 지상 가까이까지 불길이 번졌고, 그로 인해 10명이 더 목숨을 잃었다. 회사는 불이 번지는 것을 막기 위해 남은 작업원의 생사를 확인하지 않은 채 펌프를 사용하여 갱도를 수몰시켰다. 사망자는 도합 93명에 달했다. 가슴 아픈 사건이었다. 석탄은 '더러운' 에너지원이며, 그것을 채굴하는 건 위험한 작업이다. 채굴회사는 설비투자를 꺼리고 노동조건은 열악했다. 사고는 많고 폐는 확실히 망가졌다. 하지만 가격이 저렴하기 때문에 석탄을 필요로 하는 사람이나 기업은 항상 존재한다. 아오마메는 그 사고를 분명하게 기억하고 있었다.

아오마메가 찾던 사건은 유바리 탄광사고의 여파가 아직 이어지던 10월 19일에 일어났다. 그런 사건이 있었다는 것을 아오마메는—몇 시간 전, 다마루에게서 듣기 전까지는—까맣게 몰랐다. 아무래도 이건 있을 수 없는 일이다. 그 사건의 기사 제목은 조간 1면 상단에, 도저히 놓칠 수 없는 큼직한 활자로 박혀 있었기 때문이다.

야마나시 산에서 과격파와 총격전 경찰 3명 사망

큼직한 사진도 실려 있었다. 사건현장의 항공사진, 모토스 호수 근처다. 간단한 지도도 있었다. 별장지로 개발된 지역에서 더 안쪽으로 들어간 산 속이다. 사망한 세 명의 야마나시 현 경찰의 얼굴 사진. 헬리콥터로 출동하는 자위대 특수 공수부대. 얼룩무늬 전투복, 스코프가 붙은 저격용 총과 총신이 짧은 자동소총.

아오마메는 잠시 얼굴을 한껏 일그러뜨렸다. 감정을 있는 그대로 표현하기 위해 얼굴 각 부위의 근육을 늘일 수 있는 데까지 늘였다. 책상 양쪽에 칸막이가 있었기 때문에 아오마메의 얼굴의 그런 강렬한 변화를 아무도 목격할 수는 없었다. 그리고 아오마메는 크게 숨을 쉬었다. 주위의 공기를 마음껏 들이마시고 마음껏 토해냈다. 고래가 수면에 떠올라 거대한 폐의 공기를 통째로 바꿔들이는 것처럼. 등을 맞댄 자리에서 공부하던 고등학생이 그 소리에 놀라 아오마메 쪽을 돌아보았지만, 물론 아무 말도 하지 않았다. 그저 겁을 먹었을 뿐이다.

그녀는 한바탕 얼굴을 일그러뜨린 뒤에 애써 각 부위의 근육을 풀고 평소의 얼굴로 돌아왔다. 그러고는 볼펜 꽁지로 오랫동안 앞니를 톡톡 쳤다. 어떻든 생각을 정리해보려 했다. 여기에는 분명 뭔가 이유가 있을 것이다. 아니, 이유가 없어서는 안 된다. 어째서 그런 중대한, 일본 전역을 뒤흔든 사건을 나는 깜박 놓쳐버렸을까.

아니, 딱히 이 사건만이 아니다. NHK 수금원이 대학생을 칼로 찌른 사건도 나는 알지 못했다. 너무나 이상하다. 연거푸 그런 큰 사건들을 못 보고 지나갔을 리 없다. 나는 누가 뭐래도 꼼꼼하고 주의 깊은 인간이다. 단 일 밀리미터의 오차라도 알아챈다. 기억력에도 자신이 있다. 그렇기 때문에 몇 명의 인간을 저쪽 편으로 보내면서도 단 한 번도 실수를 범하는 일 없이 이렇게 살아남을 수 있었다. 나는 매일같이 주의 깊게 신문을 읽어왔고, 내가 '주의 깊게 신문을 읽는다'라고 하는 건 곧 조금이라도 의미 있는 정보는 하나도 놓치지 않는다는 말이다.

당연히 그 모토스 호수 사건은 며칠씩이나 신문 지면을 장식했다. 자위대와 경찰은 도주한 열 명의 과격파 멤버의 뒤를 쫓아 대대적인 토벌작전을 펼쳐 세 명을 사살하고 두 명에게 중상을 입히고 네 명(그중 한 명은 여성)은 체포했다. 한 명은 행방불명인 채 발견되지 않았다. 신문 전체가 그 사건에 관한 보도로 채워져 있었다. 덕분에 NHK 수금원이 이타바시 구에서 대학생을 칼로 찌른 사건의 후속

보도 따위는 어딘가로 사라져버렸다.

NHK는—물론 겉으로 드러내지는 않았지만—분명 가슴을 쓸어
내렸을 것이다. 만일 그런 대형 사건이 터지지 않았다면 매스컴에서
는 NHK의 수금 시스템에 대해, 혹은 NHK라는 조직 자체에 대해
이 일을 들어 큰 소리로 문제를 제기했을 것이기 때문이다. 그해 초
에 록히드 뇌물수수 사건을 특집으로 다룬 NHK 프로그램에 자민당
이 불만을 표시하여 그 내용을 바꾸게 한 사건이 있었다. NHK는 방
송 전에 몇몇 여당 정치인에게 그 프로그램의 내용을 상세히 설명하
고 "이런 걸 방송해도 괜찮을까요?"라고 굽실굽실 머리를 조아리며
의견을 여쭈었다는 것이다. 그건 놀랍게도 그때까지 일상적으로 이
루어진 관행이었다. NHK 예산은 국회의 승인을 받아야 하기 때문
에 여당이나 정부의 심기를 거슬렀다가는 어떤 보복이 떨어질지 모
른다는 두려움이 NHK 상층부에 있었다. 또한 여당 내에는 NHK를
자신들의 홍보기관쯤으로 여기는 경향이 있었다. 그러한 내막이 폭
로되자 국민 대다수는, 당연한 일이지만 NHK 방송 프로그램의 독
립성과 정치적 공정성에 불신을 품기 시작했다. 그 바람에 수신료 납
부거부 운동도 기세를 올리고 있었다.

그 모토스 호수 사건과 NHK 수금원 사건을 빼고는, 아오마메는
그 시기에 일어난 다른 사건 사고를 모두 또렷하게 기억하고 있었다.
그 두 건 이외의 뉴스에 대해서는 기억의 누락이 없었다. 어떤 기사
도 당시 분명히 읽은 기억이 있었다. 그런데도 모토스 호수 총격 사
건과 NHK 수금원 사건만은 그녀의 기억에 전혀 없었다. 어째서일
까. 만일 내 뇌에 뭔가 이상이 발생한 것이라고 쳐도, 그 두 건에 대

한 기사만 빼먹고 읽거나 혹은 그것에 대한 기억만 따로 지워버릴 수 있는 것일까.

아오마메는 눈을 감고 관자놀이를 손끝으로 지그시 눌렀다. 아니, 그런 일도 어쩌면 있을 수 있는지 모른다. 내 뇌 속에 현실을 재작성하려는 기능 같은 게 생겨나서 그것이 특정한 뉴스만 선택하고 거기에 검은 천을 덮어씌워 내 눈에 띄지 않도록, 내 기억에 남지 않도록 해버렸는지도 모른다. 경찰의 권총이나 제복이 새롭게 바뀐 일, 미소 공동의 월면기지 건설, NHK 수금원이 식칼로 대학생을 찌른 일, 모토스 호수에서 과격파와 자위대 특수부대 사이에 격렬한 총격전이 벌어진 사건 같은 것을.

하지만 그런 사건들 사이에 대체 어떤 공통점이 있다는 것인가.

아무리 생각해도 공통점 따위는 없다.

아오마메는 볼펜 꽁지로 계속 앞니를 톡톡 쳤다. 그리고 두뇌를 회전시켰다.

긴 시간이 흐른 다음, 아오마메는 문득 생각했다.

이를테면 이렇게 생각해볼 수 있지 않을까. 문제가 있는 건 내가 아니라 나를 둘러싼 외부세계이다, 라고. 내 의식이나 정신에 이상이 발생한 게 아니라 이유를 알 수 없는 모종의 힘이 작용하여 내 주위의 세계 자체가 변경된 것이라고.

생각하면 할수록 그쪽 가설이 아오마메에게는 자연스러운 것으로 느껴졌다. 자신의 의식에 뭔가 결함이나 왜곡이 있다는 실감은 아무래도 확보할 수 없었기 때문이다.

그래서 그녀는 그 가설을 좀더 발전시켰다.

이상이 발생한 건 내가 아니라 이 세계다.

그래, 맞아.

어딘가의 시점에서 내가 알고 있는 세계는 소멸하고, 혹은 퇴장하고, 다른 세계가 거기에 자리바꿈을 한 것이다. 레일 포인트가 전환되는 것처럼. 즉, 지금 이곳에 있는 내 의식은 원래의 세계에 속해 있지만 세계 그 자체는 이미 다른 것으로 변해버렸다. 그곳에서 이루어진 사실의 변경은 지금으로서는 아직 한정된 몇 가지뿐이다. 새로운 세계의 대부분은 내가 알고 있는 원래 세계로부터 그대로 흘러들어와 통용되고 있다. 그래서 생활을 해나가는 데 특별히 현실적인 지장은 (현재로서는 거의) 없다. 하지만 그러한 '변경된 부분'은 아마 앞으로 갈수록 더욱더 큰 차이를 내 주위에 만들어갈 것이다. 오차는 조금씩 불어난다. 그리고 경우에 따라 그러한 오차는 내가 취하는 행동의 논리성을 손상시켜 자칫 치명적인 실수를 범하게 할지도 모른다. 일이 그렇게 된다면, 그건 말 그대로 치명적이다.

패럴렐 월드*.

지독하게 시큼한 것을 입 안에 물었을 때처럼 아오마메는 얼굴을 찌푸렸다. 하지만 조금 전처럼 격하게 찌푸린 건 아니다. 그리고 다시 볼펜 꽁지로 앞니를 톡톡톡 치며 목구멍에서 무거운 신음 소리를 냈다. 등을 맞대고 앉은 고등학생은 그 소리를 들었지만, 이번에는

---

* Parallel World: 원래의 세계와 병행하여 존재하는 또다른 세계. '사차원 세계'나 '외계' 개념과는 달리 우리가 사는 우주와 동일한 차원이다. '지금의 현실과는 별도로 또 하나의 현실이 어딘가 존재한다'는 개념으로, 특히 SF소설 등에서 등장인물이 어느 결에 또다른 현실로 헤매드는 것이 대표적인 예이다. 병행 세계, 평행 세계라고도 한다.

못 들은 척했다.

이거 완전 사이언스 픽션이잖아, 라고 아오마메는 생각했다.

어쩌면 나는 자기방어를 위해 나 좋을 대로 가설을 지어내고 있는 건 아닐까. 실제로는 그저 단순히 내 머리가 이상해진 것뿐인지도 모른다. 나는 내 정신을 완벽하게 정상이라고 생각하고 있다. 내 의식에는 비뚤어진 데가 없다고 생각하고 있다. 하지만 나는 완전히 정상이고 주위 세계가 이상해졌다, 는 게 대부분의 정신병 환자들이 주장하는 바가 아니던가. 나는 패럴렐 월드니 뭐니 하는 엉뚱한 가설을 들고 나와 나 자신의 광기를 억지로 정당화하려고 하는 게 아닐까.

냉정한 제삼자의 의견이 필요하다.

하지만 정신분석의를 찾아가 진찰을 받을 수도 없다. 상황이 지나치게 복잡한데다 말할 수 없는 사실이 너무도 많다. 이를테면 내가 요즘 하고 있는 '작업'만 해도 의문의 여지 없이 법률에 저촉되는 일이다. 사정이 어찌 됐건 직접 제작한 아이스픽을 사용하여 비밀리에 남자들을 살해해온 것이다. 그런 얘기를 의사에게 털어놓을 수는 없다. 가령 상대가 살해당해도 찍소리 못할 비열하기 짝이 없는 비뚤어진 자들이라 해도.

만에 하나 그 위법한 부분만 감쪽같이 감춰버린다고 해도 내가 세상에 태어나 이날까지 더듬어온 인생의 합법적인 부분 역시 빈말이라도 정상이라고는 할 수 없다. 더러운 빨랫감을 최대한 꾹꾹 눌러 담은 트렁크 같은 것이다. 그 안에는 한 인간을 정신이상으로 몰아넣기에 족한 재료들이 가득 차 있다. 아니, 이삼 인분은 될지도 모른다. 섹스라이프 한 가지만 봐도 그렇다. 남 앞에서 말할 수 있을 만한 물건이 아니다.

의사한테는 못 가. 아오마메는 생각했다. 나 혼자서 해결할 수밖에 없다.

내 나름대로 가설을 좀더 추구해보자.

만일 실제로 그런 일이 일어났다면, 즉 만일 내가 서 있는 이 세계가 정말로 교체되어버린 것이라면 그 구체적인 포인트의 전환은 언제, 어디서, 어떻게 이루어진 것일까.

아오마메는 다시 의식을 집중하여 기억을 더듬어보았다.

세계의 변경된 부분을 맨 처음 깨달은 것은 며칠 전 시부야 호텔 방에서 유전개발 전문가를 처리하던 날이다. 수도고속도로 3호선에서 중간에 택시를 버리고 비상계단을 이용해 246번 도로로 내려와 스타킹을 갈아신고, 도큐 선 산겐자야 역으로 향했다. 도중에 아오마메는 젊은 경찰과 스쳐 지났고 그 차림새가 평소와 다르다는 것을 처음으로 깨달았다. 그게 시작이었다. 그렇다면 바로 그 조금 전에 세계의 포인트 전환이 일어났다는 얘기다. 그날 아침에 집 근처에서 본 경찰은 눈에 익은 제복을 입고 구식 리볼버를 휴대하고 있었으니까.

아오마메는 정체에 휘말린 택시 안에서 야나체크의 〈신포니에타〉첫 소절을 들었을 때 경험했던, 그 이상한 감각을 떠올렸다. 그것은 몸의 뒤틀림 같은 감각, 몸의 구조가 걸레처럼 쥐어짜이는 느낌이었다. 그리고 운전기사가 수도고속도로에 비상계단이 있다는 것을 알려주었고, 나는 하이힐을 벗고 그 위험한 계단을 내려왔다. 그 계단을 맨발로, 강한 바람을 맞으며 내려오는 동안에도 내내 〈신포니에타〉도입부의 팡파르는 내 귓속에서 단속적으로 울려퍼졌다. 어쩌면 그것이 시작이었는지도 모른다, 고 아오마메는 생각했다.

택시 운전기사도 어딘가 기묘한 느낌이었다. 그가 헤어지는 참에 입에 올린 말을 아오마메는 아직도 똑똑히 기억하고 있었다. 그녀는 그 말을, 할 수 있는 한 정확하게 머릿속에 재현했다.

그런 일을 하고 나면 그다음의 일상 풍경이 평소와는 조금 다르게 보일지도 모릅니다. 하지만 겉모습에 속지 않도록 하세요. 현실은 언제나 단 하나뿐입니다.

괴상한 말을 하는 운전기사라고 아오마메는 그때 생각했었다. 하지만 그가 무슨 말을 하려는 건지 잘 알지도 못했고, 딱히 깊이 있게 생각하지도 않았다. 그때 그녀는 갈 길이 바빴고 이래저래 복잡한 생각을 할 여유가 없었다. 하지만 지금 되짚어보니 그 발언은 그야말로 느닷없고 기묘한 말이었다. 충고 같기도 하고 암시적인 메시지 같기도 하다. 그 운전기사는 대체 내게 무엇을 전하고 싶었던 걸까.

그리고 야나체크의 음악.

어째서 그 음악이 야나체크의 〈신포니에타〉라는 것을 그 자리에서 금세 알아맞힐 수 있었을까. 그게 1926년에 작곡된 음악이라는 것을 나는 어떻게 알고 있었을까. 야나체크의 〈신포니에타〉는 도입부의 테마를 들으면 누구라도 다 알 수 있는 그런 대중적인 음악이 아니다. 그리고 나는 지금까지 그다지 클래식 음악을 열심히 들어온 것도 아니다. 하이든과 베토벤 음악의 차이도 잘 모른다. 근데 어떻게 택시 라디오에서 흘러나오는 그 음악을 듣자마자 "이건 야나체크의 〈신포니에타〉야"라고 알았던 걸까. 그리고 어째서 그 음악은 내 몸에 강렬하고 개인적인 동요 같은 것을 몰고 왔을까.

그렇다, 그건 매우 개인적인 종류의 동요였다. 마치 오랫동안 잠들어 있던 잠재기억이 어느 순간 생각지도 못한 겨를에 우연히 깨어난 듯한 느낌이었다. 누군가 어깨를 잡고 흔드는 것 같은 감촉이 거기에는 있었다. 그렇다면 나는 지금까지의 인생 어느 지점에선가 그 음악과 깊은 관련을 가졌었는지도 모른다. 그 음악이 흘러나오자 스위치가 자동적으로 켜지고 내 안에 있는 어떤 기억이 뭉클뭉클 각성한 것인지도. 야나체크의 〈신포니에타〉. 하지만 아무리 기억의 밑바닥을 더듬어봐도 아오마메는 짚이는 것이 없었다.

아오마메는 주위를 둘러보고 자신의 손바닥을 바라보고 손톱의 모양새를 점검하고 셔츠 위에서 젖가슴을 두 손으로 쥐고 모양새를 확인했다. 딱히 달라진 건 없다. 똑같은 크기와 모양새다. 나는 평소의 나고 세계는 평소의 세계다. 하지만 뭔가 달라지기 시작하고 있었다. 아오마메에게는 그것이 느껴졌다. 다른 그림 찾기와 마찬가지다. 여기에 두 개의 그림이 있다. 좌우로 나란히 벽에 걸고 비교해봐도 완전히 똑같은 그림처럼 보인다. 하지만 주의 깊게 세부를 검증해나가면 몇 가지 아주 미세한 부분들이 다르다는 것을 알게 된다.

그녀는 기분을 전환하고 신문 축쇄판을 넘겨 모토스 호수의 총격전에 대한 상세한 내용을 메모했다. 다섯 정의 중국제 AK47 칼라시니코프 자동소총은 한반도 북쪽을 통해 밀수된 것으로 추측되었다. 아마도 군에서 흘러나온 중고품일 것이고, 상태는 그리 나쁘지 않다. 탄환도 잔뜩 있었다. 동해 쪽의 해안선은 길다. 어선으로 위장한 공작선을 타고 야음을 틈타 무기와 탄약을 몰래 들여오는 건 그리 어려운 일이 아니다. 그들은 그런 식으로 각성제와 무기를 들여오고 다량의 엔화를 들고 돌아간다.

야마나시 현의 경찰들은 과격파 그룹이 그렇게까지 중무장했다는 것을 알지 못했다. 그들은 상해죄—어디까지나 명목상의—로 수색 영장을 발부받아 두 대의 경찰차와 소형버스에 나눠 타고 통상의 장비만을 소지한 채 그 '여명'이라는 그룹의 본거지인 '농장'으로 향했다. 그 그룹의 멤버들은 공식적으로는 농장에서 유기농법으로 농사를 짓고 있었다. 그들은 경찰이 농장에 들어가 수색하겠다는 것을 거부했다. 당연한 일이지만 서로 밀치락달치락하는 상황이 벌어지고 어느 순간 총격전이 시작되었다.

실제로 사용하지는 않았지만 그들은 중국제 고성능 수류탄까지 구비하고 있었다. 그 수류탄으로 공격하지 않았던 것은 아직 입수한 지 얼마 안 되어 그것을 사용할 만한 훈련이 충분히 이루어지지 않았기 때문이었다. 그건 참으로 천만다행한 일이었다. 수류탄이 사용되었다면 경찰이나 자위대의 피해는 훨씬 더 컸을 테니까. 경찰들은 당초 방탄조끼조차 착용하지 않았다. 경찰당국의 정보 분석이 허술했던 점, 그리고 경찰의 노후화된 장비들이 지적되었다. 하지만 세상 사람들이 가장 경악했던 것은 과격파가 아직도 그런 전투부대의 형태로 존속하면서 수면 아래에서 활발히 활동하고 있었다는 사실이었다. 60년대 후반의 요란한 '혁명' 소동은 이미 과거의 일이 되고, 과격파 잔당도 아사마 산장 사건을 끝으로 이미 괴멸한 것으로 여겨졌던 것이다.

아오마메는 모든 내용을 메모한 뒤에 신문 축쇄판은 사서에게 반납하고, 음악 관련 코너에서 『세계의 작곡가』라는 두툼한 책을 골라 책상으로 돌아왔다. 그리고 야나체크 페이지를 펼쳤다.

레오시 야나체크는 1854년에 모라비아 마을에서 태어나 1928년에 사망했다. 책에는 만년의 얼굴 사진이 실려 있었다. 대머리는 아니어서 힘찬 들풀 같은 백발이 머리를 뒤덮고 있었다. 두상까지는 모르겠다. 〈신포니에타〉는 1926년에 작곡되었다. 야나체크는 애정 없는 불행한 결혼생활을 보냈지만, 1917년 63세일 때 유부녀 카밀라를 만나 사랑에 빠졌다. 기혼자 간의 노숙한 사랑이다. 한때 슬럼프로 고민했던 야나체크는 카밀라와의 만남을 계기로 왕성한 창작욕을 되찾았다. 그리고 만년의 걸작이 차례차례 세상의 호평을 받게 된다.

어느 날 그녀와 둘이서 공원을 산책할 때, 야외음악당에서 연주회가 열리는 것을 본 그는 발을 멈추고 그 연주를 들었다. 그때 야나체크는 느닷없는 행복감을 온몸으로 느끼며 〈신포니에타〉의 악상을 얻었다. 그 순간 자신의 머릿속에서 뭔가 폭발하는 듯한 느낌이 들었고 선명한 황홀감에 휩싸였다고 그는 술회하고 있다. 당시 야나체크는 마침 큰 스포츠 대회를 위한 팡파르의 작곡을 의뢰받은 상태였고 그 팡파르의 모티프와 공원에서 얻은 '악상'이 하나가 되어 〈신포니에타〉라는 작품이 태어났다. '작은 교향곡'이라는 이름이 붙어 있지만, 구성은 어디까지나 비전통적이고 금관악기에 의한 휘황한 축제 같은 팡파르와 중추적인 차분한 현악 합주가 함께 어우러지면서 독자적인 분위기를 빚어내고 있다……라고 해설에 나와 있었다.

아오마메는 혹시나 해서 그런 전기적 사실과 악곡 설명을 노트에 한참 메모했다. 하지만 〈신포니에타〉라는 음악과 아오마메 사이에 어떤 접점이 있는지, 혹은 어떤 접점이 있을 수 있는지, 책에 실린 서술은 어떤 힌트도 건네주지 않았다. 도서관을 나온 그녀는 뉘엿뉘엿 해가 지는 거리를 정처 없이 걸었다. 이따금 혼잣말을 중얼거렸고 이따금 고개를 저었다.

물론 모든 것은 가설에 지나지 않는다. 아오마메는 걸으면서 생각했다. 하지만 그건 현재로서는 나에게 가장 설득력 있게 다가오는 가설이다. 적어도 좀더 강한 설득력을 가진 가설이 등장하기 전까지는 이 가설에 준하여 행동할 필요가 있을 듯하다. 그러지 않으면 어딘가로 떨어져나갈 수 있다. 일단 이 가설을 받아들이기 위해서라도 내가 처한 이 새로운 상황에 적당한 명칭을 부여하는 게 좋겠다. 경찰들이 구식 리볼버를 휴대하고 다녔던 예전의 세계와 구분하기 위해서도 거기에는 독자적인 명칭이 반드시 필요하다. 고양이나 개에게도 이름은 필요하다. 이 변경된 새로운 세계가 그것을 필요로 하지 않을 리 없다.

1Q84년. 이 새로운 세계를 그렇게 부르기로 하자, 아오마메는 그렇게 정했다.

Q는 question mark의 Q다. 의문을 안고 있는 것.

그녀는 걸으면서 혼자 고개를 끄덕였다.

좋든 싫든 나는 지금 이 '1Q84년'에 몸을 두고 있다. 내가 알고 있던 1984년은 이미 어디에도 존재하지 않는다. 지금은 1Q84년이다. 공기가 바뀌고 풍경이 변했다. 나는 이 물음표 딸린 세계의 존재

제9장 아오마메 207

양식에 되도록 빨리 적응하지 않으면 안 된다. 새로운 숲에 내던져진 동물과 똑같다. 내 몸을 지키고 목숨을 부지하기 위해 이 장소의 룰을 한시라도 빨리 이해하고 거기에 맞춰나가지 않으면 안 된다.

아오마메는 지유가오카 역 근처의 레코드 가게에 들어가 야나체크의 〈신포니에타〉를 찾았다. 야나체크는 그다지 인기 있는 작곡가가 아니다. 야나체크의 레코드를 한자리에 모아둔 코너는 몹시 작고, 〈신포니에타〉가 담긴 레코드는 한 장밖에 눈에 띄지 않았다. 조지 셀이 지휘하는 클리블랜드 관현악단의 연주. 버르토크의 〈관현악을 위한 협주곡〉이 A면에 들어 있다. 어떤 연주인지는 알지 못했지만, 그것밖에는 선택의 여지가 없었기 때문에 그녀는 그 LP판을 샀다. 집에 돌아와 냉장고에서 샤블리 와인을 꺼내 마개를 열고, 레코드를 턴테이블에 얹고 바늘을 내렸다. 그리고 알맞게 차가워진 와인을 마시며 음악에 귀를 기울였다. 바로 그 첫머리의 팡파르가 휘황하게 울려퍼졌다. 택시 안에서 들었던 것과 똑같은 음악이야. 틀림없어. 그녀는 눈을 감고 그 음악에 집중했다. 연주는 나쁘지 않았다. 하지만 아무 일도 일어나지 않았다. 그저 그곳에 음악이 울리고 있을 뿐이었다. 몸의 뒤틀림도 없고 감각의 변용도 없었다.

음악을 끝까지 듣고 그녀는 레코드를 재킷에 다시 넣고, 바닥에 앉아 벽에 몸을 기대고 와인을 마셨다. 혼자서 생각에 잠겨 마시는 와인은 맛을 거의 느낄 수 없었다. 욕실에 가서 비누로 얼굴을 씻고 작은 가위로 눈썹을 가지런히 손질하고 면봉으로 귓속을 청소했다.

내가 이상해진 건가, 아니면 세계가 이상해진 건가, 그 둘 중 하나다. 어느 쪽인지는 모른다. 병과 병뚜껑의 크기가 맞지 않는다. 병 때문인지도 모르고 병뚜껑 때문인지도 모른다. 어찌 됐건 사이즈가 맞지 않는다는 것만은 움직일 수 없는 사실이다.

아오마메는 냉장고를 열고 안에 있는 것을 살펴보았다. 요 며칠째 장을 보지 않아서 그리 많은 것이 들어 있지는 않았다. 잘 익은 파파야를 꺼내 부엌칼로 반으로 잘라 스푼으로 떠먹었다. 그리고 오이 세 개를 꺼내 물에 씻어 마요네즈를 찍어먹었다. 천천히 시간을 들여 씹었다. 두유를 한 잔 가득 따라 마셨다. 그것이 저녁식사의 다였다. 간단하기는 하지만 변비를 예방하기에는 매우 이상적인 식사다. 변비는 아오마메가 이 세상에서 가장 혐오하는 것 중 하나였다. 가정폭력을 휘두르는 비열한 사내들이나 편협한 정신을 가진 종교적 원리주의자들과 똑같이.

식사를 마치자 아오마메는 옷을 벗고 뜨거운 물로 샤워를 했다. 샤워실에서 나와 타월로 몸을 닦고 문에 붙은 거울에 벗은 몸을 비춰보았다. 날씬한 배와 탱탱한 근육. 영 마뜩지 않은 짝짝이 젖가슴과 손질 안 한 축구장을 연상시키는 음모. 자신의 벗은 몸을 바라보는 동안, 앞으로 일주일쯤 뒤면 서른 살이 된다는 게 문득 떠올랐다. 별볼일 없는 생일이 다시 돌아온다. 재수 없어, 서른번째 생일을 하필이면 이런 영문 모를 세계에서 맞게 되다니, 아오마메는 생각했다. 그리고 미간을 찌푸렸다.

1Q84년.

그것이 그녀가 존재하는 장소였다.

제*10*장 덴고
Q
진짜 피가 흐르는 실제 혁명

"갈아타야 돼." 후카에리가 말했다. 그리고 다시 덴고의 손을 잡았다. 전철이 다치카와 역에 도착하기 직전이었다.

전철에서 내려 계단을 오르내리며 다른 플랫폼으로 옮겨가는 동안에도 후카에리는 덴고의 손을 잠시도 놓지 않았다. 주위 사람들의 눈에는 두 사람이 사이좋은 연인으로 비쳤을 것이다. 나이 차는 꽤 나지만, 덴고는 실제 나이보다 어려 보이는 편이었다. 덩치의 차이도 남들 눈에는 재미있는 광경으로 보였을 것이다. 봄날 일요일 아침의 행복한 데이트.

하지만 그의 손을 잡은 후카에리의 손에서는 이성에 대한 사랑 비슷한 것은 느껴지지 않았다. 그녀는 일정한 강도로 계속 그의 손을 잡고 있었다. 그 손가락에는 환자의 맥을 짚는 의사의 직업적인 치밀함 같은 것이 있었다. 이 소녀는 손가락이나 손바닥의 접촉을 통해 언어로는 전할 수 없는 정보의 교류를 꾀하는지도 모른다, 고 덴고는

문득 생각했다. 하지만 실제로 그렇다고 해도 그건 교류라기보다 일
방통행에 가까운 것이었다. 덴고의 마음속에 있는 뭔가를 후카에리
는 그 손바닥으로 빨아들여 감지하는지도 모르지만, 덴고에게는 그
런 후카에리의 마음이 읽히지 않았다. 하지만 덴고는 딱히 신경 쓰지
않았다. 후카에리가 무엇을 읽어내든, 자신은 그녀가 안다고 해서 난
처할 만한 정보나 감정은 갖고 있지 않으니까.

　어쨌건 이 소녀는 자신을 이성으로서 의식하는 건 아니지만 어느
정도의 호의는 품고 있다. 덴고는 그렇게 추측했다. 적어도 나쁜 인
상을 갖지는 않았다. 그러지 않고서는 가령 어떤 작정이든 이토록 오
랫동안 손을 잡고 있는 일은 없을 것이다.

　두 사람은 오우메 선 플랫폼으로 이동하여 그곳에 들어와 있던 첫
전철에 올랐다. 일요일이기도 해서 등산복 차림의 노인들이며 가족
들로 차 안은 예상했던 것보다 혼잡했다. 두 사람은 자리에 앉지 못
하고 출입문 근처에 나란히 섰다.

　"소풍 온 거 같다." 덴고는 차 안을 둘러보며 말했다.

　"손, 잡고 있어도 돼요." 후카에리는 덴고에게 물었다. 전철에 탄
뒤에도 후카에리는 아직 덴고의 손을 놓지 않았다.

　"되지, 물론." 덴고는 말했다.

　후카에리는 안심한 듯 그대로 덴고의 손을 잡고 있었다. 그녀의
손가락과 손바닥은 여전히 매끈하고 땀 한 방울 나지 않았다. 그 손
은 덴고 안에 있는 뭔가를 아직도 계속 살펴보고 확인해보고 있는 것
같았다.

　"이제 두렵지 않아요." 그녀는 물음표 없이 물었다.

"이제 두렵지는 않은 거 같아." 덴고는 대답했다. 그건 거짓말이 아니었다. 그를 덮쳤던 일요일 아침의 패닉은 후카에리가 손을 잡아준 것으로 확연히 그 기세가 수그러들었다. 이제 땀도 나지 않고 경직된 심장 박동도 들리지 않았다. 환각도 찾아오지 않았다. 호흡도 여느 때의 온화한 상태로 돌아와 있었다.

"다행이야." 후카에리는 억양 없는 목소리로 말했다.

다행이라고 덴고도 생각했다.

전철이 곧 발차한다는 빠른 말투의 간단한 안내방송이 나오고, 이윽고 오래 묵은 거대동물이 눈을 뜨고 몸을 터는 것처럼 푸르르르 요란한 소리를 내며 차량의 문이 닫혔다. 전철은 드디어 마음을 정한 듯 천천히 플랫폼을 떠났다.

덴고는 후카에리와 손을 맞잡고 창밖 풍경을 바라보았다. 처음에는 지극히 자연스러운 주택가 풍경이었다. 하지만 앞으로 나아갈수록 무사시노의 평탄한 풍경에서 산이 두드러지는 풍경으로 바뀌어갔다. 히가시오우메 역 다음부터는 선로가 단선이었다. 거기서 네 칸짜리 전철로 갈아타자 주위의 산은 다시 조금씩 존재감을 더해갔다. 이제부터는 도심 통근권이 아니다. 산에는 아직 겨울의 시든 빛이 남았지만 그래도 상록수의 초록이 선명하게 눈에 들어왔다. 역에 도착하여 문이 열리자 공기 냄새가 바뀐 것을 알았다. 소리가 울리는 방식도 그렇게 생각해서 그런지 달라진 것 같았다. 철로 가에 논밭이 눈에 띄고 농가가 늘어났다. 승용차보다 경트럭의 숫자도 많아졌다. 꽤 먼 곳까지 온 것 같다, 고 덴고는 생각했다. 대체 어디까지 가는 것일까.

"걱정하지 않아도 돼요." 후카에리가 덴고의 마음을 읽은 듯이 말했다.

덴고는 말없이 고개를 끄덕였다. 어쩐지 결혼 허락을 받기 위해 애인의 부모를 만나러 가는 기분이라고 그는 생각했다.

두 사람이 내린 곳은 '후타마타오(二俣尾)'라는 역이었다. 이 역이름은 들어본 적이 없었다. 상당히 기묘한 이름이다. 역사는 작고 오래된 목조건물로, 후카에리와 덴고 말고도 다섯 명 남짓한 승객이 내렸다. 새로 전철에 타는 사람은 없었다. 사람들은 맑은 공기의 산길을 걷기 위해 후타마타오까지 찾아온다. 〈맨 오브 라만차〉 공연이나 와일드하기로 정평이 난 디스코텍이나 애스턴 마틴의 쇼룸이나 대하 그라탱으로 유명한 프렌치 레스토랑을 노리고 후타마타오에 오는 사람은 없다. 이곳에서 내리는 사람들의 차림새를 보면 그 정도는 짐작할 수 있다.

역 앞에는 가게라고 할 만한 것도 없고 인적도 없었지만 그래도 택시가 딱 한 대 서 있었다. 아마 전철 도착시간에 맞춰 나온 것이리라. 후카에리는 그 차창을 가만히 두드렸다. 문이 열리고 그녀는 올라탔다. 그리고 덴고에게도 타라고 손짓했다. 문이 닫히고 후카에리는 운전기사에게 짧게 행선지를 알렸고 운전기사는 고개를 끄덕였다.

택시 안에 있었던 건 그리 긴 시간이 아니었지만 가는 길은 지독히 복잡했다. 험한 언덕을 오르고 비탈길을 내려가고 차가 마주 지나기 힘든 농로 같은 좁은 길을 지나갔다. 커브나 꺾어드는 모퉁이가 유난히 많았다. 하지만 그런 곳에서도 운전기사는 거의 속도를 늦추지 않았기 때문에 덴고는 내심 조마조마하면서 내내 문의 손잡이를 붙들고 있어야 했다. 그러고는 식겁할 만큼 경사가 급한 스키장 같은 언덕길을 올라가, 작은 산마루 같은 곳에서 택시는 드디어 멈췄다. 택시라기보다 유원지의 제트코스터를 타고 온 것 같았다. 덴고는 지갑에서 천 엔 지폐 두 장을 꺼내주고 잔돈과 영수증을 받았다.

그 오래된 일본 가옥 앞에는 쇼트 타입의 검은 미쓰비시 파제로와 대형 연두색 재규어가 놓여 있었다. 파제로는 반짝반짝 닦여 있었지만 구형 재규어는 본래의 색깔을 알아볼 수 없을 만큼 하얀 먼지를 뒤집어쓰고 있었다. 앞유리도 지저분한 걸 보면 한동안 운행을 하지 않은 모양이다. 공기는 깜짝 놀랄 만큼 신선하고 주위에는 정적이 가득했다. 거기에 맞추어 청각을 재조정해야 할 만큼 깊디깊은 정적이었다. 하늘은 뚫린 듯이 높고 햇볕의 따스함은 드러난 살갗에 순하게 와 닿았다. 이따금 귀에 익지 않은 날카로운 새소리가 들렸다. 하지만 새의 모습을 볼 수는 없었다.

풍격 있는 커다란 저택이었다. 상당히 오래전에 지은 것 같은데도 손질이 잘되어 있었다. 정원수도 말끔하게 전지되어 있다. 너무 정확히 잘 맞춰서 가위질을 한 탓에 몇몇 나무는 플라스틱 조형물처럼 보이기까지 했다. 큰 소나무는 땅바닥에 넓은 그림자를 드리웠다. 전망은 활짝 트였지만 눈에 보이는 한, 주위에 인가는 한 채도 없었다. 굳이 이런 불편한 곳에 집을 마련한 걸 보면 타인과의 접촉을 어지간히 꺼리는 인물이 틀림없다고 덴고는 추측했다.

후카에리는 잠기지 않은 현관문을 드르륵 열고 안으로 들어서더니 덴고에게 따라오라는 몸짓을 했다. 두 사람을 맞아주는 이는 아무도 없었다. 유난히 휑하고 고요한 현관에서 신을 벗고 잘 닦인 서늘한 복도를 걸어 응접실로 들어갔다. 응접실 창문으로는 굽이치며 이어진 산들이 파노라마처럼 내다보였다. 햇빛을 반사하며 사행하는 강도 보였다. 훌륭한 풍경이지만 그 풍경을 즐길 마음의 여유가 덴고에게는 없었다. 후카에리는 덴고를 큼직한 소파에 앉히고 아무 말 없이 방을 나갔다. 소파에서는 옛 시대의 냄새가 났다. 어느 정도 옛날인지, 덴고로서는 짐작도 가지 않았다.

무섭도록 꾸밈새가 없는 응접실이었다. 두툼한 통판의 키 낮은 테이블 위는 완전히 비어 있었다. 재떨이도 없고 테이블보도 없다. 벽에는 그림 하나 걸려 있지 않았다. 시계나 달력도 없다. 꽃병 하나 없다. 장식장 같은 것도 없다. 잡지도 책도 놓여 있지 않았다. 퇴색하여 무늬도 희미한 오래된 카펫이 바닥에 깔렸고 비슷하게 오래된 소파세트가 놓여 있을 뿐이다. 덴고가 앉은 뗏목처럼 큼직한 소파가 하나, 일인용 의자가 세 개. 큼직한 개방형 난로가 있지만 최근 그곳에 불을 지핀 흔적은 없었다. 4월도 중순에 접어들었건만 방은 썰렁하니 춥다. 겨우내 스며든 냉기가 아직도 그대로 버티고 있는 것 같았다. 그 방이 자신을 찾아온 어느 누구도 환영하지 않기로 굳게 결심한 뒤로 꽤 오랜 세월이 흐른 것처럼 보였다. 후카에리가 돌아와 역시 아무 말 없이 덴고 옆자리에 앉았다.

오랫동안 두 사람은 어느 쪽도 입을 열지 않았다. 후카에리는 자기 혼자만의 수수께끼 같은 세계에 틀어박혔고, 덴고는 조용히 심호흡을 하며 마음을 가다듬고 있었다. 이따금 멀리서 들리는 새소리를 빼고는 방 안은 한없이 고요하다. 귀를 기울이면 그 정적에는 몇 가지 의미가 내포되어 있는 것처럼 덴고에게는 느껴졌다. 그저 소리 하나 없이 고요한 것이 아니다. 침묵 자체가 스스로 뭔가를 말하고 있는 것 같았다. 덴고는 별뜻 없이 손목시계에 눈을 던졌다. 얼굴을 들어 창밖의 풍경을 바라보고, 다시 손목시계를 들여다보았다. 시간은 거의 지나지 않았다. 일요일 아침은 시간이 느릿느릿 걸어간다.

십 분쯤 지나 예고도 없이 벌컥 문이 열리고, 한 야윈 남자가 급한 걸음으로 응접실에 들어왔다. 나이는 아마 육십대 중반쯤이리라. 키는 160센티미터 정도였지만, 자세가 반듯한 탓에 왜소한 느낌은 없다. 쇠기둥이라도 넣은 것처럼 등이 꼿꼿하고 턱이 바짝 당겨져 있다. 눈썹이 풍성하고, 사람을 위협하기 위해 만들어진 것 같은 굵고 까만 테의 안경을 쓰고 있었다. 이 사람의 움직임에는, 모든 부분이 압축되어 콤팩트하게 만들어진 정밀한 기계를 연상하게 하는 점이 있었다. 쓸데없는 부분은 일절 없이 다양한 부위가 유효하게 맞물려 있다. 덴고는 자리에서 일어나 인사를 하려고 했지만 그는 그대로 앉아 있으라고 급히 손짓을 했다. 덴고가 그 지시에 따라 엉거주춤 쳐들었던 엉덩이를 다시 내려놓자 그도 경쟁하듯이 맞은편 일인용 소파에 냉큼 앉았다. 그리고 잠시 동안 남자는 말없이 덴고의 얼굴을 그저 빤히 바라보았다. 예리한 눈빛이라고 할 건 아니지만, 구석구석까지 빈틈없이 꿰뚫어보는 눈이었다. 눈은 이따금 가늘어지고 다시 커졌다. 사진가가 렌즈의 조리개를 조절할 때처럼.

남자는 하얀 셔츠 위에 진초록 스웨터를 입고 진한 회색 울 바지를 입고 있었다. 모두 십 년쯤은 일상적으로 몸에 걸쳐온 옷처럼 보였다. 몸에 잘 들어맞기는 하지만 약간 늘어나 있다. 아마도 옷에 그리 신경을 쓰지 않는 것 같았다. 또한 그를 대신하여 신경을 써주는 사람도 주위에 없을 것이다. 머리칼은 성기고 덕분에 앞뒤 길이가 긴 두상이 한층 강조되었다. 볼이 야위어 턱뼈의 각이 도드라져 보였다. 도톰하고 어린애처럼 작은 입술만 전체적인 인상에 어딘지 어울리지 않았다. 말끔히 밀지 않아 수염이 군데군데 남아 있었다. 하지만 햇빛 때문에 그렇게 보이는 것뿐인지도 모른다. 창문으로 들어오는 산지의 햇살은 덴고가 평소에 익숙히 보아오던 햇살과는 성분이 얼마간 다른 것 같았다.

"이렇게 멀리까지 오시게 해서 미안하네." 남자의 말투에는 독특한 강약이 있었다. 불특정 다수의 사람들 앞에서 이야기하는 게 장기간 몸에 밴 사람의 말투다. 그것도 아마 논리가 강한 이야기를. "사정이 있어서 내가 이곳을 비우기가 어려웠기 때문에 힘들여 여기까지 오시게 했어."

그런 건 전혀 염려하지 않아도 괜찮다고 덴고는 말했다. 그리고 자기 이름을 밝혔다. 명함을 준비하지 못해 죄송하다고 했다.

"나는 에비스노라고 하네." 상대는 말했다. "나도 명함이 없어."

"에비스노 씨." 덴고는 되뇌었다.

"다들 선생이라고 부르지. 내 딸아이까지 왜 그런지 나를 선생이라고 불러."

"어떤 한자를 쓰시는지요?"

"드문 이름이야. 웬만해서는 보기 힘들어. 얘야, 에리, 한자를 써드리렴."

후카에리는 고개를 끄덕이고 수첩 같은 것을 꺼내 빈 페이지에 볼펜으로 천천히 시간을 들여 '융야(戎野)'라고 썼다. 못으로 벽돌에 새긴 듯한 글씨였다. 나름대로 멋있다고 하지 못할 것도 없는 필체다.

"영어로 하면 field of savages. 나는 예전에 문화인류학을 전공했는데 그 학문에는 참으로 잘 어울리는 이름이야." 선생은 말했다. 그리고 얼마간 웃음 비슷한 것을 입가에 띠었다. 그래도 예리한 눈빛은 조금도 변함이 없었다. "하지만 꽤 오래전에 연구생활과는 연을 끊었어. 지금은 그것과는 관계없는 일을 하고 있지. 다른 종류의 field of savages에 옮겨 살고 있는 셈이야."

분명 드문 이름이었지만 덴고는 들은 기억이 있었다. 1960년대 후반에 분명 에비스노라는 이름의 유명한 학자가 있었다. 몇 권인가의 책을 냈고 그 당시 상당한 호평을 받았다. 그것이 어떤 내용의 책이었는지 상세한 것까지는 알지 못하지만, 이름만은 기억의 귀퉁이에 남아 있다. 하지만 어느 틈엔가 그 이름을 더이상 듣지 못하게 되고 말았다.

"성함을 들은 적이 있는 것 같은데요." 덴고는 넌짓 떠보듯이 말했다.

"그럴지도 모르지." 선생은 이 자리에 없는 다른 사람에 대해 이야기하듯 먼 곳을 바라보며 말했다. "어쨌거나 먼 옛날 일이야."

덴고는 옆에 앉은 후카에리의 조용한 숨소리를 느낄 수 있었다. 느리고 깊은 호흡이었다.

"가와나 덴고 군." 선생은 이름표를 소리 내어 읽듯이 말했다.

"네, 맞습니다." 덴고는 말했다.

"자네는 대학에서 수학을 전공했고 요즘은 요요기 학원에서 수학 강사를 하고 있다." 선생은 말했다. "하지만 다른 한편으로는 소설을 쓰고 있다. 그런 이야기를 우선 이 아이에게서 들었는데, 맞는가?"

"그렇습니다." 덴고는 말했다.

"수학강사로도 보이지 않고, 소설가로도 보이지 않는군."

덴고는 쓴웃음을 지으며 말했다. "바로 얼마 전에도 누군가에게 그런 말을 들었습니다. 아마 제 덩치가 커서 그렇겠지요."

"나쁜 뜻에서 한 말이 아니야." 선생은 말했다. 그리고 검은 안경 다리를 슬쩍 올렸다. "뭔가로 보이지 않는다는 건 결코 나쁜 일이 아니지. 요컨대 아직 틀에 박히지 않았다는 얘기니까."

"그렇게 말씀해주시니 감사합니다. 하지만 저는 아직 소설가는 아닙니다. 소설을 쓰려고 시도하고 있을 뿐이지요."

"시도하고 있다."

"이런저런 시행착오를 하고 있는 중입니다."

"그렇군." 선생은 말했다. 그리고 방 안의 냉기를 이제 막 깨달은 것처럼 두 손을 가볍게 맞비볐다. "그리고 내가 들은 바에 의하면 이 아이가 쓴 소설을 자네가 손을 봐서 좀더 완성된 작품으로 만들어 문예지 신인상을 수상하게 하려고 한다. 그래서 이 아이를 작가로 세상에 내놓으려고 한다. 그렇게 해석하면 되겠나?"

덴고는 신중하게 말을 골랐다. "기본적으로는 말씀하신 그대로입니다. 고마쓰라는 편집자가 이 일을 제안했습니다. 계획이 실제로 순조롭게 풀릴지는 저도 잘 모르겠습니다. 더구나 그것이 도의적으로 옳은 일인지도 잘 모르겠습니다. 이 계획에서 제가 관여하게 되는 것은「공기 번데기」라는 작품의 문장을 실제로 고쳐 쓴다는 부분뿐입니다. 말하자면 단순한 기술자죠. 그밖의 부분에 대해서는 그 고마쓰라는 분이 책임을 지고 있습니다."

선생은 잠시 집중하여 뭔가를 생각했다. 고요히 가라앉은 방 안에 그의 두뇌가 회전하는 소리가 들리는 것 같았다. 그리고 선생은 말했다. "그 고마쓰라는 편집자가 이 계획을 생각해냈고, 자네가 기술적인 측면에서 거기에 협력하고 있다."

"그렇습니다."

"나는 원래 학자이고 솔직히 말해 소설은 그리 열심히 읽지 않아. 그래서 소설 세계의 관행에 대해서는 잘 모르네만, 자네들이 하려고 하는 일은 내게는 일종의 사기행위처럼 들리는군. 내가 틀린 것인가?"

"아뇨, 틀리지 않습니다. 제게도 그렇게 들렸습니다." 덴고는 말했다.

선생은 가볍게 얼굴을 찌푸렸다. "하지만 자네는 그 계획에 윤리적인 의혹을 표하면서도, 그래도 역시 거기에 자진해서 관여하려는 건가?"

"자진해서 나선 것은 아니지만, 관여하려고 하는 건 분명합니다."

"그건 어째서일까?"

"그건 제가 지난 일주일 남짓 저 자신에게 수없이 물어본 질문입니다." 덴고는 솔직히 말했다.

선생과 후카에리는 말없이 덴고의 다음 말을 기다리고 있었다.

덴고는 말했다. "제가 가진 이성도 상식도 본능도 이런 일에서는 한시바삐 발을 빼는 게 좋다고 하고 있습니다. 저는 원래 신중하고 상식적인 사람입니다. 도박이나 모험을 좋아하지 않습니다. 어느 쪽인가 하면 오히려 겁이 많은 편이겠지요. 하지만 이번만은 고마쓰 씨가 제안한 이 위험한 계획에 아무래도 못 하겠다는 말을 할 수가 없습니다. 그 이유는 단 한 가지, 「공기 번데기」라는 작품에 강하게 끌렸기 때문입니다. 다른 작품이었다면 두말없이 그런 일은 거절했을 겁니다."

선생은 잠시 덴고의 얼굴을 신기하다는 듯 바라보았다. "그러니까 자네는 이 계획의 사기적인 부분에는 흥미가 없지만 그 작품을 고쳐 쓰는 일에는 깊은 흥미를 갖고 있다. 그런 얘기인가?"

"그렇습니다. 깊은 흥미보다 더한 것이에요. 「공기 번데기」가 만일 고쳐 써야 할 작품이라면 저로서는 그 작업을 다른 사람의 손에 맡기고 싶지는 않습니다."

"흠, 그렇군." 선생은 말했다. 그리고 뭔가 시큼한 것을 깜박 실수로 입에 넣은 듯한 얼굴을 했다. "그래, 자네 마음은 대강 이해할 것 같군. 그러면 고마쓰라는 인물이 노리는 것은 무엇일까? 돈인가, 아니면 명성인가?"

"고마쓰 씨의 속마음은 솔직히 저도 잘은 모릅니다." 덴고는 말했다. "하지만 금전이나 명성보다는 좀더 큰 것이 동기가 되었을 거라는 짐작은 합니다."

"이를테면?"

"본인은 아마 인정하지 않겠지만, 고마쓰 씨도 한때는 문학에 들씌웠던 사람입니다. 그런 사람들이 추구하는 건 단 한 가지예요. 평생 단 한 작품이라도 좋으니 틀림없는 진짜를 발견하는 것이지요. 그 것을 쟁반에 얹어 세상에 내놓는 일입니다."

선생은 잠시 덴고의 얼굴을 바라보았다. 그리고 대답했다. "그러 니까 자네들에게는 저마다 다른 동기가 있다. 금전도 명성도 아닌 동 기가."

"그렇다고 할 수 있습니다."

"하지만 동기의 성질이 어떻든 간에 자네 스스로 말한 대로 이건 상당히 위험한 계획이야. 만일 어느 단계에서 사실이 밝혀져버리면 이건 틀림없이 큰 스캔들이 될 거야. 그러면 세상의 비난을 받는 건 자네들 두 사람 선에서 끝나지 않아. 이제 겨우 열일곱 살인 이 아이 인생이 치명적인 손상을 입을 수도 있어. 그 점이 이번 일에서 내가 가장 우려하는 것이야."

"걱정하시는 것도 당연합니다." 덴고는 고개를 끄덕이며 말했다. "옳은 말씀이세요."

거뭇거뭇하고 풍성한 한 쌍의 눈썹은 그 간격이 1센티미터쯤 줄 었다. "그럼에도 불구하고, 이를테면 결과적으로 이 아이를 위험에 빠뜨리더라도 자네는 「공기 번데기」를 자신의 손으로 고치겠다는 건 가?"

"앞서 말씀드렸듯이 그런 바람은 이성이나 상식의 영역을 벗어난 데서 나온 것이기 때문입니다. 저로서는 물론 할 수 있는 한 후카에 리를 지켜주고 싶습니다. 하지만 피해를 끼칠 일이 결코 없다고는 말 씀드릴 수 없습니다. 그건 거짓말이 됩니다."

"그렇군." 선생은 말했다. 그리고 논점을 가르듯이 한 차례 헛기

침을 했다. "어떻든 자네는 정직한 사람인 것 같군."

"적어도 제가 할 수 있는 한 정직해지려고 노력하고 있습니다."

선생은 바지의 무릎 위에 놓인 자신의 양 손을 낯선 것을 바라보듯이 잠시 바라보았다. 손등을 바라보고 다시 뒤집어 손바닥을 바라보았다. 그러고는 얼굴을 들고 말했다. "그래서 고마쓰라는 편집자는 그 계획이 정말로 잘될 거라고 생각하나?"

"'모든 일에는 반드시 두 개의 측면이 있다'라는 것이 그의 생각입니다." 덴고는 말했다. "좋은 면과 그다지 나쁘지 않은 면, 두 가지입니다."

선생은 웃었다. "상당히 독특한 견해로군. 고마쓰라는 인물은 낙천주의자인가, 자신만만한 사람인가, 어느 쪽이지?"

"어느 쪽도 아니에요. 그저 시니컬할 뿐입니다."

선생은 가볍게 고개를 저었다. "그 편집자는 시니컬해지면 낙천적이 된다, 혹은 자신만만한 사람이 된다. 그런 것이겠군?"

"그런 경향이 있을지도 모르겠군요."

"까다로운 사람인 것 같군그래."

"네, 상당히 까다로운 사람이에요." 덴고는 말했다. "하지만 어리석지는 않습니다."

선생은 숨을 천천히 토해냈다. 그러고는 후카에리 쪽을 향했다. "에리, 어떠냐, 너는 이 계획에 대해 어떻게 생각하지?"

후카에리는 공간의 알 수 없는 한 지점을 잠시 응시했다. 그러고는 말했다. "그래도 돼요."

선생은 후카에리의 간결한 발언에 필요한 말을 보충했다. "그건 그러니까 이 사람에게 「공기 번데기」를 고쳐 쓰게 해도 괜찮다는 얘기냐?"

"괜찮아요." 후카에리는 말했다.

"그것 때문에 네게 귀찮은 일이 생길지도 모르는데?"

후카에리는 거기에는 대답하지 않았다. 카디건 깃을 목 언저리까지 더 단단히 여몄을 뿐이다. 하지만 그 동작은 그녀의 결심이 단호하다는 것을 단적으로 보여주고 있었다.

"아마도 이 아이가 옳을 게야." 선생은 체념한 듯이 말했다.

덴고는 후카에리의 주먹을 쥔 조그만 두 손을 바라보았다.

"하지만 또 한 가지 문제가 있는데." 선생은 덴고에게 말했다. "자네와 그 고마쓰라는 인물은 「공기 번데기」를 발표하고 이 아이를 소설가로 키워 세상에 내놓으려 하고 있어. 하지만 이 아이에게는 난독증이 있네. 디스렉시아. 그건 알고 있나?"

"아까 전철 안에서 대강의 상황은 파악했습니다."

"아마도 선천적인 것일 게야. 그것 때문에 학교에서는 계속 일종의 지능발달장애로 취급했지만, 실제로는 머리가 아주 좋은 아이야. 깊은 지혜를 갖고 있어. 하지만 그렇다고 해도 이 아이가 난독증이라는 건 지극히 조심스럽게 말해서 자네들이 생각하는 계획에 그다지 좋은 영향을 끼치지는 못할 텐데."

"그 사실을 알고 있는 사람이 모두 몇 명이나 될까요?"

"본인을 제외하고는 세 사람이야." 선생은 말했다. "나와 내 딸 아자미, 그리고 자네. 그밖에는 아무도 모르지."

"후카에리가 다니던 학교의 선생님은 그런 사실을 몰랐습니까?"

"알지 못했어. 시골의 작은 학교야. 난독증이라는 말은 들어본 적도 없을 게야. 게다가 학교에 다닌 건 아주 짧은 기간이었어."

"그렇다면 어떻게든 덮어둘 수 있을지도 모르겠네요."

선생은 잠시 품평이라도 하듯이 덴고의 얼굴을 바라보았다.

"에리는 아무래도 자네를 무척 신뢰하는 모양이야." 그는 잠시 뒤에 덴고에게 말했다. "왠지는 모르겠네만. 그런데……"

덴고는 말없이 다음 말을 기다렸다.

"그런데, 나는 에리를 신뢰하고 있어. 그러니 이 아이가 자네에게 작품을 맡겨도 괜찮다고 한다면 나로서는 인정할 수밖에 없겠지. 다만 자네가 정말로 이 계획을 추진할 생각이라면 이 아이에 관해 몇 가지 알아두어야 할 일이 있네." 선생은 가느다란 실밥이라도 발견한 것처럼 손으로 바지 오른쪽 무릎 주위를 몇 번 툭툭 털어냈다. "이 아이가 어린시절을 어디서 어떻게 보냈는가. 어떤 사정으로 내가 에리를 맡게 되었는가. 말하기 시작하면 길어질 것 같네만."

"말씀해주십시오." 덴고는 말했다.

덴고 옆에서 후카에리가 자세를 고쳐 앉았다. 그녀는 아직도 카디건 앞섶을 두 손으로 잡고 목 언저리까지 여미고 있었다.

"그러세." 선생은 말했다. "이야기는 60년대로 거슬러올라가. 에리의 아버지와 나는 오랜 친구였어. 내 쪽이 열 살쯤 나이가 많지만, 같은 대학 같은 학부에서 학생들을 가르쳤지. 성격이며 세계관은 판이하게 달랐는데도 왠지 마음이 잘 맞았어. 우리는 두 사람 모두 늦게 결혼을 해서 얼마 뒤에는 나란히 딸을 얻었어. 같은 관사에서 살

왔기 때문에 온 가족이 서로 오가며 지냈네. 서로 간에 하는 일도 척척 잘 풀리던 시절이었어. 그 당시만 해도 이른바 '신진기예의 학자'로 한창 주목을 받았지. 매스컴에도 간간이 얼굴을 내밀었어. 세상 온갖 일이 재미있어서 견딜 수 없는 시절이었어.

그런데 60년대도 종반에 접어들면서 세상이 점점 뒤숭숭해졌어. 70년 안보조약에 대한 학생운동이 고조되면서 대학은 봉쇄되고 기동대와 접전이 벌어지고, 피투성이 내부항쟁으로 사람도 여럿 죽었지. 그런저런 일이 너무 번거로워서 나는 대학을 퇴직하기로 했어. 원래부터 아카데미즘과는 죽이 맞지 않았지만, 그즈음에는 정말 넌더리가 났지. 체제건 반체제건 그런 건 아무려나 상관없어. 어차피 조직과 조직의 다툼에 불과하지. 그리고 나는 크건 작건 조직이라는 것을 애초부터 믿지 않아. 자네는 생김새를 보니 그즈음 아직 대학생은 아니었지?"

"제가 대학에 들어갈 때쯤에는 이미 소요가 완전히 가라앉은 뒤였습니다."

"잔치가 끝난 뒤였구먼."

"그렇습니다."

선생은 두 손을 잠시 치켜들었다가 다시 무릎 위에 내려놓았다. "내가 대학을 그만두고 이 년 뒤에 에리의 아버지도 대학을 떠났지. 그는 당시 마오쩌둥 혁명사상을 신봉해서 중국 문화대혁명을 지지하고 있었어. 문화대혁명이 얼마나 추하고 비인간적인 측면을 가지고 있는가, 그런 정보는 당시 우리 귀에는 거의 들어오지 않았거든. 마오쩌둥 어록을 인용하는 것이 일부 인텔리에게는 일종의 지적인 패션으로까지 통했지. 그는 일부 학생들을 끌어들여 홍위병 비슷한 선구적인 부대를 학내에 조직하고 대학 데모에 참가했어. 그를 흠모해서 다른 대학의 학생들까지 그의 조직에 가담하기도 했지. 그리고 그가 이끄는 분파는 한때 상당한 규모로 확대되었어. 대학 측의 요청으로 기동대가 학내에 돌입하고, 농성중이던 그는 학생들과 함께 체포되어 형사범으로 문초를 받았어. 그리고 대학에서는 사실상 해고되었지. 에리는 아직 어렸기 때문에 그런 쪽으로는 아마 아무것도 기억하지 못할 게야."

후카에리는 입을 다물고 있었다.

"이 아이 아버지의 이름은 후카다 다모쓰, 라고 하네만 그는 대학을 떠난 뒤에 홍위병 부대의 핵심이던 십여 명의 학생들을 거느리고 '다카시마 학원'에 들어갔어. 학생들 대부분이 대학에서 제적되었거든. 우선 어디든 갈 곳이 필요했어. 그런 때에 다카시마는 괜찮은 거처였지. 당시 이건 매스컴에서도 잠깐 화제가 되었는데, 알고 있나?"

덴고는 고개를 저었다. "그건 잘 모르겠습니다."

"후카다의 가족도 행동을 함께했어. 그러니까 부인과 에리 말일세. 일가족이 다카시마에 들어간 거야. 다카시마 학원에 대해서는 알고 있나?"

"대략적인 건 알고 있습니다." 덴고는 말했다. "코뮌 같은 조직으로 완전한 공동생활을 하고 농업으로 생계를 유지하던 단체지요. 낙농업에도 힘을 기울였고, 규모는 전국적입니다. 사유재산을 일절 인정하지 않고 소유물은 모두 공유합니다."

"맞아. 후카다는 그런 다카시마 시스템에서 유토피아를 추구했다는 얘기야." 선생은 진지한 얼굴로 말을 이었다. "하지만 군이 말할 것도 없는 일이네만, 유토피아라는 건 세상 어디에도 존재하지 않아. 연금술이나 영구운동이 어디에도 존재하지 않는 것처럼. 다카시마 측에서 하는 일은, 내가 감히 평을 하자면, 아무것도 생각할 줄 모르는 로봇을 만들어내는 것이었어. 인간의 머리에서 스스로 사고하는 회로를 제거해버리는 곳이지. 조지 오웰이 소설에 썼던 것과 흡사한 세계야. 하지만 자네도 아마 알고 있겠지만, 그런 뇌사적인 상황을 자진해서 원하는 자들이 이 세상에는 적지 않아. 그러는 게 어쨌건 속은 편하거든. 번잡스러운 일은 생각하지 않아도 되고, 입 딱 다물고 위에서 하라는 대로 하면 돼. 굶어죽을 일은 없어. 그런 환경을 원하는 사람들에게는 아닌 게 아니라 다카시마 학원은 유토피아겠지.

하지만 후카다는 그런 사람이 아니야. 매사를 철저히 자신의 머리로 생각하는 인간이지. 그걸 전문 직업으로 밥을 벌어먹고 살아온 사람이야. 그런 그가 다카시마 같은 곳에 만족했을 리가 없지. 물론 후카다 역시 그런 것쯤은 처음부터 다 알고 있었어. 대학에서 쫓겨나 머리 큰 학생들을 데리고 갈 곳이라고는 거기밖에 없고, 그래서 임시 피난처로 그곳을 선택했던 거지. 말하자면 그가 원했던 것은 다카시마라는 시스템의 노하우였어. 무엇보다 먼저 그들은 농업기술부터 배워야 했어. 후카다도 그렇고 그의 학생들도 그렇고, 죄다 도시 출신들이니 농사를 어떻게 짓는지 아는 게 전혀 없었거든. 내가 로켓공학에 대해 아무것도 모르는 것과 똑같지. 그래서 완전히 첫걸음부터 농업에 대한 지식이며 기술을 실천적으로 익힐 필요가 있었어. 유통

구조나 자급자족의 가능성과 한계, 공동생활의 구체적인 규칙 등에 대해서도 배울 것이 아주 많았지. 이 년여를 다카시마에서 살면서 배울 만한 건 다 배웠어. 마음만 먹으면 학습은 빠른 자들이니까. 다카시마의 장점과 단점도 정확하게 분석했지. 그런 다음에 후카다는 자기 일파를 거느리고 다카시마를 떠나 독립했어."

"다카시마는 즐거웠어." 후카에리가 말했다.

선생은 빙그레 웃었다. "어린아이에게는 분명 즐거운 곳이었을 게야. 하지만 일정한 나이가 되어 자아가 싹트기 시작하면 많은 아이들에게 다카시마의 생활은 생지옥에 가까운 것이야. 내 머리로 세상을 생각하려고 하는 자연스러운 욕구를 위에서 힘으로 억누르니 말이지. 그건 말하자면 뇌의 전족 같은 거야."

"전족." 후카에리가 물었다.

"옛날 중국에서 어린 소녀의 발을 헝겊으로 묶고 작은 신발에 억지로 끼워 맞춰서 크지 못하게 한 거야." 덴고가 설명했다.

후카에리는 아무 말 없이 그 광경을 상상하고 있었다.

선생은 말을 이었다. "후카다가 이끄는 분리파의 핵심인물은 물론 그와 행동을 함께해온 홍위병 비슷한 옛 대학생들이었지만, 그밖에도 그들 그룹에 참여하겠다는 사람들이 모여들었지. 그들 분리파는 눈덩이처럼 불어나 처음에 예상했던 것보다 큰 그룹이 되었어. 이상을 품고 다카시마에 들어온 사람들 중에 그 체제에 만족하지 못하고 실망을 느끼던 자들이 적잖이 있었거든. 그중에는 히피적인 코뮌 생활을 지향하는 자들이 있는가 하면, 대학분쟁에 좌절한 좌익도 있었고, 평범한 현실생활에 만족하지 못해 새로운 정신생활을 찾아 다카시마에 들어왔다는 자도 있었지. 독신자가 있는가 하면 후카다처럼 가족을 거느린 가장도 있었어. 오합지졸이라고 할까, 잡다한 면면들이었지. 후카다가 그들의 리더였어. 그는 천부적인 리더였지. 이스라엘 인들을 통솔한 모세처럼. 머리가 뛰어나고 언변도 좋고 판단력이 예리했어. 카리스마도 갖추고 있었지. 신체도 건강해. 그래, 딱 자네만한 체격이야. 사람들은 당연한 일처럼 그를 그룹의 중심에 앉히고 그의 판단에 따랐어."

선생은 두 손을 들어 펼치고 그의 체구를 묘사했다. 후카에리는 그 두 손의 넓이를 바라보고는 덴고의 몸을 보았다. 하지만 아무 말도 하지 않았다.

"후카다와 나는 성격도 생김새도 전혀 달라. 그는 타고난 지도자고 나는 타고난 '한 마리 외로운 늑대'야. 그는 정치적인 인간이고 나는 한없이 비정치적인 인간이야. 그는 큼직하고 나는 자그마하지. 그는 핸섬하고 풍채가 좋고, 나는 기묘한 모양새의 머리를 가진 보잘것 없는 학자야. 하지만 그래도 우리는 사이좋은 친구였어. 서로를 인정하고 신뢰했지. 과장이 아니라 평생 단 한 사람의 친구였어."

후카다 다모쓰가 이끄는 그룹은 야마나시 현의 산 속에서 자신들의 목적에 적합한 한적한 마을을 찾아냈다. 젊은 농업 후계자를 찾지 못한 채 남겨진 노인들만으로는 농사일을 할 수도 없어 거의 폐촌이 되어가던 마을이었다. 그들은 그곳의 농경지와 가옥을 거저나 다름없는 가격으로 손에 넣을 수 있었다. 비닐하우스도 딸려 있었다. 관청에서도 기존의 농지를 그대로 물려받아 농사일을 계속하겠다는 조건으로 보조금을 지급해주었다. 적어도 처음 몇 년 동안은 세금 우대 혜택도 받을 수 있었다. 거기에 더해 후카다에게는 개인적인 자금원 같은 것이 있었다. 그것이 어디에서 나오는 어떤 종류의 돈인지, 그건 에비스노 선생도 알지 못했다.

"그 자금원에 대해서 후카다가 끝까지 입을 다물고 아무에게도 발설하지 않았어. 하지만 아무튼 어딘가에서 후카다는 코뮌 설립에 필요한 적지 않은 액수의 자금을 모아왔어. 그들은 그 돈으로 농기구를 마련하고 건축자재를 구입하고 예비비를 축적했지. 자기들 손으로 기존 가옥을 개축해서 서른 명의 멤버들이 생활할 수 있는 시설도 지었어. 그게 1974년의 일이야. 그렇게 새로 탄생한 코뮌은 '선구(先驅)'라는 이름으로 불렸지."

선구? 덴고는 생각했다. 그 이름은 들은 기억이 있다. 하지만 어디서 들었는지 생각나지 않았다. 기억을 더듬을 수가 없었다. 그것이 그의 신경을 전에 없이 답답하게 했다. 선생은 말을 이었다.

"새로운 터전에 자리를 잡기까지 몇 년 동안은 코뮌의 운영이 상당히 어려울 거라고 후카다는 각오를 단단히 했었는데, 실제로는 예상보다 순조롭게 진행됐어. 다행히 기후가 좋았던 덕도 있었고, 인근 주민들이 도움의 손길을 내밀어준 덕도 있었지. 사람들은 우선 리더 후카다의 성실한 인품에 호감을 가졌고, '선구'의 젊은 멤버들이 땀을 흘리며 열심히 농사일에 전념하는 모습을 보고는 완전히 감동해버렸어. 지역 주민들이 자주 얼굴을 내밀고 이래저래 유익한 조언을 해줬지. 그렇게 해서 그들은 농업에 대한 현지의 지식을 몸으로 익히고, 그 땅과 함께 살아가는 방법을 배워나갔어.

'선구'는 기본적으로 다카시마에서 배워온 노하우를 그대로 답습했는데, 몇몇 부문에서는 독자적인 연구를 했어. 이를테면 백 퍼센트 완전한 유기농법으로 바꾼다, 방충을 위한 화학약품조차 쓰지 않는다, 유기비료만으로 야채를 재배한다. 그렇게 해서 도회지 부유층을 대상으로 식재료의 통신판매를 시작했어. 그러는 게 단가를 높게 받을 수 있었기 때문이야. 이른바 에콜로지 농업의 선구자였어. 착안을 아주 잘했지. 멤버의 대부분이 도시 출신이었기 때문에 도회지 사람들이 원하는 게 무엇인지를 잘 알고 있었어. 오염이 없는 신선하고 맛있는 야채를 위해서라면 도시 사람들은 자진해서 비싼 돈을 지불하거든. 그들은 배송업자와 계약을 맺고 유통을 간소화해서 신속하게 도시에 식품을 배달하는 독자적인 시스템을 만들어냈어. '흙투성이 못난이 야채'를 도리어 상품 전략으로 내세운 것도 그들이 시초였지."

"나는 몇 차례 후카다의 농장에 찾아가 그와 이야기를 나누곤 했어." 선생은 말했다. "그는 새로운 환경에서 새로운 가능성을 시도하는 일로 몹시 활기차 보였어. 그즈음이 후카다에게는 가장 평온하고 희망에 가득한 시대였을 게야. 부인과 이 아이도 새로운 생활에 제법 익숙해진 것 같았지.

'선구' 농장의 소문을 듣고 동참을 희망하는 자들도 불어났어. 통신판매를 통해 그 이름이 서서히 세상에 알려지고, 코뮌의 대표적 성공사례로 미디어에 다뤄지기도 했으니까. 돈과 정보에 쫓기는 현실을 피해 자연 속에서 땀 흘리며 일하겠다는 사람이 세상에는 적지 않았고, '선구'는 그런 사람들을 속속 받아들였어. 희망자가 찾아오면 면접과 심사를 거쳐 코뮌에 도움이 될 만한 사람은 멤버로 참가시켰어. 찾아오는 사람 누구나 다 받아주었던 건 아니야. 멤버의 질과 모럴은 높이 유지해야 했으니까. 농업기술이 있는 사람, 엄격한 육체노동을 견뎌낼 건강한 사람들을 원했어. 남녀 비율을 반반에 가깝게 유지하기 위해 여자들도 환영했지. 사람이 불어나면 농장 규모는 커져가게 마련이지만 놀고 있는 농경지며 가옥이 인근에 아직 수두룩했기 때문에 시설 확대는 그리 어려운 일이 아니었어. 농장 구성원도 초기에는 젊은 독신자 중심이었지만, 일가족이 함께 들어오는 경우도 서서히 불어났어. 새롭게 참여한 사람들 중에는 고등교육을 받고 전문직에 종사하던 이들도 많았어. 이를테면 의사나 엔지니어, 교사와 회계사 같은 이들. 그런 사람들은 공동체에서 환영을 받았지. 그들의 전문기술이 크게 도움이 되거든."

"그 코뮌에서도 다카시마처럼 원시공산제적인 시스템을 채택했습니까?" 덴고가 물었다.

선생은 고개를 저었다. "아니, 후카다는 재산의 공유제는 채택하지 않았어. 그는 정치적으로는 과격하지만 냉정한 현실주의자이기도 해. 그가 지향하는 것은 좀더 완화된 공동체였어. 개미집 비슷한 사회를 만드는 건 그가 추구하는 바가 아니었어. 전체를 몇 개의 유닛으로 분할하고 그 유닛 안에서 완화된 공동생활을 하는 방식을 취했어. 사유재산을 인정하고 보수도 어느 정도 배분을 했지. 자신이 속한 유닛에 불만이 있으면 다른 유닛으로 옮기는 것도 가능했고, '선구' 자체를 떠나는 것도 자유로웠어. 외부와의 교류도 자유롭게 했고 사상교육이나 세뇌 같은 건 거의 하지 않았어. 그런 식으로 환기가 잘되는 자연스러운 체제를 취하는 게 노동효율이 더 높다는 것을 그는 이미 다카시마 시절부터 느꼈던 거지."

후카다의 지도 아래 '선구' 농장의 운영은 순조롭게 궤도에 올랐다. 하지만 코뮌은 서서히 두 개의 파로 분명히 갈리게 되었다. 이러한 분열은 후카다가 채택한 완화된 유닛 시스템이 가동되는 한 불가피한 일이었다. 하나는 무투파(武鬪派)로, 후카다가 예전에 조직했던 홍위병 유닛을 중심으로 한 혁명 지향 그룹이었다. 그들은 농업 코뮌 생활을 어디까지나 혁명의 예비단계로 보고 있었다. 농업을 하면서 잠복하다가 때가 되면 무기를 들고 봉기한다. 그것이 그들의 흔들림 없는 노선이었다.

또 하나는 온건파로, 자본주의 체제를 반대한다는 점에서는 무투파와 공통점이 있지만, 정치와는 거리를 두고 자연 속에서 자급자족의 공동생활을 하는 것을 이상으로 삼았다. 수적으로는 온건파가 농장 내에서 다수를 차지했다. 무투파와 온건파는 물과 기름 같은 것이었다. 평소 농사일을 할 때는 목적이 똑같기 때문에 별다른 문제가 일어나지 않았지만, 코뮌 전체의 운영방침에 대해 어떤 결정이 필요할 때는 양쪽의 의견이 항상 극명하게 갈렸다. 서로의 주장이 전혀 근접할 여지가 없는 일이 자주 일어났다. 그런 때는 격렬한 논쟁이 벌어졌다. 이렇게 되면 코뮌 분열은 시간문제였다.

시간이 경과함에 따라 중간적인 존재가 받아들여질 여지는 점점 좁아졌다. 이윽고 후카다도 어느 쪽이든 자신의 입장을 택하지 않으면 안 되는 상황까지 몰렸다. 그즈음에는 그도 1970년대의 일본에는 혁명을 일으킬 만한 여지도 기운도 없다는 것을 대강 깨닫고 있었다. 그리고 그가 원래 염두에 두었던 것은 가능성으로서의 혁명이고, 좀더 말하자면 비유로서의 혁명, 가설로서의 혁명이었다. 그러한 반체제적, 파괴적 의지의 발동이 건전한 사회에는 불가결하다고 그는 믿었다. 이른바 건전한 자극제로서. 하지만 그가 이끌고 온 학생들이 추구하는 것은 진짜 피가 흐르는 실제 혁명이었다. 물론 후카다에게도 책임은 있었다. 시대의 분위기에 편승하여 피가 끓고 살이 튀는 이야기를 역설해서 그런 목적도 없는 신화를 학생들의 머릿속에 심어주었던 것이다. 이건 조건부 혁명이야, 라고는 결코 말하지 않았다. 성실한 사람이었고 머리도 좋았다. 학자로서도 우수했다. 하지만 유감스럽게도 지나친 달변가여서 자신의 말에 취해버리는 경향이 있었다. 심도 있는 수준에서의 내성(內省)과 실증을 빠뜨리는 면이 눈에 띄었다.

그렇게 해서 '선구' 코뮌은 둘로 갈렸다. 온건파는 '선구'가 처음 자리잡았던 마을에 그대로 남고, 무투파는 5킬로미터쯤 떨어진 또다른 폐촌으로 옮겨 그곳을 혁명운동의 거점으로 삼았다. 후카다 가족은 다른 모든 가족 멤버들과 함께 '선구'에 남았다. 그것은 대체적으로 우호적인 결별이었다. 분파 코뮌을 설립하는 데 필요한 자금은 후카다가 어디선가 마련해온 모양이었다. 분리 뒤에도 두 개의 농장은 표면적인 협력관계를 유지했다. 필요한 물자를 주고받고 경제적인 이유에서 생산물의 유통도 같은 루트를 이용했다. 작은 두 개의 공동체가 살아남고 유지해가기 위해서는 서로를 도울 필요가 있었다.

하지만 원래의 '선구'와 새로운 분파 코뮌 사이의 왕래는 시간이 지나면서 사실상 끊겼다. 그들이 지향하는 바가 너무도 달랐기 때문이다. 다만 후카다와 그가 예전에 이끌었던 선두그룹 학생들 간에는 분리 후에도 교류가 이어졌다. 후카다는 그들에 대해 강한 책임감을 갖고 있었다. 원래 그 자신이 조직하여 야마나시의 산속까지 이끌고 온 멤버들인 것이다. 자기 사정만으로 간단히 내팽개칠 수는 없었다. 거기에 분파 코뮌에서는 후카다가 쥐고 있는 비밀의 자금원을 필요로 하고 있었다.

　　"후카다는 일종의 분열상태에 빠져 있었어." 선생은 말했다. "그는 더이상 혁명의 가능성이나 로맨스를 진심으로 믿지는 않았어. 그렇다고 그걸 전면 부정한다는 것도 불가능한 일이었지. 혁명을 전면 부정하는 것은 그가 지금까지 걸어온 세월을 전면 부정하는 일이고, 사람들 앞에서 자신의 과오를 인정하는 일이었으니까. 그건 그로서는 도저히 못 할 일이야. 그러기에는 자존심이 너무 셌고, 또한 그의 후퇴로 인해 학생들 사이에 발생할 혼란도 염려했어. 아직 그때만 해도 후카다는 핵심적인 학생들을 어느 정도 컨트롤할 힘을 가지고 있었기 때문이지.

　　그런 연유로 그는 '선구'와 분파 코뮌 사이를 왕래하는 생활을 하게 되었어. 후카다는 '선구'의 리더를 맡고, 또 한편으로는 무투파 분파 코뮌의 고문 역할도 한 거야. 혁명을 더이상 믿지 않는 사람이 다른 사람들에게는 계속 혁명이론을 역설한 거지. 분파 코뮌 멤버들은 농사일을 하는 한편으로 무장투쟁 훈련과 엄격한 사상교육을 행했어. 그리고 정치적으로는 후카다의 의사와는 반대로 점점 더 첨예한 방향으로 내달렸지. 그 코뮌은 갈수록 철저한 비밀주의를 취하고 외부인을 전혀 들이지 않게 되었어. 공안경찰은 무장혁명을 주창하는 그들을 요주의 단체로 보고 주시하고 있었지."

선생은 다시 바지의 무릎 언저리를 바라보았다. 그리고 얼굴을 들었다.

"'선구'가 분열된 게 1976년이야. 후카에리가 '선구'를 탈출해서 우리집에 찾아온 건 그 다음 해였어. 그리고 그즈음부터 분파 코뮌은 '여명'이라는 새로운 이름을 내걸게 되었지."

고개를 든 덴고의 눈이 가늘어졌다. "잠깐만요." 그는 말했다. 여명. 그 이름도 분명히 들은 기억이 있었다. 하지만 그 기억은 왜 그런지 몹시 막연하고 종잡을 수 없었다. 그가 거기서 더듬어낼 수 있는 것은 사실과 비슷한 몇 가지 흐릿한 단편뿐이었다. "혹시 그 '여명'이라는 곳이 몇 년 전에 큰 사건을 일으키지 않았습니까?"

"그래." 에비스노 선생은 말했다. 그리고 다른 어떤 때보다 심각한 눈빛으로 덴고를 바라보았다. "모토스 호수 근처 산 속에서 경찰과 총격전을 벌였던, 바로 그 유명한 '여명'이라네."

총격전, 덴고는 생각했다. 그런 이야기를 들은 적이 있다. 아주 큰 사건이다. 하지만 왠지 그 상세한 내용을 떠올릴 수가 없다. 일의 전후가 뒤엉켰다. 억지로 생각해보려고 하면 몸 전체가 강하게 뒤틀리는 듯한 감각이 몰려왔다. 마치 상반신과 하반신이 각기 반대방향으로 틀어지는 것 같다. 머릿속이 둔하게 욱신거리고 주위 공기가 급속히 희박해져갔다. 물 속에 있을 때처럼 소리가 멍멍했다. 지금이라도 당장 그 '발작'이 일어날 것만 같았다.

"왜 그러나?" 선생이 걱정스럽게 물었다. 그 목소리는 아주 먼 곳에서 들려왔다.

덴고는 고개를 저었다. 그리고 목소리를 쥐어짰다. "괜찮습니다. 금세 가라앉을 겁니다."

제*11*장 아오마메

Q

육체야말로 인간의 신전이다

　아오마메만큼 고환을 걷어차는 기술에 숙달된 사람은 아마 손꼽을 정도일 것이다. 발차기 패턴에 대해서도 매일 연마를 거듭하고 실전 연습을 빠뜨리지 않았다. 고환을 걷어찰 때 무엇보다 중요한 것은 망설임을 배제하는 것이다. 상대의 가장 허술한 부분을 무자비하게, 전격적으로, 치열하게 공격한다. 히틀러가 네덜란드와 벨기에의 중립국 선언을 무시하고 유린해버리는 것으로 마지노선의 약점을 찔러 간단히 프랑스를 함락시킨 것과 같이. 잠시도 망설여서는 안 된다. 단 한순간의 망설임이 치명적인 것이 된다.

　일반적으로 말해, 고환 걷어차기 이외에 여성이 자신보다 크고 힘센 남자를 일대일로 맞서 쓰러뜨릴 방법은 거의 없다고 해도 무방하다. 그것이 아오마메의 굳건한 신념이었다. 몸의 그 부분만이 남자라는 생물이 안고 있는—혹은 매달고 있는—최대의 약점이다. 그리고 대부분의 경우, 그것은 유효한 방어태세를 갖추고 있지 않다. 그 메리트를 이용하지 않을 이유는 없다.

고환을 힘껏 걷어차이는 아픔이 어떤 것인지, 여자인 아오마메는 물론 구체적으로는 알지 못한다. 추측할 수도 없다. 하지만 그것이 상당한 아픔인 것 같다는 점은 걷어차인 상대의 반응이나 표정에서 대충 짐작이 된다. 제아무리 힘이 센 남자도, 터프한 남자도 그 고통만은 견디지 못했다. 그리고 그 고통에는 자존심의 전폭적인 실추도 따르는 것처럼 보였다.

"그건 이제 곧 세계가 끝나버리는 게 아닌가 싶을 정도의 아픔이야. 그거 말고는 제대로 비유할 말도 없어. 보통 아픔과는 전혀 달라." 아오마메가 설명을 청했을 때, 어떤 남자는 심사숙고 끝에 그렇게 대답했다.

아오마메는 그 비유에 대해 잠시 생각했다. 세계가 끝나?

"그럼 거꾸로 말하면, 세계의 종말이라는 건 고환을 세게 차였을 때 같은 건가?" 아오마메는 물었다.

"세계의 종말을 아직 체험해보지 않아서 정확한 말은 할 수 없지만, 어쩌면 그럴지도 모르겠네." 남자는 말을 멈추고 막연한 눈빛으로 허공을 노려보았다. "그곳에는 그저 깊은 무력감밖에 없어. 암울하고 허탈하고, 구원이라고는 없지."

아오마메는 그뒤에 우연히 한밤중의 TV 명화 프로그램에서 〈그날이 오면〉이라는 영화를 보았다. 1960년 전후에 제작된 미국 영화다. 미국과 소련 사이에 전면전이 발발하고, 대량의 핵미사일이 날치 떼처럼 대륙 간을 성대히 오가는 바람에 지구는 어이없이 괴멸하고, 세계 거의 모든 지역에서 인류는 죽어간다. 하지만 바람의 방향인지 뭔지의 영향으로 남반구 오스트레일리아 한 곳만은 아직 죽음의 재가 날아오지 않았다. 그러나 그것이 도착하는 건 시간문제다. 인류의 전멸은 이제 어떻게도 피할 도리가 없다. 살아남은 사람들은 그 땅에서 이제 곧 들이닥칠 종말을 어찌할 바를 모른 채 기다리고 있다. 그들은 저마다의 방식으로 인생 최후의 나날들을 살아간다. 그런 줄거리였다. 구원이라고는 없는 암울한 영화였다(하지만 그럼에도 불구하고 모두가 마음속 깊은 곳에서는 세상의 종말을 은근히 고대하고 있다고, 아오마메는 그 영화를 보며 새삼 확신했다).

어쨌거나 한밤중에 혼자 그 영화를 보며 아오마메는 "그래, 고환을 힘껏 걷어차인다는 건 저런 심정이구나"라고 추측하고 나름대로 이해했다.

아오마메는 체육대학을 졸업하고 4년여 동안 스포츠드링크 및 건강식품 제조회사에 근무하며 그 회사 여자 소프트볼부의 중심선수(에이스 투수이자 4번 타자)로 활약했다. 팀은 그럭저럭 괜찮은 성적을 거두어 전국대회 8강에도 몇 번 들었다. 하지만 오쓰카 다마키가 죽은 그 다음 달에 아오마메는 회사에 사직서를 내고 소프트볼 선수로서의 경력에 종지부를 찍었다. 더이상 소프트볼이라는 경기를 계속할 마음이 나지 않았기 때문이다. 생활도 과감하게 바꿔보고 싶었다. 그리고 대학선배의 소개로 히로오의 스포츠클럽에 인스트럭터로 취직했다.

스포츠클럽에서는 주로 근육 트레이닝과 마셜 아츠 관련 클래스를 담당했다. 높은 입회금과 회비를 받는 유명한 고급클럽으로, 회원

중에는 저명인사도 많았다. 그녀는 여성을 위한 호신술 클래스를 몇 개 개설했다. 그것은 아오마메가 가장 특기로 삼는 분야였다. 덩치 큰 남성을 본뜬 인형을 만들어 사타구니 부분에 고환 대신 검은 장갑을 꿰매놓고 여성회원들에게 그곳을 걷어차는 연습을 철저히 반복시켰다. 실감나게 하기 위해 장갑에 스쿼시 볼 두 개를 집어넣었다. 그것을 신속하게, 무자비하게, 연달아 걷어찬다. 많은 여성회원은 그 훈련을 특히 즐거워했고 기술도 눈에 띄게 향상되었다. 하지만 개중에는 그런 광경을 보고 눈살을 찌푸리는 사람들이 있어서(그 대부분은 물론 남성회원이었다), "아무리 그래도 그건 너무 심하지 않나"라는 불만의 목소리가 클럽 측에 접수되었다. 그 결과, 아오마메는 매니저에게 불려가 고환 걷어차기 연습은 자제하라는 지시를 받았다.

"하지만 고환 걷어차기 기술 없이 여자가 남자의 공격에서 자기 몸을 지키는 건 현실적으로 불가능해요." 아오마메는 클럽 매니저를 향해 역설했다. "대개 남자 쪽이 몸집도 크고 힘이 세잖아요? 재빠른 고환 공격이 여성으로서는 유일한 승리의 기회예요. 마오쩌둥도 말했어요. 상대의 약점을 찾아내 그곳을 집중 격파하여 기선을 제압하라. 그것 말고는 게릴라군이 정규군을 이길 기회는 없었어요."

"자네도 알다시피 우리는 도쿄에서도 손꼽히는 고급 스포츠클럽이야." 매니저는 난감한 얼굴로 말했다. "회원 대부분이 저명인사들이라고. 모든 면에서 우리 클럽은 품위를 유지하지 않으면 안 돼. 이미지가 중요한 거야. 묘령의 여성들이 모여서 기성을 내지르며 인형의 사타구니를 걷어차는 연습을 하는 건 이유야 어떻든 적잖이 품위가 떨어지는 일이지. 클럽에 가입하려고 둘러보러 왔다가 우연히 자네 클래스의 그런 광경을 목격하고 가입을 포기한 사례도 있어. 마오 쩌둥이 뭐라고 했건 칭기즈칸이 뭐라고 했건, 그런 모습은 많은 남성들에게 불안과 분노와 불쾌감을 주는 거야."

남성회원에게 불안이나 분노나 불쾌감을 주는 것에 대해 아오마메는 털끝만큼도 켕기는 게 없었다. 우격다짐으로 성폭행을 당하는 고통에 비하면 그런 불쾌감 따위는 별것도 아니지 않은가. 하지만 상사의 지시를 거스를 수는 없었다. 아오마메가 주도하는 호신술 클래스는 공격도의 레벨을 대폭 낮추지 않으면 안 되었다. 인형 사용도 금지되었다. 그 바람에 연습 내용은 그저 그런 형식적인 것이 되고 말았다. 아오마메로서는 물론 유쾌한 일이 아니었고 회원들 사이에서도 불만의 목소리가 나왔지만, 고용된 처지에 어쩔 도리가 없었다.

아오마메의 생각으로는, 만일 남자가 우격다짐으로 덮쳐올 때 고환을 걷어차는 그 효과적인 기술을 쓰지 못한다면 그밖에 할 수 있는 건 거의 없다. 달려드는 상대의 팔을 잡아 등뒤로 틀어올리는 것 같은 고단수의 기술은 실전에서 제대로 통할 리가 없다. 현실과 영화는 다르다. 그런 기술을 시도하느니 아예 아무것도 하지 말고 재빨리 도망갈 길을 찾으라는 게 차라리 낫다.

어쨌든 아오마메는 고환의 공격 방법을 열 가지 종류쯤 터득하고 있었다. 남자 후배들에게 보호구를 채우고 실제로 시도해보기도 했다. "선배의 불알차기는 보호구를 해도 지독히 아파요. 제발 좀 봐주세요"라고 그들은 비명을 질렀다. 아오마메는 만일 필요하다면 그 세련된 기능을 실천에 옮기는 데 눈곱만큼도 망설임이 없다. 혹시라도 나를 공격하는 무모한 놈이 있다면, 그때는 세계의 종말을 생생하게 보여주리라고 그녀는 마음먹었다. 왕국의 도래를 똑똑히 직시하게 해주리라. 한 방에 저 남반구로 날려보내 캥거루랑 왈라비와 함께 죽음의 재를 듬뿍 뒤집어쓰게 해줄 것이다.

왕국의 도래에 대해 생각하며 아오마메는 바 카운터에서 톰 콜린스를 가볍게 한 모금씩 마셨다. 누군가와 약속이 있는 척 이따금 손목시계를 보았지만 실제로 누가 올 일은 없다. 그저 손님들 중에서 적당한 남자를 물색하고 있을 뿐이다. 시계는 여덟시 반을 넘어서고 있었다. 그녀는 캘빈클라인의 다갈색 재킷 아래 연한 블루 블라우스와 감색 미니스커트를 입었다. 오늘도 특제 아이스픽은 지니고 있지 않았다. 그건 양복장 서랍에 타월에 둘둘 말려 평화롭게 쉬고 있다.

그 바는 롯폰기에 있고, 싱글스 바로 알려져 있었다. 많은 독신남자가 독신여자를 찾아오는 곳으로—혹은 그 반대로—유명했다. 외국인도 많았다. 헤밍웨이가 바하마에서 노상 죽치고 있던 술집을 본뜬 인테리어다. 청새치가 벽에 장식되어 있고 천장에서부터 그물이 길게 늘어져 있다. 거대한 물고기를 낚아올린 사람들의 기념사진이 몇 개나 걸려 있다. 헤밍웨이의 초상화도 있었다. 명랑한 파파 헤밍웨이. 그가 만년에 알코올 중독으로 고통받다가 엽총자살을 했다는 게 이곳을 찾는 사람들은 그다지 마음에 걸리지 않는 모양이다.

그날 밤도 몇몇 남자가 말을 걸어왔지만 모두 아오마메의 마음에는 들지 않았다. 척 보기에도 날라리 같은 느낌의 대학생 두 명이 치근덕거렸지만 귀찮아서 대답도 하지 않았다. 눈초리가 험상궂은 삼십 전후의 샐러리맨에게는 "누구랑 만날 약속이 있어요"라고 차갑게 거절했다. 젊은 남자들은 대개의 경우 아오마메의 취향이 아니다. 그들은 콧김을 씩씩거리며 자신감 하나는 대단하지만, 화제가 빈약하고 이야기가 따분하다. 침대에서는 걸신들린 듯 덤비기만 할 뿐 섹스를 즐기는 참된 방법을 알지 못한다. 약간 시들어가는 기미가 보이는, 가능하면 머리숱이 슬슬 줄어가는 정도의 중년남자가 그녀의 취향이다. 그러면서도 천박한 태가 없고 깔끔한 사람이 좋다. 거기에 머리통 모양도 좋아야 해. 하지만 그런 남자는 쉽게 눈에 띄지 않는다. 그래서 아무래도 타협의 여지가 필요하다.

아오마메는 주위를 둘러보며 조용히 한숨을 내쉬었다. 어째서 세상에는 '적당한 남자'라는 게 이리도 없는 걸까. 그녀는 숀 코네리를 생각했다. 그의 두상을 머릿속에 떠올리는 것만으로도 몸의 깊은 곳이 둔중하게 욱신거렸다. 만일 이 자리에 숀 코네리가 짠하고 나타난다면 무슨 짓을 해서든 내 것으로 만들어버릴 텐데. 하지만 말할 것도 없이, 숀 코네리가 롯폰기의 바하마 풍 싱글스 바에 얼굴을 내밀리 없다.

술집 벽에 설치된 대형 텔레비전에는 퀸의 영상이 흐르고 있었다. 아오마메는 퀸의 음악을 별로 좋아하지 않는다. 되도록 그쪽에 눈을 돌리지 않도록 주의했다. 스피커에서 흘러나오는 음악도 되도록 듣지 않으려고 노력했다. 드디어 퀸이 끝나자 이번에는 아바의 영상이 나왔다. 뭐가 이래, 아오마메는 생각했다. 지독한 밤이 될 것 같은 예감이 들었다.

아오마메가 '버드나무 저택' 노부인을 만난 건 스포츠클럽에서였다. 그녀는 아오마메가 담당하는 호신술 클래스에 들어 있었다. 단명으로 끝나버린 바로 그 인형공격을 중심으로 하는 과격한 클래스였다. 자그마한 몸집에, 클래스에서 가장 고령이었지만 그녀는 몸동작이 경쾌하고 발차기도 날카로웠다. 이 사람은 여차하면 망설임 없이 상대의 고환을 걷어찰 수 있겠다고 아오마메는 생각했다. 쓸데없는 말은 결코 하지 않고, 공연히 빙빙 돌려 말하는 법도 없다. 아오마메는 노부인의 그런 점이 마음에 들었다. "나만한 나이가 되면 딱히 호신을 할 필요도 없지만요." 그녀는 수업이 끝난 뒤에 아오마메에게 그렇게 말하며 기품 있게 미소를 지었다.

"나이 문제가 아닙니다." 아오마메는 단호하게 말했다. "이건 삶의 방식 자체의 문제예요. 항상 진지하게 자신의 몸을 지키려는 자세가 중요해요. 공격받는 걸 그저 감수하기만 해서는 어떻게도 해결이 안 되죠. 만성적인 무력감은 사람을 야금야금 갉아먹고 손상시킵니다."

노부인은 잠시 말없이 아오마메의 눈을 바라보았다. 아오마메가 말한 뭔가, 혹은 그 말투가 아무래도 그녀에게 강한 인상을 준 모양이었다. 그러고는 조용히 고개를 끄덕였다. "당신 말이 맞아요. 참으로 옳은 말이에요. 당신은 확고한 사고방식을 가졌군요."

며칠 뒤에 아오마메는 봉투를 하나 받았다. 그 봉투는 클럽 접수처를 통해 전달되었다. 안에 짧은 편지가 들었고, 아름다운 필체로 노부인의 이름과 전화번호가 적혀 있었다. 바쁘시겠지만 시간이 날 때 연락을 해주면 고맙겠다는 편지였다.

전화는 비서인 듯한 남자가 받았다. 아오마메가 이름을 밝히자 말없이 내선으로 바뀌었다. 노부인이 전화를 받아, 일부러 전화해줘서 고맙다, 만일 폐가 되지 않는다면 어디서 식사라도 함께했으면 한다, 개인적으로 조용히 이야기하고 싶은 게 있으니, 라고 말했다. 기꺼이 찾아뵙겠다고 아오마메는 말했다. 그러면 내일 밤은 어떻겠느냐고 노부인은 물었다. 아오마메에게 이의는 없었다. 다만 나 같은 사람을 상대로 무슨 할 이야기가 있다는 걸까, 하고 의아하게 생각했을 뿐이다.

두 사람은 아자부의 조용한 프렌치 레스토랑에서 저녁을 함께 했다. 노부인은 그 레스토랑의 오랜 고객인 듯했다. 깊숙한 안쪽 상석으로 안내를 받았고, 잘 아는 사이인 듯한 초로의 웨이터가 나와 정중한 접대를 해주었다. 그녀는 마름질이 잘된 연녹색 무지 원피스를 입고(60년대의 지방시처럼 보인다), 비취 목걸이를 하고 있었다. 중간에 지배인이 나와 공손하게 인사를 했다. 메뉴는 야채요리가 많고 맛도 고급스럽고 담백했다. 그날의 특선 수프는 우연히도 그린피스(靑豆) 수프였다. 노부인은 잔술로 샤블리 한 잔을 마시고, 아오마메도 그것으로 했다. 요리와 마찬가지로 고급스럽고 깔끔한 맛의 와인이었다. 아오마메는 메인으로 흰살 생선 그릴요리를 골랐다. 노부인은 야채요리를 택했다. 그녀가 야채를 먹는 방법은 예술품처럼 아름다웠다. 나만한 나이가 되면 아주 조금만 먹어도 살 수 있답니다, 라고 그녀는 말했다. "가능하다면 질이 좋은 것으로만요"라고 반은 농담처럼 덧붙였다.

노부인은 아오마메에게 개인적인 트레이닝을 원했다. 일주일에 이삼 일, 자택에서 마셜 아츠를 가르쳐줄 수 없겠는가. 가능하다면 근육 스트레칭도 해주었으면 좋겠다.

"물론 가능하죠." 아오마메는 말했다. "일단 클럽 프런트를 통해 개인 출장 트레이닝을 신청해주셔야 합니다만."

"좋아요." 노부인은 말했다. "하지만 스케줄 조정은 당신과 직접 상의하도록 하지요. 중간에 사람이 끼어들어 대화가 복잡해지는 건 피하고 싶군요. 그래도 괜찮을까요?"

"괜찮습니다."

"그러면 다음 주부터 시작하지요." 노부인은 말했다.

그것만으로 볼일은 끝이 났다.

노부인은 말했다. "지난번에 클럽에서 당신이 한 말에 감동했어요. 무력감에 대한 이야기였지요. 무력감이 얼마나 사람을 손상시키는가 하는 얘기. 기억하고 있어요?"

아오마메는 고개를 끄덕였다. "기억합니다."

"한 가지 질문해도 될까요?" 노부인은 말했다. "시간을 절약하기 위해 상당히 직설적인 질문이 될 텐데."

"뭐든 질문하세요." 아오마메는 말했다.

"당신은 페미니스트나 레즈비언인가요?"

아오마메는 얼굴을 조금 붉히고는 고개를 저었다. "아니라고 생각합니다. 제 사고방식은 어디까지나 개인적인 것이에요. 페미니스트도 레즈비언도 아닙니다."

"다행이군요." 노부인은 말했다. 그리고 그녀는 안심한 듯이 몹시 기품 있게 브로콜리를 입에 옮기고, 몹시 기품 있게 저작하고 와인 잔을 들어 입술을 적시는 정도로 조금 마셨다. 그리고 말했다.

"당신이 혹시 페미니스트나 레즈비언이라 해도 나는 전혀 상관없어요. 그건 아무런 영향도 끼치지 않습니다. 하지만 굳이 말하자면 그렇지 않은 편이 오히려 일의 앞뒤가 깔끔해요. 내가 하려는 말이 무엇인지 알겠어요?"

"알 것 같습니다." 아오마메는 말했다.

일주일에 두 번, 아오마메는 노부인의 집으로 찾아가 마셜 아츠를 가르쳤다. 노부인의 딸이 아직 어렸을 때에 발레 레슨을 하기 위해 마련했다는 전면 거울의 넓은 연습실에서 두 사람은 면밀하게 순서에 맞는 동작으로 온몸을 움직였다. 그녀는 나이에 비해 몸이 유연하고 기능을 익히는 게 빨랐다. 자그마하지만 오랜 세월 공들여 다듬어진 몸이었다. 그밖에도 아오마메는 스트레칭의 기본을 가르치고, 근육을 풀기 위한 마사지를 해주었다.

아오마메는 근육 마사지가 특기였다. 체육대학에서는 누구보다 그 분야에서 성적이 뛰어났다. 그녀는 인간의 몸의 다양한 뼈와 다양한 근육의 이름을 자신의 머릿속에 철저히 주입했다. 하나하나의 근육의 역할과 성질, 그 단련방법과 유지법을 터득했다. 육체야말로 인간의 신전이며, 거기에 무엇을 받들어모시든 그것은 조금이라도 더 강인하고 아름답고 청결해야 한다는 것이 아오마메의 흔들림 없는 신념이었다.

일반적인 스포츠 의학만으로는 성이 차지 않아 개인적인 흥미에서 침술도 익혔다. 몇 년을 중국인 선생 밑에서 본격적으로 학습했다. 그녀가 빠르게 실력이 향상되어가는 데 선생은 감탄했다. 이 정도면 프로로 나서도 충분하다고 말해주었다. 아오마메는 기억력이 뛰어나고 인체 각 부분의 상세한 기능에 대해 지치지 않는 탐구심을 갖고 있었다. 그리고 무엇보다 그녀는 무섭도록 감이 좋은 손가락을 갖고 있었다. 어떤 부류의 사람들이 절대음감을 갖고 있거나 혹은 지하의 수맥을 찾아내는 능력을 가진 것과 똑같이, 아오마메는 신체기능을 좌우하는 미묘한 포인트를 순식간에 파악해내는 손가락을 갖고 있었다. 그것은 누군가가 가르쳐준 것이 아니었다. 저절로 체득한 것이었다.

아오마메와 노부인은 트레이닝과 마사지가 끝난 뒤, 둘이서 차를 마시며 시간을 보내고 이야기를 나누었다. 항상 다마루가 은쟁반에 다기 세트를 얹어 내왔다. 다마루가 처음 한 달쯤은 아오마메 앞에서 한 마디도 말을 하지 않아서, 아오마메는 노부인에게 저 사람은 혹시 말을 못 하는 거냐고 물어봤을 정도다.

어느 날 노부인은 아오마메에게 물었다. 지금까지 자신의 몸을 지키기 위해 고환을 걷어차는 그 기술을 실제로 시도해본 적이 있느냐고.

딱 한 번, 이라고 아오마메는 대답했다.

"성공했나요?" 노부인은 물었다.

"효과는 있었죠." 아오마메는 조심스레 말수를 줄여 대답했다.

"우리 다마루에게도 그 고환 걷어차기가 통할까요?"

아오마메는 고개를 저었다. "아마 안 될 겁니다. 다마루 씨는 그런 쪽으로는 훤하니까요. 뻔히 알고 이쪽의 움직임을 읽고 있는 사람에게는 먹히지 않아요. 고환 걷어차기가 통하는 건 실전에 익숙지 않은 아마추어뿐이죠."

"그러니까 당신은 다마루가 '아마추어'가 아니라는 걸 알고 있다는 거로군요."

아오마메는 말을 골랐다. "글쎄요. 보통사람과는 분위기가 다릅니다."

노부인은 홍차에 크림을 넣고 스푼으로 천천히 저었다.

"당신이 그때 상대한 사람은 아마추어 남자였겠군요. 몸집이 큰 사람이었나요?"

아오마메는 고개를 끄덕였지만, 아무 말도 하지 않았다. 상대는 체격이 좋고 힘도 세 보였다. 하지만 오만한 자여서 이쪽이 여자라는 것 때문에 방심하고 있었다. 아마 여자에게 고환을 걷어차인 경험은 한 번도 없었고, 그런 일이 자신에게 일어나리라고는 생각도 못 했을 것이다.

"그 사람은 부상을 당했요?" 노부인은 물었다.

"아뇨, 부상은 없었어요. 한참 동안 지독한 통증을 느꼈을 뿐이죠."

노부인은 잠시 침묵하고 있었다. 그러고는 질문했다. "지금까지 남자를 공격해본 일은 있나요? 단순히 아프게 하는 게 아니라 의도적으로 상해를 입힌 일이?"

"있습니다." 아오마메는 대답했다. 거짓말은 그녀가 잘하는 분야가 아니다.

"그 일에 대해 말해줄 수 있어요?"

아오마메는 가만히 고개를 저었다. "죄송합니다. 간단히 말씀드릴 수 있는 일이 아니에요."

"괜찮아요. 물론 간단히 말할 수 있을 만한 일이 아니겠지요. 무리해서 말할 필요는 없어요." 노부인은 말했다.

두 사람은 말없이 차를 마셨다. 서로 다른 무언가를 생각하며.

이윽고 노부인이 입을 열었다. "언젠가 말해도 좋겠다는 마음이 들면, 그때 일어났던 일을 내게 말해줄 수 있을까요?"

아오마메는 말했다. "언젠가 말씀드릴 수 있을지도 모르죠. 어쩌면 끝까지 말씀드리지 못할 수도 있고요. 솔직히 저도 잘 모르겠습니다."

노부인은 잠시 아오마메의 얼굴을 보았다. 그리고 말했다. "재미 삼아 묻는 건 아닙니다."

아오마메는 입을 다물고 있었다.

"내 눈에 당신은 내면에 뭔가를 끌어안고 살아가는 것처럼 보여요. 몹시 무거운 뭔가를. 처음 만났을 때부터 그걸 느꼈어요. 당신은 결의에 찬 강한 눈빛을 하고 있지요. 실은 내게도 그런 것이 있답니다. 끌어안고 있는 무거운 것이 있어요. 그래서 알아요. 서두를 건 없어요. 하지만 언젠가는 그걸 자기 밖에 내놓는 게 좋아요. 무엇보다 나는 입이 무거운 사람이고, 몇 가지 현실적인 방안도 갖고 있어요. 당신에게 도움이 될지도 몰라요."

훗날 아오마메가 마음을 정하고 그 이야기를 노부인에게 털어놓았을 때, 그녀는 인생의 다른 문을 열게 되었다.

"이봐요, 뭘 마시고 있어요?" 아오마메의 귓가에 누군가 말했다. 여자 목소리였다.

아오마메는 퍼뜩 정신을 차리고 고개를 들어 상대를 보았다. 머리를 50년대식 포니테일로 묶은 젊은 여자가 옆의 스툴에 자리를 잡고 있었다. 자잘한 꽃무늬 원피스에 자그마한 구찌 숄더백을 어깨에 메

고 있다. 손톱에는 연한 핑크빛 매니큐어를 곱게 칠했다. 살이 쪘다
고 할 건 아니지만, 동그스름한 얼굴에 보기 좋게 통통한 편이었다.
몹시 애교 있는 얼굴이다. 가슴은 크다.

아오마메는 적잖이 당황했다. 여자가 말을 걸어오리라고는 예상
하지 못했기 때문이다. 이곳은 남자가 여자에게 말을 거는 장소니까.

"톰 콜린스." 아오마메는 말했다.

"맛있어?"

"별로. 하지만 그리 독하지 않아서 홀짝홀짝 마실 만해."

"왜 톰 콜린스라고 하는 걸까?"

"글쎄, 모르겠네." 아오마메는 말했다. "처음 만든 사람의 이름 아
닐까? 별로 기발한 발명 같진 않지만."

그 여자는 손을 흔들어 바텐더를 부르더니, 나도 톰 콜린스요, 라
고 말했다. 잠시 뒤에 톰 콜린스가 나왔다.

"옆자리에 앉아도 돼?" 여자는 물었다.

"괜찮지. 비어 있으니까." 이미 앉아 있으면서 뭘, 하고 아오마메
는 생각했지만 입 밖에는 내지 않았다.

"여기서 누구 만날 약속이 있는 건 아니지?" 그 여자는 물었다.

아오마메는 딱히 대답은 하지 않고 말없이 상대의 얼굴을 관찰했
다. 아마 아오마메보다 서너 살은 어릴 것이다.

"아, 나는 그런 쪽에는 거의 흥미가 없으니까 걱정하지 않아도
돼." 여자는 작은 목소리로 고백하듯이 말했다. "혹시 그런 쪽으로
나를 경계하는 거라면 그렇다는 얘기야. 나도 남자하고 하는 게 좋
아. 그쪽하고 마찬가지로."

"나하고 마찬가지?"

"혼자 여기에 온 건 그럴싸한 남자를 찾으려는 거잖아?"

"그렇게 보여?"

상대는 가볍게 실눈을 떠 보였다. "그런 정도야 알지. 여기는 그런 걸 하기 위한 곳이잖아. 게다가 그쪽이나 나나 프로는 아닌 거 같고."

"물론이지." 아오마메는 말했다.

"저기, 괜찮다면 우리 둘이서 팀이 되어볼까? 남자들은 혼자 있는 여자보다 둘이 함께 있는 여자에게 말 걸기가 더 쉬운가봐. 우리도 그래, 혼자보다는 둘이 있으면 따분하지도 않고 왠지 마음이 놓이잖아? 겉모습은 나는 꽤 여성스러운 편이고 그쪽은 인상이 강하고 보이시한 느낌이니까, 한 팀이 되기에 그리 나쁘지 않은 거 같은데."

보이시한 느낌, 아오마메는 생각했다. 그런 말을 들은 건 처음이다.

"하지만 한 팀이라고 해도 서로 남자 취향이 다를지도 모르잖아. 잘될까?"

상대는 가볍게 입술을 구부렸다. "아, 그건 그렇다. 취향이라…… 으음, 그래서 그쪽은 어떤 타입이 좋은데?"

"가능하다면 중년." 아오마메는 말했다. "젊은 치는 별로야. 약간 머리숱이 줄어가는 정도가 내 취향."

"흐음." 여자는 감탄한 듯이 말했다. "그래, 중년 취향이구나. 나는 둘 중에 고르라면 젊고 팔팔한 꽃미남 형이 좋고 중년은 별로 흥미가 없지만 뭐, 그쪽이 좋다면 나도 한번 해봐도 돼. 왜, 무슨 일에나 경험이 중요하니까. 그런데 중년도 할 만해? 그러니까 그거, 섹스 말이야."

"사람에 따라 다르겠지." 아오마메는 말했다.

"그야 물론이지." 여자는 말했다. 그리고 무슨 중요한 학설을 검증하는 것처럼 눈이 가느스름해졌다. "섹스를 일반화하는 건 물론 불가능해. 하지만 굳이 묶어보자면?"

"나쁘지 않아. 횟수는 무리지만 시간은 꽤 유지해. 서두르지 않거든. 운이 좋으면 몇 번씩 가게 해줘."

상대는 거기에 대해 잠시 생각했다. "그렇게 말하니까 구미가 당기는데? 한번 시험해볼까."

"좋으실 대로." 아오마메는 말했다.

"저기, 넷이서 하는 섹스라는 거, 해본 적 있어? 도중에 상대를 바꾸는 거."

"없어."

"나도 없는데, 관심 있어?"

"아마 없을걸." 아오마메는 말했다. "한팀이 되는 건 좋지만, 우리가 잠깐이나마 함께 움직이려면 너에 대해 좀더 알아두는 게 좋을 거 같은데. 중간에 서로 말이 어긋날 수도 있고."

"좋아. 그건 분명 옳은 의견이야. 그럼, 이를테면 나의 어떤 점을 알고 싶어?"

"이를테면, 글쎄…… 어떤 일을 하지?"

여자는 톰 콜린스를 한 모금 마시고 잔을 코스터에 내려놓았다. 그리고 종이냅킨으로 입가를 톡톡 치듯이 훔치고는, 냅킨에 찍힌 립스틱 색깔을 살폈다.

"이거, 꽤 맛있는데?" 그녀는 말했다. "베이스는 진이겠지?"

"진하고 레몬주스하고 소다."

"정말, 기발한 발명이라고는 할 수 없지만 맛은 나쁘지 않아."

"다행이네."

"그건 그렇고, 내가 어떤 일을 하느냐고? 그건 어려운 질문이야. 내가 솔직하게 말해도 믿어주지 않을지도 몰라."

"그럼 나부터 말할게." 아오마메는 말했다. "나는 스포츠클럽에서 인스트럭터로 있어. 주로 마셜 아츠. 그리고 근육 스트레칭."

"마셜 아츠." 감탄한 듯 여자는 말했다. "브루스 리 같은 거?"

"그런 거."

"잘해?"

"그럭저럭."

여자는 빙긋 웃고 건배하듯이 잔을 들어올렸다. "그럼 여차하면 무적의 이인조가 될지도 모르겠네. 내가 이래봬도 꽤 오랫동안 합기도를 했거든. 사실을 말하자면, 나, 경찰이야."

"경찰." 아오마메는 말했다. 입이 살짝 벌어진 채 더이상 말은 나오지 않았다.

"경시청 근무. 그렇게 안 보이지?" 상대는 말했다.

"정말." 아오마메는 말했다.

"하지만 사실이야. 진짜로. 이름은 아유미."

"나는 아오마메."

"아오마메? 본명?"

아오마메는 무겁게 고개를 끄덕였다. "경찰이라면, 제복 입고 권총 차고 경찰차 타고서 길거리 순찰도 하는 거야?"

"난 그런 거 해보려고 경찰이 되었는데, 영 시켜주질 않아." 아유미는 말했다. 그리고 볼에 담긴 소금 뿌린 프레첼을 오도독 소리 내어 씹었다. "코미디 같은 제복 입고 미니 순찰차 타고 주차위반이나 단속하는 게 목하 나의 주된 업무지. 물론 권총 같은 건 소지하게 해주지도 않아. 도요타 카롤라를 소화전 코앞에 정차해둔 일반 시민을 향해 위협사격을 할 필요는 없거든. 나, 사격훈련 성적도 엄청 좋았는데 그런 건 아무도 알아주지 않아. 여자라는 이유만으로 오늘도 내 일도 경찰봉 끝의 초크로 아스팔트 위에 시각과 넘버 적고 다니는 일만 하는 거지."

"권총이라면, 베레타의 세미오토매틱?"

"그렇지, 그걸로 다 바뀌었으니까. 베레타는 나한테는 약간 무거워. 탄환을 풀로 장전하면 무게가 아마 1킬로그램 가까이 나갈 거야."

"본체 중량 850그램." 아오마메는 말했다.

아유미는 손목시계의 품질을 판정하는 전당포업자 같은 눈으로 아오마메를 보았다. "저기, 아오마메 씨, 어째서 그런 세세한 것까지 알고 있대?"

"옛날부터 총기 전반에 관심이 있었어." 아오마메는 말했다. "물론 실제로 쏴본 적은 없지만."

"그렇구나." 아유미는 이해했다는 듯이 말했다. "나도 실은 사격하는 거 좋아해. 베레타는 무게는 꽤 나가지만 사격 반동이 구식 총만큼 크지 않으니까 착실히 연습하면 몸이 작은 여자라도 별 무리 없이 다룰 수 있어. 하지만 위에 계신 분들은 그런 사고가 전혀 없어.

여자가 권총을 다룰 줄 알겠느냐는 식이지. 경찰 윗선이란 게 다들 남성 우월주의에 파시스트 같은 자들이거든. 난 경봉술 성적도 엄청 좋았어. 어지간한 남자한테는 지지 않았다고. 근데 전혀 평가도 안 해줘. 그저 하는 소리라고는 야한 농담뿐이지. 경봉깨나 쥐어본 솜씬데? 실전연습 좀 더하고 싶으면 언제든지 나한테 말해, 라나? 진짜 그 자식들 발상 하고는, 한 세기 반은 뒤떨어져요."

아유미는 그렇게 말하고 가방에서 버지니아 슬림을 꺼내 익숙한 손놀림으로 한 개비 꺼내 물고 가느다란 금장 라이터로 불을 붙였다. 그리고 천장을 향해 천천히 연기를 뱉어냈다.

"어째서 경찰이 될 마음을 먹은 건데?" 아오마메는 물었다.

"원래 경찰이 될 생각 같은 거 없었어. 근데 일반 사무직은 하기 싫더라고. 그렇다고 딱히 전문적인 기능도 없고. 그렇게 되면 선택할 수 있는 직종이 몇 가지 안 돼. 별수 없이 대학 4학년 때 경시청 채용 시험을 봤어. 게다가 우리 집안에는 왜 그런지 경찰이 많거든. 실은 아버지도 오빠도 경찰이야. 삼촌 하나도 경찰이고. 경찰이란 게 기본 적으로 끼리끼리 뭉치는 곳이라서 집안에 경찰이 있으면 우선적으로 채용해줘."

"경찰 가문이네."

"말하자면 그렇지. 하지만 실제로 들어오기 전까지는 경찰이란 게 이렇게까지 남녀차별이 심한 직장인 줄 몰랐어. 여경이라는 건 경찰 세계에서는 이른바 이급시민 같은 거야. 교통위반 단속을 한다든가, 책상 앞에 앉아 서류 관리를 한다든가, 초등학교 돌면서 어린이 안전 교육을 한다든가, 여자 용의자의 신체검사를 한다든가, 재미라고는 하나도 없는 그런 일거리만 떨어져. 나보다 분명 능력이 떨어지는 남자들은 줄줄이 신나는 현장에 보내주면서 말이지. 윗분들께서는 남녀의 기회균등이니 뭐니, 겉으로는 그럴싸하게 말하지만 실제로는 그리 간단하질 않아. 모처럼 생긴 근로의욕까지 싹 사라진다니까. 내 심정 알지?"

아오마메는 동의했다.

"그런 거, 진짜 짜증난다구."

"남자친구 같은 건 없어?"

아유미는 얼굴을 찌푸렸다. 그리고 손가락 사이의 가느다란 담배를 잠시 노려보았다. "여자가 경찰이 되면 남자친구 만들기가 현실적으로 너무 어려워. 우선 근무시간이 불규칙하니까 일반 직장인하고는 시간이 맞지를 않아. 게다가 좀 잘 풀려나가는 듯하다가도 내가 경찰이라는 걸 알면 그 즉시 보통남자들은 슬슬 꽁무니를 빼더라고. 꽃게가 바닷가 모래밭을 도망치듯이. 너무 심하다고 생각하지 않아?"

아오마메는 동의의 맞장구를 쳤다.

"그렇다면 내게 남겨진 유일한 길은 기껏 직장에서의 연애인데, 이게 또 기막히게 제대로 된 남자가 하나도 없어. 시시한 음담패설이나 툭툭 내뱉는 몹쓸 놈들뿐이라니까. 태어날 때부터 머리가 모자란 놈, 아니면 머릿속에 온통 출세밖에 없는 놈, 그 둘 중 하나야. 그런 자들이 이 사회의 안전을 떠맡고 있어. 일본의 장래는 밝지 않아."

"넌 얼굴도 예쁘고, 남자들한테 꽤 인기 있을 거 같은데." 아오마메는 말했다.

"뭐, 인기가 없는 건 아니지. 내 직업을 털어놓지 않는 한은 말이야. 그래서 이런 데서는 보험회사에 다니는 걸로 해두고 있어."

"여기, 자주 와?"

"자주라고 할 정도는 아냐. 어쩌다 한 번씩." 아유미는 말했다. 그리고 잠깐 머뭇거리더니 고백하듯이 말했다. "이따금 섹스가 하고 싶어져. 솔직히 말하면, 남자가 땡겨. 왜 있잖아, 이상하게 주기적으로 말이야. 그럴 때면 근사하게 차려입고 야시시한 속옷 골라 입고 여기 오는 거야. 그리고 적당한 상대 찾아내서 하룻밤 신나게 뒹구는 거지. 그러면 한동안 마음이 가라앉아. 아, 이건 건강한 성욕일 뿐이고, 무슨 색정광이니 섹스 마니아 같은 건 아니라서 한 번 신나게 발산하고 나면 그만이야. 내 생활에 길게 영향을 끼치거나 하는 일은 없어. 다음 날이면 또 열심히 땀 뻘뻘 흘리며 주차위반 단속하러 나가. 그쪽은?"

아오마메는 톰 콜린스 잔을 들고 조용히 마셨다. "뭐, 대충 비슷할 거야."

"애인은 없어?"

"그런 건 만들지 않기로 했어. 귀찮은 건 질색이라서."

"정해진 남자는 귀찮구나."

"뭐, 그렇지."

"하지만 이따금 참을 수 없을 만큼 땡긴다?" 아유미는 말했다.

"발산하고 싶다, 라는 표현이 내 취향에 맞는데."

"풍성한 하룻밤을 원한다, 라는 건?"

"그것도 나쁘지 않지."

"어찌 됐건 딱 하룻밤, 길게 영향을 미치지 않는 거."

아오마메는 고개를 끄덕였다.

아유미는 테이블에 턱을 괴고 거기에 대해 잠시 생각에 잠겼다. "우리, 공통된 점이 꽤 많은 것 같아."

"그럴지도." 아오마메는 인정했다. 다만 너는 여경이고, 나는 사람을 죽이고 있지. 우리는 법률의 안쪽과 바깥쪽에 있어. 그건 분명 커다란 차이겠지.

"이렇게 하자." 아유미는 말했다. "우리는 같은 손해보험회사에 다녀. 회사 이름은 비밀. 아오마메 씨는 선배고 나는 후배. 오늘 직장에서 약간 안 좋은 일이 있어서 스트레스도 해소할 겸 둘이 술 마시러 나왔다. 그리고 기분이 좋아졌다. 그런 시추에이션이면 될까?"

"그건 괜찮은데, 나는 손해보험 쪽은 하나도 몰라."

"그런 건 나한테 맡겨. 빈틈없이 이야기 지어내는 건 내 특기거든."

"그래, 그럴게." 아오마메는 말했다.

"그나저나 우리 바로 뒤 테이블의 중년남자 둘이, 아까부터 간절한 눈빛으로 여기저기 흘끔거리는데." 아유미가 말했다. "자연스럽게 고개 돌려서 확인해봐."

아오마메는 시키는 대로 자연스럽게 뒤를 돌아보았다. 한 칸 건너 테이블에 중년남자 둘이 앉아 있었다. 둘 다 일을 끝내고 잠시 한숨 돌리러 나온 샐러리맨 분위기였다. 양복에 넥타이 차림. 후줄근하지도 않고 넥타이 취향도 나쁘지 않다. 적어도 불결한 느낌은 없다. 한 사람은 아마도 사십대 후반, 또 한 사람은 마흔 전으로 보였다. 연상 쪽은 홀쭉하고 긴 얼굴, 이마가 뒤로 물러서고 있다. 젊은 쪽은, 예전에는 대학 럭비부에서 활약했지만 요즘 들어 운동부족으로 점점 살이 찌기 시작한 듯한 분위기다. 청년의 자취가 남아 있으면서도 턱 주위가 슬슬 두툼해져간다. 두 사람은 물에 희석한 위스키를 마시며 담소하고 있었지만, 시선은 안 그런 척 바 안을 둘러보며 뭔가를 찾고 있었다.

아유미가 그 두 남자를 분석했다. "내가 본 바로는, 이런 곳에는 아직 익숙하지 않아. 놀아보려고 나왔지만 여자에게 변변히 말을 붙이지 못해. 게다가 두 사람 모두 아마 유부남일 거야. 약간은 양심에 찔려하는 분위기도 있어."

아오마메는 그녀의 적확한 관찰안에 감탄했다. 내내 이야기 했으면서 어느새 그걸 다 간파해낸 걸까. 역시나 경찰 가문이다.

"아오마메 씨는 머리숱이 적은 쪽이 좋다고 했지? 그럼 나는 다부진 쪽으로 할래. 그래도 괜찮지?"

아오마메는 다시 한번 돌아보았다. 머리숱이 적은 쪽의 두상은 그럭저럭 괜찮은 정도였다. 숀 코네리와는 몇 광년쯤 거리가 있지만, 아쉬운 대로 합격점은 줄 만했다. 어떻든 퀸과 아바의 음악을 연달아 들어야 했던 밤이다. 배부른 소리를 하고 있을 수는 없다.

"좋아, 그렇게 하자. 하지만 저 사람들이 우리를 유혹하게 해야 할 텐데, 그건 어떻게?"

"날 샐 때까지 미적미적 기다릴 수만은 없지. 우리 쪽에서 쳐들어가는 거야. 다정하게, 우호적으로, 또한 적극적으로." 아유미가 말했다.

"진짜?"

"물론이지. 내가 가서 가볍게 말을 붙일 테니까 구경만 하셔. 아오

마메 씨는 여기서 기다리기만 하면 돼." 아유미는 말했다. 씩씩하게
톰 콜린스를 한 모금 마시고 양 손바닥을 쓱쓱 비볐다. 그러고는 구찌
숄더백을 어깨에 걸치고 생긋 미소 지었다. "자, 경봉술 시간이야."

제*12*장 덴고

당신의 왕국이 우리에게 임하옵시며

선생은 후카에리를 바라보며 말했다. "에리, 미안하지만 차 좀 내주겠니?"

소녀는 자리에서 일어나 응접실을 나갔다. 조용히 문이 닫혔다. 덴고가 소파 위에서 호흡을 가다듬고 의식을 회복하는 것을 선생은 말없이 기다리고 있었다. 선생은 검은 테 안경을 벗어 그리 깨끗해 보이지 않는 손수건으로 렌즈를 닦아 다시 썼다. 창밖의 하늘을 뭔가 작고 검은 것이 빠르게 가로질러갔다. 새인지도 모른다. 혹은 누군가의 영혼이 세계의 끝까지 날려갔는지도.

"죄송합니다." 덴고는 말했다. "이제 괜찮습니다. 아무렇지도 않아요. 이야기를 계속해주십시오."

선생은 고개를 끄덕이고 이야기하기 시작했다. "격렬한 총격전 끝에 분파 코뮌 '여명'이 괴멸한 건 1981년의 일이야. 지금부터 3년 전이지. 에리가 이곳에 찾아온 4년 뒤에 그 사건이 터졌어. 하지만 '여명' 사건은 일단 이번 일과는 관계없네.

에리가 우리와 같이 살게 된 건 열 살 때야. 우리집 앞에 아무 예고도 없이 나타난 에리는 내가 그때까지 알고 있던 에리와는 전혀 딴판이었어. 원래부터 말수 적고 낯선 사람과는 쉽게 친해지지 못하는 아이이긴 했어. 그래도 어렸을 때부터 나한테는 낯가리는 일 없이 곧잘 이야기를 했어. 하지만 그때 에리는 어느 누구에게도 입을 열지 않는 상태였네. 말 자체를 잃어버린 것 같았지. 말을 걸어도 그저 고개를 끄덕이고 가로젓는 정도밖에 하지 못했어."

선생은 말투가 약간 빨라지고 목소리도 보다 명료해져 있었다. 후카에리가 자리를 뜬 사이에 어느 정도 이야기를 진전시키려는 기색이 엿보였다.

"이 산꼭대기까지 찾아오느라 어지간히 고생을 했던 모양이야. 약간의 현금과 우리집 주소가 적힌 종이를 갖고 있었지만, 어떻든 그때까지 계속 고립된 환경에서 자랐고 게다가 제대로 말을 할 수 없었으니까. 그래도 그 메모에 의지해 차를 갈아타며 마침내 우리집 현관 앞까지 찾아왔어.

에리의 신상에 좋지 않은 일이 일어났다는 건 첫눈에 알았지. 집안일을 도와주는 아주머니와 아저씨가 에리를 돌봐주었네. 며칠 뒤에 에리가 그나마 진정된 기미를 보여서 내가 '선구'에 전화해서 후카다를 바꿔달라고 했지. 하지만 후카다는 지금 전화를 받을 수 없는 상황이라는 대답만 돌아왔어. 어떤 상황이냐고 물어도 가르쳐주질 않아. 그렇다면 부인과 통화하게 해달라고 했는데, 부인도 전화를 받을 수 없다는 게야. 결국 어느 쪽과도 말 한마디 못해봤네."

"에리를 댁에서 보호하고 있다는 건 그쪽에 말씀하셨습니까?"

선생은 고개를 저었다. "아니, 후카다에게 직접 말하지 않는 이상, 에리가 이곳에 와 있는 건 알리지 않는 게 좋겠다는 느낌이 들었어. 물론 그뒤에도 몇 번이나 후카다에게 연락을 시도했지. 별 수단을 다 써봤어. 하지만 무슨 짓을 해도 소용이 없었다네."

덴고는 미간을 찌푸렸다. "그러면 지난 칠 년 동안 한 번도 후카에리의 부모님과 연락을 하지 못했다는 말씀입니까?"

선생은 고개를 끄덕였다. "칠 년 동안, 전혀 소식불통이야."

"에리의 부모님은 칠 년 동안 딸의 행방을 찾지 않았다는 건가요?"

"그렇다네. 하지만 그건 아무리 생각해도 이상해. 왜냐하면 후카다 부부는 에리를 누구보다 사랑하고 귀하게 여기던 사람들이었거든. 게다가 에리가 의지하고 찾아올 사람은 나밖에 없어. 그들 부부는 둘 다 본가와는 인연을 끊은 지 오래여서 에리는 조부모 얼굴도 모른 채 컸다. 그런 에리가 의지할 수 있는 곳이라면 우리집밖에 없어. 어렸을 때부터 무슨 일이 생기면 우리집으로 가라는 말을 들으며 자랐으니까. 그런데도 그 두 사람에게서 나한테 한마디 연락도 없다니, 이건 있을 수 없는 일이야."

덴고는 물었다. "'선구'는 개방적인 코뮌이라고 아까 말씀하셨는데요."

"그렇지. '선구'는 개설 이래 일관되게 개방적인 코뮌으로 기능해왔어. 하지만 에리가 탈출해오기 얼마 전부터 외부와의 교류를 접는 방향으로 서서히 변하고 말았지. 처음 그런 기미를 깨달은 건 후카다와의 연락이 뜸해졌을 때야. 후카다는 젊어서부터 글을 즐겨 쓰던 친구라서 내게 긴 편지를 통해 코뮌 내부의 일이며 자신의 심경 등에 대해 이런저런 것들을 들려주곤 했지. 그런데 언제부턴가 그게 없어졌어. 내가 편지를 보내도 답장이 없고, 전화를 해도 바꿔주지 않아. 어쩌다 연결이 되어도 대화는 짧은 몇 마디로 제한되었지. 그리고 후카다는 누군가 엿듣고 있는 걸 안다는 듯이 몹시 퉁명스러운 말투였어."

선생은 무릎 위에서 두 손을 맞댔다.

"내가 '선구'에 찾아가기도 했었네. 에리 일로 후카다와 상의도 해야 하는데, 전화도 편지도 안 된다면 그다음은 직접 가보는 수밖에. 하지만 시설 안에 들어가게 해주지를 않았어. 입구에서 말 그대로 문전박대를 당했지. 아무리 사정해도 상대도 해주지 않아. '선구'는 어느새 높은 담장으로 주위를 에워싸고, 외부인은 모조리 문 앞에서 쫓아내는 곳이 되었어.

코뮌 내부에서 과연 무슨 일이 벌어지는지, 바깥에서는 짐작도 할 수 없었지. 무투파 '여명'이 비밀주의를 고수하는 건 이해가 돼. 그들은 무력혁명을 목표로 하는 곳이니 감춰야 할 일도 많겠지. 하지만 '선구'는 평화롭게 유기농법으로 농사를 짓는 게 활동의 전부였고, 처음부터 일관되게 외부에 대해서 우호적인 자세를 취해왔어. 그러니 지역사회에서 다들 호감을 가졌지. 그런데 그때 내가 찾아간 코뮌은 영락없는 요새였네. 코뮌 사람들의 태도며 얼굴 표정까지 완전히 변해버린 것 같았어. 인근 주민들도 나와 마찬가지로 '선구'의 변화에 곤혹스러워하고 있었어. 그런 속에서 후카다 부부의 신상에 어떤 불길한 일이 일어난 건 아닌지, 생각할수록 걱정이 되어 견딜 수가 없었다네. 하지만 그 시점에는 에리를 맡아 소중하게 키워주는 것 외에는 내가 할 수 있는 일이 없었어. 그렇게 어언 칠 년이 흘렀네. 사정은 단 한 가지도 밝혀지지 않은 채."

"그러면 후카다 씨의 생사조차 모르시는 건가요?" 덴고는 물었다.

선생은 고개를 끄덕였다. "그렇다네. 알 수 있는 방법이 전혀 없어. 나도 되도록 나쁜 쪽으로는 생각하고 싶지 않다네. 하지만 후카다에게서 칠 년 동안 아무 연락도 오지 않는다는 건 아무리 생각해도 보통 일이 아니야. 그들의 신상에 뭔가 변고가 일어났다고 할 수밖에 없어." 그는 거기서 목소리를 낮추었다. "내부에 강제로 감금되어 있을 수도 있어. 어쩌면 좀더 심각한 상황인지도 모르고."

"좀더 심각한 상황?"

"최악의 가능성도 결코 배제할 수 없다는 얘기일세. '선구'는 이미 예전처럼 평화로운 농업공동체가 아니야."

"'선구'라는 단체가 위험한 방향으로 나아가기 시작했다는 말씀인가요?"

"나로서는 그렇게 생각하네. 그 지역 주민들에 따르면, '선구'에 출입하는 사람들의 수가 예전보다 부쩍 증가했다는 게야. 자동차가 빈번하게 들락거리고, 특히 도쿄 번호판의 차가 많아. 시골에서는 보기 드문 대형 고급차도 자주 보이고. 게다가 코뮌 구성원의 숫자도 급격히 불어났어. 건물이나 시설물도 늘어나고 그 내용도 충실해졌어. 인근의 토지를 싼 가격으로 적극 매입하고, 트랙터며 굴삭기에 콘크리트믹서까지 도입하고 있어. 농업 쪽은 예전과 마찬가지로 계속하고 있고, 그건 여전히 귀중한 수입원일 게야. '선구' 브랜드의 야채는 점점 더 이름이 알려져서 자연재료를 내세우는 레스토랑 등지에 직접 출하하고 있어. 대형 슈퍼마켓과도 계약을 맺었지. 수익도 나름대로 향상되었을 게야. 하지만 그것과 병행하여 농업 이외의 무언가가 그곳에서 진행되는 거 같았네. 아무리 그래도 농작물의 판매만으로 그만큼 큰 규모로 확장하는 데 필요한 자금을 충당할 수는 없지. 또한 그 코뮌 내부에서 무슨 일이 진행되고 있건, 그토록 철저한 비밀주의를 취하는 걸로 봐서는 그건 분명 세상에 공표하기 어려운 일일 거라는 게 그 지역 주민들의 말이었어."

"그들이 다시 정치적인 활동을 시작했다는 건가요?" 덴고는 물었다.

"아니, 정치적인 운동은 아닐 게야." 선생은 곧바로 대답했다. "'선구'는 정치와는 다른 축으로 움직이고 있었어. 그렇기 때문에 어느 시점에 '여명'을 잘라낼 수밖에 없었던 거야."

"하지만 그뒤에 '선구' 내부에서 무슨 일인가가 일어났고, 에리는 거기서 탈출할 수밖에 없었다는 말씀이군요?"

"무슨 일인가가 일어났어." 선생은 말했다. "중요한 의미를 가진 사건이. 부모를 버리고 단신으로 도망칠 수밖에 없는 그런 일이 일어난 게야. 하지만 에리는 그에 대해 한마디도 해주지 않아."

"충격을 받았거나 마음에 상처를 입어서 제대로 말을 못 하게 된 건가요?"

"아니, 충격을 받았거나 뭔가를 두려워하거나 부모와 헤어져 외톨이가 된 걸 불안해하는 기색은 아니었어. 다만 무감각할 뿐이야. 그래도 에리는 우리집에서 사는 데는 별다른 어려움 없이 적응했어. 오히려 김이 빠질 만큼 순조로웠지."

선생은 응접실 문에 시선을 던졌다. 그러고는 덴고의 얼굴로 눈을 돌렸다.

　"에리에게 어떤 일이 있었건, 마음을 억지로 열게 하는 짓은 하고 싶지 않았네. 이 아이에게 필요한 건 필시 시간일 거라고 생각했지. 그래서 일부러 아무것도 묻지 않았고, 그저 말없이 모르는 척하며 살아왔어. 에리는 항상 아자미와 함께 지냈지. 아자미가 학교에서 돌아오면 식사도 대충하고서 둘이 방에 틀어박히는 거야. 거기서 둘이 뭘하고 지내는지, 나는 알지 못한다네. 아마 두 사람 사이에서는 대화 비슷한 것이 이루어졌는지도 모르지. 하지만 나는 딱히 캐묻지도 않았고 그저 하고 싶은 대로 하게 놔뒀어. 게다가 말을 하지 않는 것 외에는 함께 생활하기 힘든 문제는 전혀 없었어. 머리가 좋은 아이야. 내 말도 잘 따라줬지. 아자미와는 둘도 없는 친구가 되었네. 다만 그 시기에는 학교에 보내지 않았어. 말 한마디 하지 못하는 아이를 학교에 보낼 수는 없었지."

　"선생님과 아자미는 그때까지 둘이서만 지내셨던가요?"

　"아내는 십여 년 전에 세상을 떠났네." 선생은 말했다. 그리고 잠시 틈을 두었다. "자동차 추돌사고로 현장에서 사망했어. 나와 아자미만 남겨졌지. 먼 친척 아주머니가 근처에 살고 있어서 집안일은 그이가 해주고 있어. 에리와 아자미도 돌봐주고. 아내를 먼저 떠나보낸 일은 내게도 아자미에게도 참으로 힘든 일이었네. 너무도 갑작스런 죽음이라서 마음의 준비를 할 여유도 없었어. 그래서 에리가 우리집에 와서 함께 살게 된 것은 경위야 어떻든 우리로서는 반가운 일이었지. 주고받는 말은 없어도 그 아이가 곁에 있어주는 것만으로도 우리는 이상하게 마음이 평온해지곤 했어. 그리고 지금까지 칠 년 동안, 에리도 조금씩이나마 말을 되찾아갔어. 처음 왔을 무렵에 비하면 대화 능력은 눈에 띄게 향상되었네. 다른 사람에게는 아무래도 기묘한 말투로 들리겠지만, 우리가 보기에는 눈부신 발전이야."

"에리는 지금 학교에 다닙니까?"

"아니, 학교에는 다니지 않아. 그저 형식상 적을 두고 있을 뿐이지. 학교생활을 계속하는 건 현실적으로 무리였어. 그래서 나나 우리집에 드나드는 학생들이 틈을 내서 개인적으로 공부를 가르쳤지. 하지만 모두 단기간에 그쳐서 체계적인 교육을 받았다고 할 만한 건 전혀 없었어. 자기 스스로 책을 읽기가 어려웠기 때문에 기회가 닿는 대로 소리 내어 읽어주기로 했지. 시중에 판매하는 낭독 테이프도 구해주고. 그게 그 아이가 받은 교육의 거의 전부야. 하지만 놀랄 만큼 총명한 아이야. 자신이 흡수하려고 마음먹은 것은 신속하고 깊이 있게, 효과적으로 흡수할 수 있네. 그런 능력은 압도적으로 뛰어나지. 하지만 흥미가 없는 일은 아예 돌아보지도 않아. 그 편차가 대단히 커."

응접실 문은 아직 열리지 않았다. 물을 끓이고 차를 준비하는 데 시간이 걸리는 것이리라.

"그리고 에리는 아자미를 상대로 「공기 번데기」 이야기를 했군요?" 덴고가 물었다.

"아까도 말했듯이 에리와 아자미는 저녁이면 단둘이 방에 틀어박혀 있었네. 무엇을 했는지는 나도 모르겠어. 그건 두 사람만의 비밀이었어. 하지만 아무래도 언제부턴가 에리가 하는 이야기가 두 사람의 커뮤니케이션의 주요한 테마가 된 모양이야. 에리가 이야기를 하

면 아자미는 메모를 하거나 테이프에 녹음해서 그걸 내 서재의 워드
프로세서로 작성해나갔어. 돌아보면 그즈음부터 에리의 감정이 서
서히 되살아난 거 같아. 전체를 막처럼 뒤덮고 있던 무관심이 사라지
고 얼굴에도 조금이나마 표정이 살아나면서 예전 에리의 모습에 가
까워져갔지."

"거기에서 회복이 시작되었던 거군요."

"전면적으로 회복된 건 아니야. 어디까지나 부분적이라네. 하지만
자네 말도 맞아. 아마 이야기를 하면서부터 에리가 회복되기 시작했
을 게야."

덴고는 그것에 대해 생각했다. 그리고 화제를 바꾸었다.

"후카다 부부의 소식이 끊긴 것에 대해 경찰에 상의를 해보셨습니
까?"

"음, 그 지역 경찰을 찾아갔었지. 에리에 대한 말은 하지 않고, 그저
'선구' 안에 있는 친구와 장기간 연락이 되지 않는다, 혹시 감금되어
있는 게 아닌지 의심스럽다는 이야기를 했어. 하지만 그 시점에서는
그들도 어떻게 손쓸 방도가 없었어. '선구' 부지는 사유지이고, 그곳
에서 범죄행위가 있었다는 확증이 없는 한 경찰은 안에 진입할 수가
없지. 아무리 사정을 해도 상대도 해주지 않더군. 그리고 1979년을
경계로 '선구'의 내부를 조사하는 건 사실상 불가능한 일이 되었네."

선생은 그때 일이 떠오르는지 몇 번이나 고개를 저었다.

"1979년에 무슨 일이 있었습니까?" 덴고가 물었다.

"그해에 '선구'는 종교법인으로 인가를 받았다네."

덴고는 잠시 말을 잃었다. "종교법인?"

"실로 놀랄 일이었지." 선생은 말했다. "유기농공동체 '선구'가 어느새 종교법인 '선구'가 되어버렸으니 말일세. 야마나시 현 지사가 정식으로 인가를 내줬어. 일단 종교법인이라는 이름이 붙으면 그 부지 내에 경찰이 수사하러 들어간다는 건 지극히 어려운 일이야. 헌법으로 보장된 신앙의 자유를 위협하는 일이 되거든. 게다가 종교법인 '선구'는 법률담당자까지 두고 상당히 확고한 방어태세를 갖추고 있다네. 지역 경찰로서는 도저히 맞상대가 안 되지.

나도 경찰에서 종교법인이 되었다는 말을 듣고는 정말 깜짝 놀랐어. 아닌 밤중에 홍두깨라고 할까. 처음에는 도저히 믿을 수가 없었지. 관련 서류를 보여달라고 요구해서 그 사실을 내 눈으로 확인한 뒤에도 쉽사리 받아들일 수가 없었네. 후카다는 나와는 막역한 친구 사이야. 그 성격이며 인품은 누구보다 내가 잘 알아. 그나마 나는 문화인류학을 전공했던 사람이라 종교와는 적잖이 관련이 있는 편이야. 하지만 그는 나와는 달리 본디 근성부터 정치적인 인간이고, 매사에 이론을 따져가며 이야기하는 사람이야. 종교 전반을 생리적으로 혐오하는 입장이었어. 백보 양보해서 혹시 어떤 전략상의 이유가 있었다고 해도, 그 친구가 종교법인 같은 걸 설립할 리가 없네."

"게다가 종교법인 인가를 받아내는 건 그리 쉬운 일이 아닐 텐데요."

"딱히 그렇지도 않아." 선생은 말했다. "수많은 자격심사가 있고 관청의 번잡스러운 수속을 하나하나 통과해야 하는 건 분명하지만, 뒤에서 정치적인 힘을 써주면 그런 관문을 통과하는 건 대폭 간편해지지. 어디까지가 올바른 종교이고 어디까지가 사이비 광신이냐 하는 선을 긋기가 애초에 애매한 게야. 확고한 정의가 없으니 해석하기 나름인 거지. 그리고 해석의 여지가 있는 곳에는 항상 정치력이나 이권이 개입할 여지가 생기게 마련이고. 일단 종교법인의 인증을 받으면 세금 우대 조치도 받을 수 있고 법적으로도 크게 보호를 받게 되니까."

"어쨌든 '선구'는 단순한 농업 코뮌에서 종교단체가 된 거군요. 그것도 무섭도록 폐쇄적인 종교단체가."

"신흥종교. 좀더 솔직하게 말하자면, 사이비 광신단체가 된 게야."

"참 모를 일이군요. 그만한 전환이 이루어지려면 어떤 중대한 계기가 있었을 텐데요."

선생은 자신의 손등을 바라보았다. 손등에는 비비 꼬인 회색 털이 잔뜩 나 있었다. "그렇다네. 틀림없이 전환을 위한 중대한 계기가 있었을 게야. 나도 그에 대해 오래도록 생각해왔네. 다양한 가능성을 고려해봤지. 하지만 전혀 짚이는 게 없어. 그 계기란 과연 어떤 것이었는가. 그들은 철저한 비밀주의를 취하고 있어서 내부사정은 살펴볼 수도 없어. 게다가 '선구'의 지도자였던 후카다의 이름도 그 이후로는 전혀 표면에 드러나지 않고 있네."

"그러다가 삼 년 전에 총격사건이 일어나 '여명'은 괴멸했군요." 덴고는 말했다.

선생은 고개를 끄덕였다. "그리고 사실상 '여명'을 잘라내버렸던 '선구'는 살아남아서 종교단체로 발전을 거듭하고 있지."

"그렇다면 그 총격사건은 '선구'에는 별다른 타격을 주지 않았다는 것이군요."

"그렇다네." 선생은 말했다. "타격은커녕 톡톡히 홍보효과를 봤을 정도야. 참으로 머리가 잘 돌아가는 자들이지. 모든 것을 자신들에게 좋은 방향으로 바꿔버리거든. 하지만 어쨌거나 그건 에리가 '선구'를 떠나온 뒤에 일어난 일이네. 아까도 말했듯이 그 총격전은 에리와는 직접적인 관련이 없는 사건일세."

이쯤에서 화제를 바꾸는 게 좋을 듯했다.

"「공기 번데기」는 읽어보셨습니까?" 덴고는 물었다.

"물론이지."

"어떤 느낌이셨습니까?"

"아주 흥미로운 이야기야." 선생은 말했다. "뛰어나게 암시적이기도 해. 하지만 그것이 무엇을 암시하는지, 솔직히 나는 잘 모르겠네. 눈 먼 산양은 무엇을 의미하는 것인지, 리틀 피플이란, 그리고 공기 번데기라는 건 또 무엇을 의미하는지."

"그 이야기는 후카에리가 '선구'에서 경험한, 혹은 목격한 구체적인 일을 보여주고 있는 걸까요?"

"어쩌면 그럴지도 모르지. 하지만 어디까지 현실이고 어디서부터 환상인지, 그걸 읽고 확실히 알기는 어려워. 모종의 신화 같기도 하고, 교묘한 알레고리처럼 읽히기도 해."

"에리는 리틀 피플이 정말로 있다고 제게 말했습니다."

선생은 그 말을 듣고 잠시 심각한 표정을 지었다. 그리고 말했다. "그러니까 자네는 「공기 번데기」에 묘사된 이야기가 실제로 있었던 일이라고 생각하는 건가?"

덴고는 고개를 저었다. "제가 말씀드리고 싶은 건 그 이야기가 세부까지 지극히 리얼하게, 극명하게 묘사되었고, 그것이 이 소설의 큰 장점 중 하나라는 것입니다."

"그리고 자네는 자네의 문장이나 문맥을 구사하여 그 이야기를 고쳐 쓰는 것으로 그것이 담고 있는 무언가를 보다 명확한 형태로 치환하려고 한다, 그런 얘기인가?"

"개작이 잘되었을 때 그렇다는 것입니다만."

"내 전공분야는 문화인류학일세." 선생은 말했다. "학문연구는 이미 그만두었네만, 정신은 아직도 몸에 배어 있지. 문화인류학의 목적 중 한 가지는 사람들이 품은 개별적인 이미지를 상대화하고, 거기서 인간에게 있어 보편적인 공통점을 찾아내어 다시 그것을 개인에 피드백하는 것이야. 그렇게 함으로써 인간은 자립적이면서도 어딘가에 속한다는 포지션을 획득할 수 있거든. 내 말을 알겠나?"

"알 것 같습니다."

"자네가 해야 하는 건 아마 그와 똑같은 작업일 거야."

덴고는 두 손을 무릎 위에서 펼쳤다. "어려워 보이는군요."

"하지만 해볼 만한 가치는 있다네."

"제게 그런 자격이 있는지, 그것도 잘 모르겠습니다."

선생은 덴고의 얼굴을 보았다. 그의 눈에는 이제 특별한 빛이 깃들어 있었다.

"내가 알고 싶은 건 '선구'에서 에리의 몸에 어떤 일이 있었느냐는 것이야. 그리고 또한 후카다 부부가 어떤 운명을 걸고 있느냐는 것이지. 지난 칠 년 동안 나는 그것을 해명하고자 내 나름대로 노력해왔네만, 결국 작은 단서 하나도 잡지 못했네. 그곳을 가로막고 서 있는 벽은 내가 감당할 수 없을 만큼 두텁고 견고했어. 어쩌면 「공기 번데기」라는 이야기 속에 수수께끼를 풀기 위한 열쇠가 숨겨져 있는지도 모르지. 설령 아주 작은 가능성이라 해도 나는 기꺼이 거기에 걸어볼 게야. 자네에게 그런 자격이 있는지 어떤지는 나는 모르겠네. 하지만 자네는 「공기 번데기」를 높이 평가하고 있고 깊이 빠져들었어. 어쩌면 그것이 일종의 자격이 될지도 모르겠네.」

"예스인지 노인지 확실하게 해둘 일이 한 가지 있습니다." 덴고는 말했다. "오늘 제가 찾아뵌 것은 그것 때문입니다. 선생님께서는 제게 「공기 번데기」를 고쳐 써도 좋다는 허락을 해주시는 건가요?"

선생은 고개를 끄덕였다. 그리고 말했다. "자네가 고쳐 쓴 「공기 번데기」를 나도 읽어보고 싶네. 에리도 자네를 퍽 신뢰하는 눈치야. 에리가 그렇게 신뢰하는 사람은 지금껏 자네 외에는 없어. 물론 아주머니와 나를 제외하면 그렇다는 말이네만. 그러니 해보는 게 좋을 게야. 작품은 자네에게 일임하겠네. 즉 내 대답은 예스야."

일단 말이 끊기자 침묵은 마치 정해진 운명처럼 그 방에 무겁게 자리잡았다. 그때 후카에리가 차를 들고 왔다. 두 사람의 이야기가 끝나기를 가늠하고 있었던 것처럼.

돌아오는 길은 혼자였다. 후카에리는 개를 산책시키러 바깥에 나갔다. 덴고는 전철 시간에 맞추어 택시를 불러 타고 후타마타오 역까지 나왔다. 그리고 다치카와에서 주오 선으로 갈아탔다.

미타카 역에서 덴고의 맞은편 자리에 가족 일행이 앉았다. 단정한 차림새의 어머니와 딸이었다. 그 두 사람이 입은 옷은 결코 값비싼 것도 아니고 새것도 아니었다. 하지만 청결하고 손질이 잘되어 있었다. 하얀 부분은 어디까지나 하얗고, 빳빳하게 다리미질도 되어 있었다. 딸은 초등학교 2학년이나 3학년 정도다. 눈이 크고 얼굴이 예쁜 여자애였다. 어머니는 말랐고 머리를 뒤로 묶고 검은 테 안경을 쓰고 색이 바랜 두툼한 천가방을 들고 있었다. 가방 속에는 뭔가가 가득 채워져 있는 것 같았다. 그녀도 상당히 정돈된 얼굴이었지만, 양쪽 눈의 끝부분에 신경질적인 피곤이 배어 있었고, 그것이 그녀를 어쩌면 실제 이상으로 나이 들어 보이게 했다. 아직 4월 중순인데 그녀는 양산을 들고 있었다. 양산은 마치 말라비틀어진 곤봉처럼 단단히 감겨 있었다.

두 사람은 자리에 앉은 채 시종 입을 꾹 다물고 있었다. 어머니는 머릿속에서 뭔가 일을 할 순서를 세우고 있는 것처럼 보였다. 옆에 앉은 딸은 심심해서 자기 신발을 내려다보고 바닥을 보고 천장의 광고판을 보고 맞은편에 앉은 덴고의 얼굴을 흘긋거렸다. 아무래도 그의 큼직한 몸집과 꾸깃꾸깃한 귀에 흥미를 가진 모양이었다. 어린아이들은 곧잘 그런 눈으로 덴고를 보았다. 별다른 해가 없는 진기한 동물이라도 바라보듯이. 소녀는 몸도 머리도 거의 움직이지 않고 눈만 활발하게 움직여 주위의 다양한 것들을 관찰하고 있었다.

어머니와 딸아이는 오기쿠보 역에서 내렸다. 전철이 속도를 늦추자 어머니는 양산을 집어들고 말없이 자리에서 스윽 일어섰다. 왼손에는 양산, 오른손에는 천가방. 딸아이도 금세 따랐다. 재빨리 자리에서 일어나 어머니 뒤를 따라 전철에서 내렸다. 자리에서 일어설 때, 다시 한번 흘끔 덴고의 얼굴을 보았다. 그 눈에는 뭔가를 바라는 듯한, 뭔가를 호소하는 듯한 기이한 빛이 깃들어 있었다. 아주 작고 희미한 빛이었지만 덴고는 그것을 알아볼 수 있었다. 이 여자애는 뭔가 신호를 보내는 것이다. 덴고는 그렇게 느꼈다. 하지만 말할 것도 없는 일이지만, 가령 신호를 받았다고 해도 덴고는 아무것도 할 수 없다. 자세한 사정도 알지 못하고 관여할 자격도 없다. 소녀는 오기쿠보 역에서 어머니와 함께 전철에서 내렸고, 문이 닫히고 덴고는 그곳에 앉은 채 다음 역으로 향했다. 소녀가 앉았던 자리에는 모의고사를 보고 돌아가는 길인 듯한 중학생 세 명이 앉았다. 그리고 큰 소리로 신나게 이야기하기 시작했다. 하지만 그래도 소녀의 조용한 잔상은 아직 한참 동안 그곳에 남아 있었다.

그 소녀의 눈은 덴고에게 한 소녀를 생각나게 했다. 그가 초등학교 3학년과 4학년, 그 2년 동안 같은 반이었던 여자애다. 그녀도 아까의 소녀와 똑같은 눈을 하고 있었다. 그 눈으로 덴고를 빤히 응시하고 있었다. 그리고……

그 여자애의 부모는 '증인회'라는 종교단체의 신자였다. 기독교 분파로, 종말론을 설파하며 선교활동을 열성적으로 행하고, 성서에 적혀 있는 것을 문자 그대로 실천한다. 이를테면 수혈은 일절 인정하지 않는다. 그래서 만일 교통사고로 중상을 입는다면 살아남을 가능성은 대폭 줄어든다. 큰 수술을 받는 것도 일단 어렵다. 그 대신 세상에 종말이 찾아왔을 때는 신의 선민으로서 살아남을 수 있다. 그리고 지복의 세상을 천 년 동안에 걸쳐 살 수 있다.

그 여자애도 조금 전의 소녀처럼 크고 아름다운 눈을 갖고 있었다. 인상적인 눈이었다. 얼굴도 예뻤다. 하지만 그녀의 얼굴에는 언제나 불투명한 박피 같은 것이 씌워져 있었다. 존재의 기척을 지우기 위해서였다. 어지간해서는 남 앞에서 말을 하지 않았다. 감정을 얼굴에 드러내는 일도 없었다. 얇은 입술은 항상 일자로 굳게 다물어져 있었다.

덴고가 처음 그 소녀에게 관심을 가진 것은 그녀가 주말이 되면 어머니와 함께 선교활동을 다녔기 때문이었다. '증인회' 가정에서는 어린아이도 걸을 수 있게 되면 부모를 따라 선교활동을 다녀야 한다. 세 살쯤부터 주로 어머니와 함께 한 집 한 집 돌아다니며 〈홍수 이전〉이라는 소책자를 나눠주고 '증인회'의 교리를 설명한다. 지금 이 세상에 얼마나 많은 종말의 징표가 드러나 있는가 하는 사실을 사람들에게 알기 쉽게 설명한다. 그들은 신을 '주님'이라고 불렀다. 물론 대부분의 집에서는 당장 문 앞에서 쫓겨난다. 바로 코앞에서 문이 쾅 닫혀버린다. 그들의 교리는 너무도 편협하고 일방적이고 현실과는 동떨어져 있기 때문이다. 적어도 세상 대부분의 사람들이 생각하는 현실과는 한참 동떨어져 있다. 하지만 정말 어쩌다가 하나씩, 그 이야기를 들어주는 사람도 있다. 그것이 가령 어떤 이야기이건 대화할 사람을 원하는 이들이 세상에는 존재한다. 그리고 그중에는, 이것도 정말 어쩌다가 있는 일이지만, 집회에 출석하는 사람도 있다. 그런 만에 하나의 가능성을 바라고 그들은 이 집에서 저 집으로 현관 벨을 누르며 돌아다닌다. 그런 노력을 거듭하여 정말 아주 조금이라도 이세상을 각성하게 하는 것이 그들에게 주어진 신성한 책무이다. 그리고 그 책무가 엄격하면 할수록, 문턱이 높으면 높을수록, 그들에게 주어지는 지복도 보다 빛나는 것이 된다.

그 소녀는 어머니와 함께 선교를 위해 돌아다니고 있었다. 어머니는 〈홍수 이전〉을 가득 넣은 천가방을 한쪽 손에 들고, 대개는 양산을 또다른 한 손에 들고 있었다. 그 몇 걸음 뒤에 소녀가 따라간다. 그녀는 항상 그렇듯이 똑바로 입술을 다물고 무표정했다. 덴고는 아버지에 이끌려 NHK 수신료 수금 루트를 돌면서 몇 번 그 소녀와 길에서 마주쳤다. 덴고는 그녀의 모습을 알아보았고, 그녀도 덴고의 모습을 알아보았다. 그때마다 소녀의 눈 속에서 뭔가가 은밀히 빛나는 것처럼 보였다. 하지만 물론 말을 하거나 그랬던 적은 없었다. 인사한 번 하지 않았다. 덴고의 아버지는 수금실적을 올리기에 바빴고, 소녀의 어머니는 다가올 세상의 종말을 설파하고 다니기에 바빴다. 소년과 소녀는 그저 일요일의 길거리에서 부모에게 끌려가듯이 빠른 걸음으로 서로를 스쳐 지나면서 한순간 시선을 나누었을 뿐이다.

그녀가 '증인회' 신자라는 것은 반 아이들 모두가 알고 있었다. 그녀는 '교리상의 이유'로 크리스마스 행사에 참가하지 않았고, 신사와 사찰을 찾는 소풍이나 수학여행에도 참가하지 않았다. 운동회에도 참가하지 않았고 교가도 국가도 부르지 않았다. 그런 극단적이라고밖에는 생각할 수 없는 행동은 교실 안에서 그녀를 점점 고립시켰다. 또한 그녀는 점심급식을 먹기 전에 반드시 특별한 기도를 올려야 했다. 그것도 큰 소리로, 누구에게나 들리도록 분명하게 기도해야 했다. 당연한 일이지만, 주위 아이들은 그 기도를 재수 없어했다. 그녀 역시 남들 앞에서 그런 짓은 분명 하고 싶지 않았을 것이다. 하지만 식사 전에는 기도를 올리는 것이라고 철저히 주입받았고, 다른 신자들이 보지 않는 곳이라고 해서 그것을 게을리할 수는 없었다. '주님'

은 높은 곳에서 모든 것을 낱낱이 지켜보고 계시니까.

　하늘에 계신 주님이시여. 당신의 이름이 영원히 거룩한 여김을 받으시오며, 당신의 왕국이 우리에게 임하옵시며, 우리의 수많은 죄를 사하여주시옵소서. 우리의 보잘것없는 삶에 당신의 축복을 주시옵소서. 아멘.

　기억은 신기한 것이다. 20년도 더 지난 옛일인데도 그 구절이 대강 생각이 난다. 당신의 왕국이 우리에게 임하옵시며. 그 기도를 들을 때마다 "그건 대체 어떤 왕국일까" 하고 초등학생인 덴고는 생각했다. 그곳에도 NHK가 있을까. 분명 없을 것이다. NHK가 없다면 물론 수금도 없다. 그렇다면 그 왕국이 한시라도 빨리 와주는 게 좋을지 모른다.

　덴고는 그녀와 말을 해본 적은 없었다. 같은 교실에 있어도 덴고가 그녀에게 직접 말을 건넬 기회는 전혀 없었기 때문이다. 소녀는 언제나 아이들과는 뚝 떨어져 혼자 있었고, 필요가 없는 한 누구와도 말을 하지 않았다. 일부러 그녀에게 다가가 말을 걸 수 있을 만한 분위기도 아니었다. 하지만 덴고는 마음속으로 그녀를 가엾어했다. 쉬는 날에 어머니에게 이끌려 이 집 저 집 현관 벨을 누르고 다녀야 한다는 특이한 공통점도 있었다. 선교활동과 수금업무라는 차이는 있지만 그런 역할을 강요당하는 것이 아이의 마음에 얼마나 깊은 상처를 입히는지, 덴고는 잘 알고 있었다. 일요일에 아이들은 아이들끼리 마음껏 뛰어놀아야 하는 것이다. 사람들을 어르고 달래며 수금을 하거나 무서운 세상의 종말을 선전하고 다니거나 해서는 안 되는 것이다. 그런 건―만일 그럴 필요가 있다면 그렇다는 것이지만―어른들이 하면 된다.

덴고는 단 한 번, 어쩌다가 그 소녀에게 도움의 손길을 내밀었던 적이 있었다. 4학년 가을의 일이다. 과학실험 때, 그녀와 같은 조가 된 반 아이들이 그녀에게 심한 말을 내뱉었다. 그녀가 실험순서를 깜박 틀렸기 때문이다. 어떻게 틀렸는지는 생각나지 않는다. 그때 한 남학생이 그녀가 '증인회' 선교활동을 한다는 것에 대해 빈정거리는 말을 했다. 집집마다 돌아다니며 말도 안 되는 팸플릿을 나눠주고 다닌다고. 그리고 그녀를 '주님'이라고 불렀다. 그건 보기 드문 사건이었다. 왜냐하면 아이들은 평소 그녀를 따돌리거나 놀리기보다는 오히려 존재하지 않는 것으로 취급하여 애초부터 무시했기 때문이다. 하지만 과학실험 같은 공동작업에서는 그녀만 제외할 수는 없었다. 그런 때 그녀에게 내던져지는 말은 상당히 독기 어린 것이었다. 덴고는 옆 테이블의 다른 조였지만, 그 말을 못 들은 체할 수 없었다. 왠지는 모른다. 하지만 그냥 그대로 있을 수가 없었다.

덴고는 그쪽으로 가서 그녀에게 자기네 조로 옮겨오라고 말했다. 깊이 생각할 것도 없이, 망설임도 없이, 거의 반사적으로 그렇게 했다. 그리고 그녀에게 실험요령을 찬찬히 설명해주었다. 소녀는 덴고의 말을 주의 깊게 듣고 그것을 이해했고, 더이상 실수를 하지 않았다. 같은 교실에 2년 동안 같이 있으면서도 덴고가 그녀와 말을 한 것은 그게 처음이었다(그리고 마지막이었다). 덴고는 성적도 좋고 덩치도 크고 힘도 셌다. 아이들은 모두 그를 한 수 높이 쳐주었다. 그래서 그녀를 감싸주었다고 텐고를 놀리거나 하는—적어도 그의 앞에서는—아이는 한 명도 없었다. 하지만 '주님'의 편을 들어준 탓에 반에서의 그의 평가는 암암리에 한 단계 떨어진 모양이었다. 그 소녀와 관여한 것으로 그 더러움이 적잖이 감염되었다고 생각했기 때문이리라.

하지만 텐고는 그런 건 전혀 신경 쓰지 않았다. 그녀가 극히 정상적인 여자애라는 것을 텐고는 잘 알고 있었기 때문이다. 만일 부모가 '증인회' 신자가 아니었다면 그녀는 극히 평범한 여자애로 성장하고, 아이들과도 잘 어울렸을 것이다. 분명 사이좋은 친구들도 있었을 것이다. 하지만 부모가 '증인회' 신자이기 때문에 학교에서 마치 투명인간 같은 취급을 받았던 것이다. 아무도 그녀에게 말을 걸려고 하지 않았다. 그녀를 쳐다보려고도 하지 않았다. 텐고는 그것이 상당히 불공평한 일이라고 생각했다.

텐고와 소녀는 그뒤에도 딱히 말을 나누지 않았다. 말을 나눌 필요도 없었고, 그럴 기회도 없었다. 하지만 무슨 겨를엔가 눈이 마주치면 그녀의 얼굴에는 희미한 긴장의 빛이 떠올랐다. 텐고에게는 그게 보였다. 어쩌면 그녀는 텐고가 과학실험 때 자신에게 한 일을 달갑지 않게 느꼈는지도 모른다. 그냥 그대로 모르는 체 내버려둘 것이지, 하고 내심 화를 내고 있는지도 모른다. 텐고는 그런 부분은 잘 판단이 되지 않았다. 아직 어린애였고 상대의 표정에서 심리의 미세한 움직임까지 읽어내지는 못했다.

그리고 어느 날 소녀는 텐고의 손을 잡았다. 몹시 맑은 12월 초순의 오후였다. 창밖에는 높은 하늘과 곧게 이어진 구름이 보였다. 방과후 청소가 끝난 교실에 덴고와 그녀는 어쩌다가 둘만 남게 되었다. 둘밖에는 아무도 없었다. 그녀는 뭔가를 결심한 듯이 빠른 걸음으로 교실을 가로질러 덴고에게 다가와 옆에 섰다. 그리고 망설임 없이 덴고의 손을 잡았다. 그리고 지그시 그의 얼굴을 올려다보았다(덴고가 10센티미터쯤 키가 컸다). 덴고는 놀라서 그녀의 얼굴을 보았다. 두 사람의 눈이 마주쳤다. 덴고는 그녀의 눈동자에서 지금까지 한 번도 본 적 없는 투명한 깊이를 보았다. 소녀는 한동안 말없이 그의 손을 꽉 잡고 있었다. 몹시 세게, 한순간도 힘을 늦추는 일 없이. 그리고 그녀는 가만히 손을 놓고 치맛자락을 펄럭이며 잰걸음으로 교실을 나갔다.

덴고는 영문을 모른 채 말을 잃고 한참 동안 그곳에 우두커니 서 있었다. 그가 맨 처음 생각한 것은 그 장면을 누군가가 보지 않아서 다행이라는 것이었다. 만일 누군가가 봤더라면 어떤 소동이 벌어질지 상상도 되지 않았다. 그는 주위를 둘러보고 일단 안도했다. 그러고는 몹시 곤혹스러웠다.

미타카 역에서 오기쿠보 역까지 그의 맞은편 자리에 앉았던 모녀도 어쩌면 '증인회' 신자였는지 모른다. 항상 하는 일요일의 선교활동에 나가는 길이었는지도. 불룩했던 천가방 속에는 〈홍수 이전〉 팸플릿이 가득했던 것처럼 보이기도 했다. 그 어머니가 들고 있던 양산, 그리고 소녀의 눈에 떠올랐던 반짝이는 빛이 덴고에게 말수 적은 같은 반 소녀를 떠올리게 했다.

아니, 그 전철 안의 두 사람은 '증인회' 신자가 아니라 그저 어디학원 같은 데라도 가는 평범한 어머니와 딸이었는지도 모른다. 천가방에 들어 있는 것은 피아노 악보나 습자 세트 같은 것이었는지도. 아무래도 내가 온갖 것에 지나치게 민감해진 모양이다, 라고 덴고는생각했다. 그리고 눈을 감고 천천히 숨을 토해냈다. 일요일에는 시간이 기묘하게 흐르고 풍경이 불가사의하게 뒤틀린다.

　집에 돌아와 간단히 저녁밥을 해먹었다. 그러고 보니 점심도 먹지 않았다. 저녁을 먹은 뒤에 고마쓰에게 전화하자고 생각했다. 분명오늘 만남의 결과를 궁금해할 것이다. 하지만 오늘은 일요일이고 그는 회사에 나가지 않는다. 그리고 덴고는 고마쓰의 집 전화번호를 알지 못했다. 뭐 어때, 일이 어떻게 됐는지 알고 싶으면 자기가 전화하겠지.

　시곗바늘이 열시를 지나 이제 슬슬 잠자리에 들려고 했을 때 전화벨이 울렸다. 고마쓰일 거라고 추측했는데, 수화기를 들자 연상의 유부녀 걸프렌드의 목소리였다.

　"저기, 별로 긴 시간은 낼 수 없지만, 모레 오후에 잠깐 자기한테가도 될까?" 그녀는 말했다.

　그녀의 말소리 뒤로 피아노 음악이 작게 들렸다. 남편은 아직 귀가하지 않은 모양이었다. "좋아." 덴고는 말했다. 그녀가 온다면 「공기 번데기」의 개작 작업은 잠시 중단된다. 하지만 그녀의 목소리를듣는 사이에 자신이 그녀의 몸을 강하게 원한다는 것을 덴고는 깨달았다. 전화를 끊고 주방에 나가 와일드 터키를 잔에 따라 싱크대 앞에 선 채 스트레이트로 마셨다. 그러고는 침대에 들어가 책을 몇 페이지 읽고, 그리고 잤다.

덴고의 길고 기묘한 일요일은 그렇게 끝을 고했다.

(BOOK1 하권으로 이어집니다)